孔雀屋敷

イーデン・フィルポッツ

一夜のうちに起きた三人の変死事件を調査するため、英国から西インド諸島へ旅立った私立探偵。調べるほどに不可解さが増す事件の真相が鮮やかに明かされる「三人の死体」。鉄製のパイナップルにとりつかれた男の独白が綴《つづ》られる、奇妙な味わいが忘れがたい「鉄のパイナップル」。不思議な能力を持つ孤独な教師の体験を描く表題作。そして〈クイーンの定員〉に選ばれた「フライング・スコッツマン号での冒険」など、『赤毛のレドメイン家』で名高い巨匠の傑作全六編を収める、いずれも初訳・新訳の短編集！

孔　雀　屋　敷

フィルポッツ傑作短編集

イーデン・フィルポッツ

武　藤　崇　恵　訳

創元推理文庫

PEACOCK HOUSE AND OTHER STORIES

by

Eden Phillpotts

目次

孔雀屋敷

フィルポッツ傑作短編集

孔雀屋敷

Peacock House

ジェーン・キャンベルの長い旅はまもなく終わろうとしていた。八月の夕陽を浴びながら、ジェーンは一頭立て二輪馬車で最終目的地へと向かっていた。楡《にれ》の古木の並木道を通りすぎ、小さな湖に沿って進むと、やがてポール館が姿を現す。高地ダートムアのふもとに建つこぢんまりとした領主館だ。御影石《みかげいし》造りで二階建てのポール館はジョージアン様式だが、ポーチとその柱は赤い礫岩《れきがん》でできている。灰色で威厳に満ちた建物正面のなかで、それが色彩のアクセントとなっていた。背後の丘陵の草地がいまは華やかな黄金《きん》とオレンジに染まっている。南側の小さな庭園の向こうには牧草地や小高く連なる森、それに収穫を待つばかりの黄色に実った麦畑が広がっていた。

二輪馬車が到着すると、玄関から従僕《フットマン》が現れ、馬車のなかの健康そうな体つきをした赤毛の愛想のいい女性に手を貸した。ついで従僕は荷物へ視線を移し、後ろの座席に固定してあった自転車を降ろし、ステップに立てかけると、ジェーンの地味な革製の大型旅行鞄とスーツケースを手に持った。そのまま玄関ホールへ入り、ほかの召使いに鞄を渡す。馬車は館の左側へと進み、そのまま走り去った。すぐにおなじ道を馬丁の少年が歩いてきて、自転車を移動した。馬丁は人目が届かない場所まで来ると、待ってましたとばかりに自転車を乗りまわした。

ジェーンは教父《ゴッドファーザー》を訪ねてきたのだった。グラスゴーで教師をしているジェーンが夏の休暇の後半をどこで過ごそうかと悩んでいたところ、思いがけなく亡き父親の友人であり、教父《ゴッドファーザー》でもある退役将軍ジョージ・グッドイナフから手紙を受けとったのだ。将軍から手紙をもらうのは初めてだったし、会ったのも一度きり、三十三年前の父キャンベル大佐の葬式に将軍が参列してくれたときだけだった。そのときジェーンはわずか二歳だったため、将軍のことはまったく憶えていなかった。それどころか、これまでは将軍のことが頭に浮かぶと、決まって苛立《いらだ》ちを感じたものだった。将軍の姓という重荷を負わせられ、まるでふざけているようでつねづね面白くないと感じていたからだ。もっともジェーンの本名ジェーン・グッドイナフ・キャンベル（グッドイナフにはもう充分の意がある）を知る者はほとんどいなかった。母親が亡くなったあと、ジェーンは天涯孤独も同然の身となったのだ。もともとがひとりっ子なうえ、父方の親戚はみな亡くなっていて、母方も老齢の伯母と会ったこともない遠い親戚が何人かいるだけだった。

ジェーンは独り暮らしで、変化に乏しい日々を送っていた。学校で教えることを楽しみ、とくに夢を抱くこともなく、現実的で手堅い性分だった。男性に対する態度は冷淡で、想い出に光や影を添えるロマンスの経験は乏しかった。一度ある男性に恋をして、なんとか気持ちを伝えたいと願ったが、その術《すべ》がわからずにいるうち、相手の教師はジェーンの性格に不満を感じ、去ってしまった。

この旅はジェーンにとってある意味では冒険だった。ジョージ・グッドイナフ将軍の招待に応じることは、とりもなおさず遠く離れた地への旅を意味する。不安を感じないでもなかったが、勇気を振りしぼって応じることに決め、こうしてやって来たのだ。もっとも、旅の途中では何度となくそのことを後悔した。五マイルほど離れた時点で、すでに渓谷の陰に隠れるようにのぞいている漆喰《しっくい》塗りの草葺《くさぶ》き屋根の小屋が目的地であってほしいと、一度ならず願っていた。そのうちの一軒で数週間過ごすほうが、格式張った招待に応じるよりも、内気な自分には楽しい休暇になるのではないかと感じたのだ。しかし、どれだけ後悔したところで、いまとなってはなす術もない。ジェーンは楽しい休暇をもたらしそうにないポール館の正面をちらりと見やった。活気の感じられない玄関ホールを抜け、おなじく活気の感じられない客間で招待主を待った。

家政婦が挨拶に現れた——明朗快活な年輩の女性で、黒服に小さな黒い帽子を身につけ、その下の髪にほとんど白いものはなかった。ジェーンの荷物を二階へ運んだ従僕も似たような世代で、半白だった。この館のあらゆるものに歳月の重みが染みついているようだ。ジェーンの目には、客間もやけに古めかしく、がらんとして見えた。使い古された家具はどれも色褪《いろあ》せ、ほとんど価値はなさそうだ。唯一、アダム様式の立派なマントルピースには目を奪われた。ふと視線をあげると、天井もまた負けず劣らず意匠を凝らした壮麗なものだった。

杖をつく人物が歩いてくる音がした。杖がこつこついう音は聞こえるものの、足音は聞こえない。ドアが開き、腰の曲がった老人が脚を引きずりながら現れた。また老人だと、ジェーンの気分は沈んだ。四十五歳で結婚した父親と同世代ならば、歳月を刻みつけた風貌だろうと覚悟はしていたが、まさに時の神が人間の形をして立っていた。グッドイナフ将軍は外見に無頓着なため、実際よりも年かさに見えた。かつては長身だったようだが、いまではしなびて縮んでしまったかのようだ。禿頭《とくとう》に黒い小さな縁なし帽をかぶり、みごとな白髪の顎と頰のひげはふさふさで流れるよう。顔の肉は薄く、頰はげっそりとこけていた。眼鏡の奥の目はぼんやりとくすんでいて、狭くて目立つ額からこめかみはもちろん、その下の頰骨まで、しわが網のように広がっている。そうした身体的特徴とは裏腹に、その顔に浮かんだ表情は、軍人時代もかくやと思わせるいかめしいものだった。しかし声はいかめしさを感じさせなかった。齢《よわい》八十五の喉から発せられるのだから聞きとりにくさはあるものの、深みのあるいい声で、だれの耳にもここちよく響いた。ジェーンには、将軍の服が奇異に感じられた。この年齢の老人ならばヴィクトリア朝風の服くらいは身につけるものだと思っていたからだ。ところが将軍はくたびれてよれよれのノーフォーク・ジャケット、淡黄褐色の革のベスト、ニッカボッカ、そしていまなおかなりたくましい脚にはホームスパンの靴下という出《い》で立《た》ちだった。片方の足には赤い室内履き、もう片方にはショールを巻きつけてある。

将軍は会釈し、痛風結節のために節だらけの手でジェーンと握手すると、腰を下ろした。

「よく来てくれた。若いお嬢さんがはるばる訪ねてきてくれたことに感謝する。がっかりさせて申し訳ないけれども、実は痛風の発作が起きてしまってな――まさか、こんなことになるとは予想もしなかったが。おそらくきみが遊びに来てくれるというので張りきったせいだろう。そういうわけなので、わたくしをいたわって、気晴らしの相手をしてもらえるとありがたい。一日で治まると思うのだ。ここまでの道中は快適に過ごせたかね?」

「ええ、楽しんでまいりました、グッドイナフ将軍」

「これまでデヴォンに来たことは?」

「初めてです。コーンウォールには一度来たことがあるんですが、空気が濃すぎるように思いました」

「そう感じたかね? このあたりの空気は穏やかなところもあれば、すがすがしいところもある。お好みのままだ。今年の夏、谷間はトルコ式風呂ハマムに負けず劣らず気持ちがいいが、五マイル先のここよりも標高が高いダートムアはいつ行ってもすがすがしい」

「いま、痛くはないのですか?」

「ありがとう。さいわい痛くはないのだ。少し違和感がある程度で。痛風で命をとられる心配もないしな。動脈もわたくし同様ご老体だから仕方ない、ジェーン・キャンベル。もっともわたくしは八十五歳だが、動脈はまだ七十歳かそこららしい。そう医者がいっておった。だから病人扱いはせんでほしい。ところでお母上はいい方だった――亡くなられたと聞いて残念だ。できればおふたりを招待したいと思っておったのだが」

「母は十年前に亡くなりました」

「そうだったのか。きみはお父上のことは憶えておるのかね？　わたくしは軍隊で長年親しくしておったが」

「あまり憶えておりません。ぼんやりとしか。父が亡くなったとき、まだ幼かったので。でも、たまに夢に出てきます――不思議なんですけど」

「わたくしもお父上の夢は見る。夢に死者が出てきても、その顔は見られないといわれているが、そうなのであれば、わたくしなど、いまとなってはだれの顔も見られないことになる。お父上はスコットランド人らしい特別の能力に恵まれたうえ、一般にスコットランド人の欠点といわれているものには縁のない方だった。そして千里眼という力の持ち主だった――それを科学的に説明はできないし、否定することもあったが、そう考えないと起こった出来事の説明がつかん。また形而上学に傾倒しておった。些細《ささい》なことで議論を吹っかけては、黒は白だと立証してみせたものだ！　ほかの者がやったら鼻持ちならないだろうが、お父上は不思議とそう感じさせなかった。たいした男だったよ。冗談が大好きでな。だが財布はいつも空だった。ああ、まったく！　あれだけの男はめったにいない。だから、なにをしても大目に見られていた。また人を人形のように操るのが得意でな。そのみごとな腕前で、みなの尊敬を集めておった。半世紀前のインドではさほどめずらしい能力ではなかったがね。それにしても異常な世の中だ、ジェーン。つねにそうだったわけだが――そう、つねにそうだったのだよ。最近では読書量が減って、歴史書ばかりひもといておるが、なにがあろうと変化しない唯一のものは人間性だということがよくわかる」

「ですから心理学が大人気と聞いております。将軍がおっしゃったように、千里眼という能力は存在すると思いますわ。とはいえ、最近ではそのような古めかしい呼び方はしないようですけど」

「遺伝するといわれておるな」将軍は応じた。「興味があるのかね？」

「千里眼よりも心理学や第二の自我のほうが気になります。フロイトの著作を読みました。彼は神経病理学者ですが、医者よりも、芸術家に重宝がられそうですね。わたしの理解したかぎりでは、人間の無意識とは驚くほど原始的で泥臭い低俗なもので、良心の影響を受けないようです――つまり、嘆かわしいものだと」

「これまでそうした千里眼のような能力があると自覚したことはないのかね？」

「ええ、まったく。教師ですし、世界一現実的な人間だと思います。実は、グッドイナフ将軍に面白みのない人間だと落胆されてしまうのではないかと危惧しておりますの」

「わたくしのことは教父《ゴッドファーザー》と呼んでくれんかね？　これほど長い歳月を経たあとで、こうして宗教上の関係を強調することを奇妙に感じていることだろう。きみの洗礼のときに銀の浅いボウルとスプーンを贈ったのは遠い昔で、あれ以来実に長いあいだ疎遠だった。とはいえ、我々のあいだにわだかまりがあるわけではない。わたくしは孤独な老人だ。旅立つのもそう遠い先ではないだろうが、この広い世界に縁のある者はひとりも存在しない。かろうじてつながりがあるといえるのはきみだけだ。まあ、年老いた独り者ならだれもがたどる当然の運命ではある。寿命の七十年を迎えてもこの世に別れを告げなかった者はな。そこで考えたのだ。きみさえ異存なければ、もう一度会ってみたいと。いまは教師をしているそうだな」

「ご招待くださり、感謝の念に堪えません」

「遠路はるばるよく来てくれた――決断するには勇気が必要だったことだろう。しかしあのお父上の血を引けば、勇敢なるお嬢さんに違いないと確信があった。そこで何ヵ月もかけてきみを捜しだしたのだ。もう結婚しており、何人も子供がいるかもしれないと思っておったが」

ジェーンはかぶりを振って、微笑んだ。

「一生結婚しないと思います、教父《ゴッドファーザー》さま」

「そんな予言はせんほうがいい」

銅鑼《どら》が鳴らされ、低い重々しい音がかすかに聞こえた。

「夕食にしても大丈夫だろうか？　それともまずはお茶かなにか飲むかね？」

「いいえ、お茶は結構ですわ。エクセターでいただきましたので」

ふたりは夕食の席でまた顔を合わせた。ジェーンは新しいが華やかさのない実用的なドレスを身につけ、将軍は夜会服に身を包んでいた。

将軍はジェーンが生涯の友人であるかのように振る舞い、上機嫌で、ユーモアに溢《あふ》れ、すこぶる陽気だった。ジェーンは将軍の人をそらさぬ会話の才に感嘆した。ふたりには共通する嗜好や経験がひとつもないと判明すると、ジェーンの興味の対象が知りたいと、その話をするよう促したのだ。

「わたくしはお父上に魅了されていた。若い方々が、多くは意識することなく、先人の美点を受け継いでいるのを目にするのは、なんとも喜ばしいものだ。彼らの言葉や、ましてや口にした考えではなくてな。そうしたものは教育によって成長するし、その評価も変化する。大切なのは思考法や視点なのだ。それはつぎの世代に受け継がれていく――気質がな。たとえばきみのように慎重で控えめ、落ち着いているタイプもいる。いっぽう、威勢のいい無鉄砲なタイプもいれば、冷静ですべて計算尽くのタイプもいる。寛大な者もいれば、小心者もいる。また無意識の声の抑揚《よくよう》、ちょっとした癖など……きみは声の調子がお父上そっくりだな。話すときに顎を持ちあげる癖も、お父上を彷彿《ほうふつ》とさせる」

「母も口癖のようにいっていました。成長するにつれ、父によく似てきたと。もしかして、父の写真をお持ちではないですか？　残念なことに、わたしは一枚も持っていないのです。写真を撮るのが好きではなかったようで」

将軍はかぶりを振った。

「期待に添えなくて申し訳ないが、残っているのは遠い記憶のなかの姿だけだ。とはいえ、確認してみよう。可能性は低いが、もしかしたらあるかもしれん」

その晩、なんともいえない気持ちになって、ジェーンは思わず口もとを緩めた。そんなふうにひとりで微笑むなどめったにないことだった。将軍に勧められるまま早くに部屋へ引きとったのだが、部屋でひとりになると、将軍の態度はジェーンが生徒に対するときとまったくおなじだということに気づいたのだ。生徒たちにしてみればジェーンははるかに年長だが、グッドイナフ将軍から見ればジェーンはものすごく若い。教師というものはだれもがそうだが、ジェーンは発達途上の未熟な者たちと過ごすことに慣れていた。ところが尊敬に値するこの館の主にとっては、ジェーンこそがまさに未熟な存在なのだと思いいたったのだ。事実、彼女自身もそれを自覚していた。知性も教養も兼ねそなえてはいたが、学校圏外の人生経験はというと、悲しいほどに乏しいのだ。

翌朝、ジェーンが気がかりだった将軍の体調を尋ねると、ずいぶん楽になったとの話だった。将軍もジェーンをあれこれと気遣い、そこまでの細やかな気配りのできる人物が存在すること自体が信じられぬほどだった。

将軍の朝食は薄いトーストと白湯のみだが、ジェーンのためにはポリッジ、ライチョウ肉、マーマレードを添えたスコーンとたっぷり用意してあった。

「デヴォンシャー・クリームをつけるのを忘れずに。若い方が召しあがるのを眺めるのが大好きでね」

「でもわたしはもう若くありませんわ、教父《ゴッドファーザー》さま。三十五歳になりましたもの」

「三十五歳はまだ若く、あらゆる可能性を秘めている年齢だよ。花は散りはじめているとしても。十年前に比べ、概して人は実際の年齢よりも若くなっておる。今日はわたくしのことは気にせず、好きに過ごしてほしい。明日には具合もよくなるだろうから、遠出して荒地《ムア》をご案内するつもりだ」

「自転車で遠乗りに出かけてもよろしいですか？　ここは涼しいし、空気もさわやかなので、気持ちいいだろうと思いまして。実は一時間お庭を散歩してきましたの」

「お恥ずかしいかぎりだ！　どうも庭いじりは苦手でね」

「これからお好きになられるかもしれませんわ」

「年老いたインド人には庭に凝る者が多かった。庭がなければ、小さな鉢にヤシやデーツの種を植え、その生長を愛《め》でるに違いない老人ならいくらでも知っている。だがわたくしは例外でね。園芸に興味を惹かれたことは一度もない」

「ご趣味を教えていただけます？」

「ひと言で説明できる。読書と遠乗りだ。そうそう、今年は大変な事件が起こってな。長年インドに駐留していた連隊が、ダートムアへと移動になった。訓練と補強のためだ。つまり陸軍省ならではの深慮遠謀でもって、気の毒なデヴォン第三連隊はインドの平野からコスドン山の傍《そば》へと連れてこられたのだ。そこで懐かしき英国の春そのものである、まだ寒さ厳しい四月に野営をした。また不運なことに、これ以上ないくらいの悪天候だった。その結果、救急車が哀れな兵士たちをせっせとオークハンプトンの病院へと搬送することとなったのだ。ひとりかふたり、兵士が肺炎で死んだそうだ。将校はわたくしのささやかなもてなしを喜んでくれたが――感じのいい将校だったな」

「では、遠乗りに出かけてまいります。でもムアまでは足を伸ばさないと約束しますわ。明日、案内してくださるそうですから」

「何時になってもかまわんが、夕食の時間までには戻ってきなさい。夕食は八時の予定だ。それまでは好きに過ごすといい」

しかし、ジェーンはそこまで遠くへ行くつもりはなかった。

「いえ、さしつかえなければ、お昼には戻ってまいります。そのうちお弁当を持っていくこともあるかと思いますけど――教父《ゴッドファーザー》さまと一緒にドライブへ出かけるときとか」

「ここに自動車はないのだ。ドライブは諦めてもらうしかない。しかしわたくしは乗馬が好きでな。いまでもかなり自信がある」

ふたりはお互い相手に好感を抱いた。そしてジェーンは、ほぼ初対面に近い男性が相手でも、緊張することなくほがらかに話をできるとわかり、自分を誇らしく感じた。もっとも、その理由もわかっていた。礼儀正しく親切な老将軍はある意味で男性ではない。歳を重ねた将軍は男性の時代を終え、中性的な存在になったと感じるのだ。将軍が肉体的に衰えているのも好ましかった。それはジェーンのある本能を刺戟《しげき》した。実は教師にならなければ、看護婦になっていたのは間違いなかったのだ。

自転車を漕ぎながら、優しい気持ちで将軍のことを考えていた。ポール館で暮らす自分を具体的に想像する気持ちにはなれないが、将軍はそれを見据えて招待したのかもしれないと理性が告げていた。しかしそうなったら、将軍はそのうちジェーンの長所短所も含めたすべてを理解し、やがてうんざりするかもしれない。いっぽうジェーンも、好感の持てる老将軍がいるとはいえ、これほど静かな隠遁《いんとん》生活を過ごせば、女学校の活気溢れる賑やかさに慣れている身では早晩体調を崩し、孤独感に苛《さいな》まれるに決まっていた。

ジェーンはグッドイナフ将軍の交友関係を想像し、おそらく数えるほどしか友人は残っていないのだろうと推察した。将軍自身はもてなし上手だが、屋敷に人が出入りしている気配が感じられなかったからだ。

五マイルほど来たところで、朝の鈍色《にびいろ》の冷気が真珠色へと変化した。ジェーンは将軍と約束してしまったことを後悔した。谷間の道が暑くなってきたのに比べ、高地は見るからに涼しそうで、ジェーンを誘っているかのようだったのだ。誘われるままにしばらく坂道を登ってみると、ブナの木陰となった小高い場所に出た。眼下には広々とした野原が広がっている。ジェーンは初めて目にする悠然とした絶景に目を奪われた。ジェーンは自然美の鑑賞については一家言あった。芸術を学び、絵画を解しながらも、芸術家がその光景にインスピレーションを感じ、汗を流しながら、あるいは寒さに凍えながら作品を創りあげた場所には関心を寄せない者に不満を隠さなかった。作品そのものにのみ価値を見いだし、その源となった風景に美しさを感じない者に批判的だったのだ。ジェーンは美しい風景の重要性を理解しており、奇抜さを狙ったり、表面的に技巧でとり繕ったりする作品には懐疑的だった。そして一見したところ凡庸に思えるかもしれない風景も、たとえるならば遁走曲《フーガ》のようなもので、辛抱強く長時間観察すればその豊かな美や意義を感じとることができると、経験を重ねたおかげでわかっていた。

薄い雲間から漏れる光に照らされて静かな大地が波だっているように見える様を眺め、ジエーンは心が満たされるのを感じた。色濃い緑の葉が重たげに茂っている、いかにも英国らしい風景は、春や秋にはさらに美しいだろうと想像できた。様々な色合いの緑が美しい模様を編みあげ、それを縫うようにきらきら光る川がもやのなかを流れていくことだろう。

やがてジェーンは喉の渇きを覚え、木陰を探した。できることなら、はるか眼下を流れる川岸で休憩したかった。すると半マイルほど下に古い屋敷の切妻とらせん状の煙突が見えた気がした。まるで誘うように屋敷まで牧草地の斜面が延びているので、ジェーンはヒイラギの陰に自転車を隠し、飲み物を求めて斜面を降りていった。あとで思いかえしてみると、そのときの時刻はちょうど正午を過ぎたところだった。

刈りとられた干し草畑を通りすぎ、木立を抜け、気づくとジェーンは異世界に足を踏みいれていた。いま歩いている谷間は、異質さを感じさせる空気に満ちていた。第一に、燦然《さんぜん》と眩《まばゆ》いばかりに輝く光のなかにいた。朝からずっと雲の陰からぼんやりとした陽を投げかけていたはずの太陽が姿を現し、森に雨のごとく陽光を降りそそいでいた。忍び寄る秋の気配などまったく感じられないどころか、谷間は初夏の趣《おもむき》に満ちあふれていた。いまを盛りと咲き誇っている花も、夏の終わりに咲くサワギクやヤナギタンポポではなかった。スイカズラの茂みには香り高い花が開き、ドッグローズの花もまだ散りはじめてはおらず、ランタナガマズミの花もまだ残っていた。

ジェーンは林を抜けて牧草地を歩きはじめた。低い段差を境に牧草地は終わり、その先は美しい屋敷まで庭が広がっている。屋敷の壁近くまで迫るモクレンの大木には象牙《ぞうげ》色の花が咲いており、陽光を受けてきらめいていた。整形式庭園の芝生はジェーンが見たことのない品種だった。その左右には一度見たら忘れられない意匠に刈りこまれたイチイの木が立っている。尾を大きく広げた孔雀だった。二本の孔雀のあいだには円形の池があった。池の中央には、大きな魚を抱えて口から水を噴きだしている少年の大理石像が立っている。水は高々とあがり、水面に浮かぶ睡蓮《すいれん》の上に音を立てて降りそそいでいた。

屋敷前の砂利敷きのテラスでは、こちらは生きている孔雀二羽がモデル顔負けに気どって歩いていた。ジェーンは階段をのぼり、ベルベットのような芝生の感触を楽しみながら進んだ。片方の孔雀が重たげに引きずっていた青銅色と紫の派手やかな尾を持ちあげ、扇形に大きく広げた。孔雀の頭上でアーチ状に広がった羽根が震えている様は、ダークトーンの虹もかくやと思われた。

それ以外に生物の気配は皆無で、屋敷の玄関も正面には見当たらない。屋敷をまわりこむように進み、右方向にカーブしている小径《こみち》をたどってみようと考えながら、ジェーンは鼻先にあるモクレンの花の芳香に誘われ、その場で足を止めた。そのときにはそうすることが自然だと感じたのだが、あとから思いかえすと不思議としか表現できない衝動に駆られ、ジェーンはモクレンの大木の向こうに見える窓のなかをのぞきこんだ。

室内には人がいたが、ジェーンに気づいた様子はなかった。目下の問題で精一杯で、それ以外のことに関心を持ったり、考えたりする余裕はなさそうだった。目に痛いほどの陽光がふたつの窓越しに室内を照らし、オークの床まで届いている。壁は落ち着きを感じさせる紅色で、金の額縁に収まった古めかしい肖像画が並んでいた。部屋の中央にあるきれいに磨きあげられたマホガニーのテーブルには食事が載っていた。上等なマホガニーの上で銀器がきらりと光る。苺を盛ったボウルの両側には丈の高いボヘミアン・グラスの花瓶が並び、濃い色のトスカーナ地方産の薔薇《ばら》と星のような形の雪白のバイカウツギの花が重たげに垂れていた。

テーブルには三人の人物がついていた。室内の詳細は無意識のうちにジェーンの記憶に刻みこまれただけだが、三人の人物のほうはまじまじと観察したため、一生忘れないだろうと思われた。

ジェーンはこれが無作法だという常識すら忘れてしまっていた。稀《まれ》に見るほど魅力的な庭園や飾りつけはもちろん、そもそもの目的すら忘却の彼方《かなた》だった。まさに彫像のごとく、その場から動けずにいた。人目を惹く三人は額を突きあわせて目下の話題に熱中するあまり、ジェーンに気づく様子はなかった。

楕円形のテーブルの両端に若い男女が、そしてふたりのあいだにはジェーンのほうに顔を向けて中年男性が腰かけている。若い女性は見目麗《うるわ》しく、ジョシュア・レノルズやトマス・ゲインズバラの肖像画から抜けだしてきたかのようだ。亜麻色の髪を頭の上でまとめ、琥珀《こはく》色《いろ》に輝く巻き毛が耳を隠している。青紫色の小枝模様を散らしたモスリンのサマードレスで身を包み、首にたくさんのラベンダー色のリボンを結んでいるのが唯一のアクセサリーだった。清楚《せいそ》な雰囲気を漂わせる顔は蒼白だ——ジャン＝バティスト・グルーズの描く少女のようで、美しいが、華奢《きゃしゃ》で繊細《せんさい》な印象を受けた。赤い小さな唇にぱっちりとした愛らしい青い瞳が目を惹く。青年は黒い燕尾《えんび》服《ふく》に乗馬ズボンという出で立ちで、髪は清潔感がある長さだった。背が高そうで、引き締まったいい体格をしていて、その顔にはなにかを決意したような厳しい表情を浮かべていた。カールした茶色の髪がひと房、額の下まで垂れている。ジェーンの目には、どちらもただならぬ様子に見えた。娘は明らかに恐怖で震えているし、青年はなにかを知らされ、憤懣《ふんまん》やるかたないといった風情《ふぜい》だ。感情を抑えることが難しい様子で、テーブルに身を乗りだし、大きな拳《こぶし》を白くなるまで握りしめている。動揺のあまりワイングラスを肘で倒して割ったようで、茜色《あかね》のワインがテーブルの端からぽたぽた垂れている。

中年男性は激烈な口調で話しており、怒りのあまり顔を歪《ゆが》めていた。口もとと顎のひげはきれいにあたっていて、もじゃもじゃの黒い頰ひげと黒髪には白いものが交じっていた。くすんだ薄茶色の上着を着て、やけに高い襟には黒いスカーフを巻き、真ん中にダイヤモンドのピンを刺している。重たげな下顎はボタンの花のように赤く、しわだらけの額と険しくひそめた眉の下には、丸い茶色の目が魚のごとく飛びだしていた。ジェーンはこれほど怒り狂っている人物を目にするのは初めてだった。敵意と憎しみが人間の顔をこれほど歪めてしまうことも初めて知った。太り肉《じし》の中年男性は口角泡を飛ばしながら、不満を弾丸のようにまくしたてている。その様は以前目にしたことがある、中世の建物の雨樋《あまどい》からこちらをいやな目で見下ろしていたガーゴイルを思わせた。どうやら中年男性が若者ふたりを怒鳴りつけているようで、若い娘は怯《おび》えて椅子のなかで縮こまり、小さな白い手で両耳を覆っている。そのときジェーンは、娘が結婚指輪をしていることに気づいた。観察しているうち、ジェーンまですさまじい激情のうねりに絡めとられ、若い娘の恐怖を我がことのように感じるようになり、こちらに顔を向けて激昂する中年男性へと急いで目を転じた。男の声こそ聞こえてこなかったが、男がバシンと叩くとテーブルは震え、銀器は跳ねあがり、花瓶の薔薇はこぼれ落ちた。そしてジェーンは突如として痛ましい死を目撃することとなる。

恫喝《どうかつ》する中年男性を黙らせようと青年が勢いよく立ちあがると、中年男性は胸もとから重たげな銃を引き抜き、それをまっすぐに左手にいる娘の頭へ向けたかと思うと、いきなり発射したのだ。閃光《せんこう》がきらめいた。黄金色《きん》に輝く頭を撃ちぬかれた娘は前にくずれ、そのまま椅子から滑りおちて床へ転がった。娘を撃った中年男性はすぐさま青年に銃を向けたが、銃を叩き落とされ、弾は宙に向かって発射された。青年はテーブルの大きな銀のナイフをつかむと、渾身の力をこめてそれを中年男性の胸へと突きたてた。胸にナイフが刺さったまま中年男性は倒れ、そのまま動かなくなった。中年男性を殺した青年は娘のもとへ駆けより、かがみこんで様子をうかがったが、すでにこときれていると知ると、振り向いてジェーンがのぞきこんでいる窓へと大股で近づき、窓を開けて外へ出た。肘が触れあうほど近くを通っていったのに、ジェーンの存在に気づいた様子はまったくなかった。そのぎらぎら光る瞳にはなにも映っていなかったのだ。青年はジェーンの横を抜け、素早く姿を消した。その短い相対では、顔になんとも名状しがたい苦悩を浮かべていることしか見てとれなかった。まるでいま姿を消したのは生きている人間ではなく、全人類の艱難辛苦《かんなんしんく》を具現化した存在のように思えた。もう一度室内へ目をやると、ドアが開いてお仕着せを着た召使いふたりが入ってくるのが見えた。

ジェーンは後ずさり、身の危険を感じて周囲から見つかるおそれのない茂みのなかに飛びこんだ。そして庭園の先の牧草地までなんとかたどり着いた。それでもまだ恐怖は去らず、駆け足で林を抜け、息を切らしながら干し草畑を力のかぎり走った。小高い場所まで来るとようやく足を止め、自転車の横に腰を下ろして息が落ち着くのを待った。

ジェーンの胸中は恐怖と感謝の念で占められていた。いま目にした光景に驚愕したと同時に、悲惨な事件に巻きこまれることもなく、また介入する必要もないことに言葉にならないほどの安堵《あんど》を覚えたのだ。なにしろ殺された中年男性と娘からしてジェーンに気づいていなかったではないか。いっぽう、人殺しを冷酷に殺した青年については、無事に逃げおおせてほしいとしか思わなかった。青年を気の毒に感じたのだ――その理由は自分でも定かではなかった。一時間ほど横になって、自分が目撃した事件の詳細をひとつひとつ思いかえしていると、あのような短い時間にあれだけの事件が起こったことに改めて驚かされた。腕時計に目をやると、小高い場所に戻ってくるまで半時間とたっていなかった。あの気の毒な人たちのことが頭を離れず、あのように凄惨《せいさん》きわまりない人生の終末を迎えるには、それ相応の事情があったに違いないと考えずにはいられなかった。

やがてジェーンは立ちあがり、自転車に乗って館へ戻った。その道中、また自分をとりまく世界が変化したことに気づかされた。野原や生け垣には忍び寄る秋の気配が感じられるようになり、気づくと太陽は雲の向こうへと隠れていたのだ。ジェーンは依然恐ろしい事件に巻きこまれずに済んだことに安堵のため息をつきながらも、なぜか心でも頭でも痛みを感じていた。そして生来慎重で控えめな質《たち》のため、このことはグッドイナフ将軍に話すまいと決めた。将軍にうちあければ、自分の静かな暮らしが脅《おびや》かされるのではとおそれたのだ。つまり事件の関係者のために、ジェーンが偶然目撃した事件を当局へ通報するべきだといわれる可能性が高いと考えたのだった。ジェーンの良心が一刻も早くうちあけよと命じることもなかった。現実的なジェーンは、自分には死者をよみがえらせることは不可能なのだから、それならば生きている者に死をもたらすような発言はひと言も漏らしたくないと考えたのだ。いわばジェーンの本能がそれを禁じたともいえる。そういうわけでジェーンは沈黙したまま、翌日には事件が発覚し、気の毒な関係者たちの事情も明らかになるだろうと、ひそかに、だが並々ならぬ興味を抱いて、その後の展開を見守った。

ところが明朝、グッドイナフ将軍や家政婦はもちろん、召使いのだれひとりとして地元紙の記事を読んで悲鳴をあげるようなことはなかった。朝食のあとで届いた地元紙には、衝撃的な事件の記事など一行も載っていなかった。また出入りの商人や馬丁、庭師の口から事件の報がもたらされた様子もなかった。ジェーンは怪訝《けげん》に思いながらも、まだ沈黙を守っていた。おそらく田舎ではニュースの伝わる速度が遅いだろうし、警察が捜査のために事件発生を公表しない可能性も考えられたからだ。

今日、将軍は体調良好とのことで、ジェーンをともなって小型馬車でダートムアを訪れた。ジェーンは石がゴロゴロしている丘に目を瞠《みは》り、花崗岩《かこうがん》の高台に広がる秋色のタペストリーに感嘆の声をあげた。ハリエニシダとヒースの花々が絡みあって、鮮やかな黄金《きん》色と淡い紫色のタペストリーを織りなしていたのだ。

ジェーンはダートムアを〈小さなかわいいハイランド〉と名づけ、グッドイナフ将軍はその名におおいに困惑しているふりを装《よそお》った。

「〈かわいいハイランド〉とはおそれいった！　神々《こうごう》しいばかりの岩山《トー》に、そのようなふざけた名前をつけるとは前代未聞だ。いいかね、ジェーン、この漠々《ばくばく》たる荒地は地球上のどこにも見られない稀有《けう》な存在なのだよ。たしかに標高はたいしたことがないし、花崗岩の川岸や険しい斜面を縫うように走る川は黄金《きん》や白銀に光る細い糸としか見えないだろう。しかし小さいながらも広大な場所にも引けをとらないとは思わないかね？　それこそがダートムアの特徴、神髄といえるものであり、ひいては厳しさでもあるのだ。どうだね、この威風堂々とした佇《たたず》まい。ひとたびそれを感じ、受けとめたら最後、心も頭も鷲《わし》づかみにされて、みずからダートムアの下僕《しもべ》となるのだよ。きみもここを去るころには、スコットランドにはこのような美しい場所はないと認めること請けあいだ。より良きものを知ってしまうと、いままですばらしい景色と思っていた場所が色褪せて見えるものだからな」

ジェーンは内心、昨日思いがけない体験をした丘へ向かってほしいと願っていた。近くへ行けば、眼下の屋敷について尋ねる機会もあるだろうと考えたのだ。しかし将軍はそちらへは向かわなかった。ひとりふたり行き交った人と挨拶を交わし、馬に乗った男性が足を止めたので、将軍はジェーンに紹介した。だが、だれひとりとして驚愕のニュースを口にする者もいなければ、前日の昼ごろに目と鼻の先でむごたらしい事件が起こったことを知っているらしき様子の者もいなかった。

ジェーンはじりじりと三日間待ったが、その労が報われることはなかった。そのうえ自分でも驚いたことに、その後の新しい体験のため、ジェーンの記憶が薄れてきたのだ。そもそも生来おっとりとした質《たち》のため、これほどなにかを気にかけることはめったになかった。それにもかかわらずこの事件のことはなぜか頭から離れなかったので、記憶が薄れはしないだろうと思いこんでいたのだ。ジェーンはともするともう忘れてしまおうかというささやきが脳裏に浮かぶのを振りはらい、諦めずに事件について調べてみようと決心した。あのような事件が起きたというのに、いやしくも文明社会においてなんのさざ波も立たないのは納得がいかなかったのだ。そのうちジェーンはなんらかの行動を起こすべきかと思い迷うようになった。一度はグッドイナフ将軍に目撃した一部始終をすべてうちあけようと決心したが、谷間の屋敷を再訪したい思いもあり、ふんぎりがつかなかった。そこで古くからある言い訳を利用して、再訪してみることにした。ドアを探し、水を所望するのだ。そうすれば一週間ほど前の惨事を思わせるなにかを発見できるに違いない。死体はすでに埋められてしまっただろうが、あれほどの事件であれば犯罪現場になんらかの影を落とすに決まっている。あのような陰惨きわまりない事件が起きたのに、その現場になんの痕跡も残っていないなど、自然の理に反しているはずだ。

最後に浮かんだ考えに意を強くし、数日後ジェーンはランチを用意してもらい、再度ひとりで、場合によっては終日かかることも覚悟して、自転車の遠乗りに出かけた。見覚えのある道標《みちしるべ》をたどり、しばらく迷ったりもしたが、偶然ふたつの道が直角に交差する場所に出た。そこの標識に〈物乞いの茂み〉とめずらしい名が記してあったのを憶えていたのだ。そこから左へと進むと、ほどなくして見覚えのある小高い場所にたどり着いた。間違いない。その陰に自転車を隠したヒイラギの茂みをはっきり憶えていたし、事件を目撃したあとで腰を下ろして、いま目にしたものを反芻《はんすう》した場所も記憶にあるとおりだ。

惨劇の現場を再訪する心の準備はととのった。谷間には人っ子ひとりおらず、道でも、屋敷へと続く牧草地の斜面でも、だれにも行きあわなかった。そして太陽までが、前回とは違った。雲間から顔を出し、眩いほどに照りつけることはなかったのだ。さわやかで気持ちのいい朝だったが、正午に近づくにつれ次第にうだるような暑さとなり、気づくと茶色のどんよりとした雲が薄織物のように広がって、わずかに吹いていた風もぴたりとやんだ。あたりの空気は重たげで不快感に満ち、いまにも激しい雷雨がやって来そうな気配だった。ジェーンは眼下に切妻屋根とらせん状の煙突を探したが、見つからなかった。あれほど飛んでいた白い鳩も見当たらない。谷間はいくぶん色彩が薄れ、木々は記憶にあるよりも高く、葉も茂り、全体的に大きく見えた。前回同様、刈りとられた干し草畑を通りすぎ、木立を抜け、その下の開けた場所へ出た。そのまま進んで牧草地を突っ切ったところで視線をあげたが、そこに屋敷はなかった。消え失せていた。それに気づいた瞬間、ジェーンは幽霊でも見たかのように身を震わせた。しかし恐怖を感じた原因は、ジェーンが目にしたものではなく、目にできなかった事実にあった。これまで経験したことのない奇妙な感覚がジェーンの意識に忍び寄ってきた。肉体ではなく心が移動するような感覚だった。長く延びる通路のようなところに立ち、過ぎ去った歳月をさかのぼって灰色の屋敷と庭が造られる前の時代へ来たのだと感じた。ときを駆けもどり、谷間が荒野だった時代、人が家を建て、庭を造り、噴水がきらきらと水をほとばしらせる前の時代に戻ったとしか思えなかった。そしてジェーンもまたその流れに巻きこまれ、はるか昔、生まれる前の世界に来たのだと。ジェーンは目をこすり、手をつねった。過去への瞬間移動などとても信じられず、夢だと思ったのだ。しかしそこで、目の前に見えているものが正真正銘の現実であり、それまで現実だと考えていたものは、実は夢幻だったのだと気づいた。

それを教えてくれたのは目の前の森や茂みだった。死者の書き残した文字を消した羊皮紙に、それでも前の文字がうっすらと見えているように、森や茂みに目を凝らすと、一週間あまり前にこの目ではっきりと見た光景の名残《なごり》のようなものが、そこかしこに感じられたのだ。いまステップをあがってきた朽ちかけた階段も、一週間ほど前に庭へあがるのに使ったものだ。雑草に覆われ、ボロボロになってはいるが、通ることはできた。見るとアザミ、イバラ、ワラビが絡みあう茂みのなかに、ひどい姿となった池の残骸が残っている。大理石は緑の苔に覆われ、少年の像は消え失せ、水は干上がっていた。孔雀の形に刈りこまれた対《つい》のイチイの木は、片方は姿を消していたが、もう片方は低木のなかで存在感を示していた。いまでは生長し、大きく枝を伸ばしているものの、ジェーンはかつての孔雀の意匠を見てとることができた。木は四方八方に枝を伸ばし、自然の姿に戻りつつあるが、昔日の姿を知る者の目には、いまでもぼんやりとながら巨大化した孔雀が見えるのだった。しかし屋敷は影も形もなくなっていた。周囲の生い茂った森や下生えの月桂樹やツツジが、大小の岩石がゴロゴロしている地面にじわじわと勢力を拡大している。もっとも大小の岩石は、イラクサやゴボウ、ネズミムギ、ギシギシといった草を圧倒するように生長する若木に隠れており、ほとんど見えなかった。頭上へ目をやると、一週間あまり前は白い鳩が群れとんでいたが、いまは一羽のノスリが森のはるか上を飛翔しているだけであった。そのノスリも不満げな鳴き声をあげたと思うと、すいと空高く舞いあがって消えた。

人の声も聞こえなければ、人の姿も見当たらない。石山の上で眠っていた一匹の狐がジェーンの足音に驚いて跳びあがり、慌てて森のなかへ逃げていった。ジェーンは茂みのなかを駆けぬける狐の尾の先端が白いのに気づくのが精一杯で、すぐに狐の姿は見えなくなった。狐が走っていった遠い先から、雷鳴のきざしめいた音が聞こえてくる。ふと見ると雑草のなかにキバナムギナデシコがあったが、朝に開く黄金《きん》色の花はすでに閉じていた。

これこそが本当の姿だった。廃墟ならではの孤独感やもの悲しさを漂わせているにもかかわらず、過去の姿を目にしているジェーンには、どことなく美しさや純粋さを感じさせるような気がした。いまはもう恐怖は感じていなかった。かわりに古めかしい屋敷、緑の芝生、大きな魚を抱えた少年の像が立つ噴水、モクレンの木に咲く杯のように大きな花、芳香を放つその花が眩い陽光を浴びて、背後の壁とは対照的に輝く様を思い浮かべた。ほんのつかの間、そうした情景を心のなかに描くと、ジェーンは狐のあとを追うように森のなかを登っていった。そのままもう一度干し草畑を抜け、小高い場所へ戻った。

そこでものんびりはしなかった。激しい雷雨が襲ってくる音が聞こえていたからだ。細切れの蛇のような形をした朽ち葉色の雲が頭をもたげ、その中心では鋭い雷光が何度もひらめいている。その荒天から逃れようと、ジェーンはただちに行動を起こした。できれば荒れ模様の天候につかまる前に館へ帰りたいと、一目散に逃げだしたのだ。

しかし自転車を三十分も漕がないうちに、空で雷鳴がとどろき、大粒の雨がばらばらと落ちてきて、土埃《つちぼこり》が舞った。それでもジェーンは意に介さず、進みつづけた。とくに雷が怖くはなかったし、ほんの百ヤードほど先の空を切り裂くように、雷が強烈な光を放つ青いリボンを落とした様子だったが、それにもひるむことはなかった。それどころか、ジェーンは嵐を楽しんでいた。全身濡れ鼠《ねずみ》で館へ通じる並木道を走っていき、案じ顔でポーチに立つグッドイナフ将軍にもにっこり笑いかけたくらいだった。

ジェーンは濡れた服を着替えながら、自分の身に起きた出来事すべての意味を考えていた。父親は特殊な能力の持ち主だと噂されていたようだが、それが彼女にも遺伝しているのは間違いない。父親も一度か二度、カーテンのなかをのぞくように、過去なり未来なりを目にしたことがあったのだろう。別段すばらしいことではないが、かなりめずらしいといえる能力――一種の超自然的な体質を受け継いだわけだが、その能力が自分にあるとわかったところで誇らしくはなかった。自在にその能力を使いこなすことができるわけでもないし、これまでの人生、その能力の影響下にあると感じたことは一度もない。ジェーンは心の底からその能力が好きになれなかった。残されたのは不愉快な印象だけだ。そもそも、どうしてよりによってあの悲惨な映像だけが、ジェーンの脳内と視界を選んで再現されたのか、納得できる理由が考えつかない――歳月を飛び越え、もっとも悲惨な瞬間だけが朽ち果てた廃墟で再現されたのはなぜか？　やがてジェーンの頭に、実はあの幻影を見たことにはなんの意味もないのではという疑いが芽生えた。実際に起こった出来事が再現されたのかもしれないが、それよりも可能性が高いと思われるのは、ジェーンが過去に読んだ小説の一場面かなにかが、無意識のうちに記憶の奥底から掘りおこされて幻影を見せたとの解釈だ。さらにいうなら、すべてはうつらうつらしているあいだに見た夢ということも考えられる。

ここに至ってようやく納得できたので、いつもの習慣でじっくりと思案した結果、ジェーンは今日の出来事だけは話してみようと決心した。だが一週間あまり前のことについては、まだ口を噤《つぐ》んでおくことにした。

早速、ジェーンは将軍に今日の出来事を話してみた。小高い場所に自転車を隠したこと、それから谷間へと降りていったこと、そこで廃墟を発見し、狐を驚かせてしまったこと。将軍は興味を惹かれた様子で、あの場所について詳しいことを説明してくれただけでなく、ジェーンの知らない事情まで教えてくれた。もっとも、将軍もすべての事情に通じているわけではないようだった。将軍の口調には皮肉めいた響きがあるように思ったが、それは実際にそうなのではなく、ジェーンの耳がそう聞きとってしまうだけだと自分にいいきかせた。というのも、将軍よりもあの事件に浅からぬ縁のようなものを感じているからだった。将軍にとってはかび臭いような往日の事件などただの昔話にすぎないが、ジェーンにしてみたら、ついこのあいだ目撃したばかりで気になって仕方がない謎なのだ。将軍ははるか昔に事情通から聞いただけだろうが、ジェーンは実際にこの目で観たのだ。しかも将軍が知っているよりもはるかにたくさんのことを目撃していた。

「なんと、ジェーン、かつての孔雀屋敷を見つけたのか！」グッドイナフ将軍は声をあげた。「きみはたいした探検家だな。あの廃墟となった屋敷には、このあたりではかなり有名な物語があるのだよ。ことによると、よくある噂話と違って、本当にそれに近いことが起きたのかもしれん」

こうしてジェーンの思惑どおり、将軍はきわめて上機嫌に話にのってきた。

「いかにもなにか物語の舞台になりそうな雰囲気を感じました」

「ああ——わたくしは同年輩の農場主から聞いたのだが、彼は実のところ人形劇で知ったという話だ。そうはっきりいっておった。とくに小説のような話ではないし、登場するのもひと時代前の人間だ。もっとも、被害者のひとりである女性が墓所にとどまることをよしとせず、命を奪われた場所へ頻繁に姿を現していたので、あの屋敷は住む人もいなくなり、しまいには取り壊されたともっぱらの噂だった。

あの屋敷には若い娘と歳の離れた夫が暮らしていた。いや、そもそもの始まりから話すとしよう。五十年以上どころか、どちらかというと百年のほうが近い、そのくらい前の話だ。

当時はこの館に暮らすポール家がここらを統治していたが、財政状況は火の車だった。ポール館に住んでいたのは七代目准男爵サー・ウォルター・ポール、その妻、そして息子がひとり。自然、両親の期待はひとり息子に集まる。なにしろ一族の最後のひとりだ。名前はユースタス・ポールといい、当時彼の名は頻繁に人びとの口《くち》の端《は》にのぼっていたが、いい話であることは一度もなかった。冷酷で利己的、悪事にふける甘やかされたどら息子ともっぱらの噂だった。それでも両親は息子のいい面だけに目を向け、その行状に目をつぶってきた。だが、息子の救済につながるかもしれない徴候らしきものが見えたとき、よくあることだが両親はその重要性に気づくことができず、人生の転機となるべき場面で息子の行く手を遮《さえぎ》った。もっとも、両親を必要以上に責めることはできない。いまとは時代が違うし、身分違いの結婚——今日日《きょうび》では貴族階級でそれと無縁でいる家などほとんど存在しないだろうが——当時はまだ忌《い》むべきものと見なされていた。ともかく、ユースタス・ポールの唯一まともなおこないといえるのは、小売り商人の娘と恋に落ちたことだった。しっかりとした教育を受け、立ち居振る舞いも洗練された娘だったそうなので、ユースタスが娘と結婚していれば、孔雀屋敷の物語がこうして語られることもなかっただろう。おそらくユースタス・ポールは悲劇を背負って生まれ、それが人生にもなんらかの影響をあたえたのは間違いない。

起きた出来事というのはこうだ。なにがあろうと婚約は許さないといいわたしたあと、両親は息子の気を紛らわせようと、父親の案件を解決するという口実でロンドンへ行かせた。その案件というのはかなり複雑なものだったようだ。そしてユースタスの留守に、サー・ウォルターは娘の父親に嘘をついた。息子は娘に幻滅したらしい。身分の高い息子が満足できるわけがなかったと。当時ロンドンとこの地域を結ぶ鉄道はなかったので、娘のもとへ便りはなかったろうし、娘には父親から知らされたことへ反論する術などなかった。ユースタスが手紙を書いていたとしても、無事に娘のもとへ届くことはなかったろう。いまとなっては、だれにもわからないことだがな。おそらくユースタス・ポールは目減りするいっぽうの父親の財産を少しでも救うべく奔走《ほんそう》しており、自分の留守にそんなことが起こっているとは夢にも思っていなかっただろう。

ちょうどそのころ、メイ・エリス——それが娘の名前だった——に歳は離れているが格好の求婚者が現れた。宿を経営している男性だった。彼もまたメイよりも身分は高かったが、なにをおいても彼女との結婚を望んでいた。ユースタス・ポールとの恋ははかない夢と終わったと信じていたメイは、父親に説得されて結婚歴がある宿の経営者と婚約した。おそらく当時の慣習にしたがってメイは結婚を決心したのだろう。ところが、結婚するその日にユースタスがロンドンから帰ってきた。彼が最初に聞かされたのは、メイが今日結婚したとの知らせだった。ジョナサン・フォスター氏が経営していた宿はプリマスにあったが、すでに引退を決めていた。そして自分が恋人たちを引き裂いてしまったことを知らなかったのか、あるいは関心もなかったのか、エリザベス朝様式の孔雀屋敷で最愛の新妻と暮らしはじめた。かけがえのない相手と暮らすにふさわしい屋敷だった。いまでもここいらには当時の姿を憶えている老人もいよう。噴水に芝生、目を瞠る形に刈りこまれた木、小さな庭園とそこを駆けまわるダマジカを。

ジョナサン・フォスターはたしか五十歳前後で、自分の交友関係を大事にしており、当然この地域に根差して生きているという意識はなかった。結婚生活に深く満足している様子で、ほんの二十マイルも離れていないところに暮らす、恋人を奪われて満たされない思いを抱える危険な若い虎のことなど、考えたこともなかったろう。

その後なにが起こったのかについて、歴史は黙したままだが、人生経験を積めばその空白を埋めることはできる。ユースタスが恋人を奪われたことを恨んでいたのは疑問の余地もないだろう。そのためにかつて悪行三昧だったころの気性が顔を出してしまったに違いない。そしてその矛先《ほこさき》は彼の座を奪った者のみならず、娘にも向かった。もっとも、ユースタスは心のうちを長いあいだ隠しておったようだが、その後に起こったことを見れば、原因はひとつしか考えられない。ジェーン、この続きをきみに聞かせていいものかとためらってしまうが、きみは人間の本質を日々学んでいるわけだし、新聞だって、最近の小説だって読んでおるからかまわないだろう。これはおそらくだが、ユースタスはメイ・フォスターに会い、どのような卑怯な手でふたりの仲が引き裂かれたかを知らされたに違いない。ユースタスは心変わりをしたとサー・ウォルターがメイの父親に知らせ、それを聞かされててっきりそのとおりなのだと信じ、傷つき、もうどうでもいいと父親の勧めにしたがったとメイは説明したのだろう。そこまではそのとおりのことが起こったと考えてまず間違いなかろう。しかし、その後については推察するしかない。なにが真実なのか、偽りなのか、たしかなところはだれにもわからない。しかしながら、後日談についてはこう考えれば疑問をさしはさむ余地のないほど説明し尽くせると思われる。

ユースタスは彼にしかわからない理由により、かつての恋人の夫と無理やり知り合いになったようだ――ことによると狩りのときに近づいたのかもしれない。というのも、ジョナサン・フォスター夫妻はよく狐狩りに参加していたからだ。そしてユースタスは若い妻メイと駆け落ちしようとして失敗したか、あるいは駆け落ちしようとそそのかしたが拒絶されたと思われる。それはそれとして、最後には恋敵《こいがたき》とおなじくらいメイのことも憎んでいたようだ。もっとも夫妻のほうではそれに気づいていなかった様子だが。というのも、ユースタスは孔雀屋敷に出入りしていたのだが、ジョナサン・フォスターと口論になったという記録は残っていないからだ。そして六月のある日、ユースタスは孔雀屋敷で実際に夫妻と昼食をともにし、そこで有名な事件は起きた。

食事が終わり、食堂をあとにした召使いたちは、突然立てつづけに二発の銃声が鳴り響いたのに仰天した。召使いたちは自室へ引きとっていたため、おそらく駆けつけるのに一分はかかっただろう。そして食堂で変わり果てた姿となった主人夫妻を発見した。犯人はすでに姿を消していた。気の毒な妻は頭を撃ちぬかれ、夫はテーブルにあった重たい銀のナイフで胸を刺されていた。部屋で発見された二連式の拳銃はどちらの弾も発射されていたが、犯人は二発目をはずしたようで、結局弾は壁の羽目板のなかから発見された。

警官たちはこの館にもやって来た。しかし、ポール館の者はなにも知らなかった。唯一の例外は、その朝早くに馬で出かけたきりの、一族の最後の希望であるユースタス・ポールだ。そして彼はそのまま二度と戻らなかった。あたり一帯が徹底的に捜索された。その日のうちにエクセター近くの牧草地でユースタスの馬が発見されたが、馬は足をくじいて動けない状態だった。悪党はそれきり地上から忽然《こつぜん》と姿を消してしまった。自殺したのだろうといわれておる。そうだとしてもなんら不思議はない。

物語の抜けているところは、こう考えればかなりのところまで埋めることができる。メイ・フォスターは夫のもとから逃げるつもりはなかったし、こっそりとこの無法者の愛人になるつもりもなかったのだろう。そのため卑怯な青年は胸に浮かんだ復讐を果たしたい衝動に駆られて孔雀屋敷を訪れたのだ。それまでユースタスは自分の衝動を抑えようと努めたことなどなかったのだから、衝動に打ち勝つことなどできるはずもない。

きみのような若者には凄惨な物語に聞こえるだろうな。まあ、そういう事件が起きたのだ。そして孔雀屋敷では新たな借り手が暮らしはじめたが、気の毒なメイ・フォスターの幽霊が命を奪われた時刻になると食堂へ現れることが続いたため、住人はおちおち昼食を楽しむどころではなかったし、召使いも長続きしなかった。そういう事情でそのうち取り壊しが決まり、値打ちがあるものはすべて持ち去られた——それがたしか五十年近く前のことだ。さて、もっと楽しい話をしようではないか」

「ポール家の両親もいなくなったんですか？」ジェーンは尋ねた。彼女の胸中ではすでに持ち前の用心深さと欲望が葛藤《かっとう》を繰りひろげていた。ことここに至っては、だれでも自分が観た光景のことをうちあけたくなるのがなにより自然な流れと思われるが、ジェーン・キャンベルはそう考えなかった。一般に事実だとされているものと自分が目にした光景との差異が気になって仕方ないものの、それでもジェーンは黙っていた。慎重な彼女としては、うちあけるか、それとも口を噤んでおくかをじっくり考えて決めたかったのだ。

「ああ。サー・ウォルター夫妻もこの地から姿を消した。サー・ウォルターはその十年後に亡くなり、レディ・ポールは当時医者が保養地として注目しはじめたトーキーに移り住んだ。この夫妻にはそれ以外にもたくさんの逸話がある。ポール家はどうやら短剣がお気に入りらしくてな——おそらくサー・ウォルターの祖母によってもたらされたラテンの血のせいで、その欠点が顔を出すのだろう。亡くなった夫妻のいとこがこの館を売りに出したとき、わたくしはこの地を訪れ、数日ここへ滞在した。この館が気に入るかどうか判断するためだ。そのとき見せてもらった家族の肖像画や、サー・ウォルター夫妻にまつわる話はいまでもよく憶えておる。肖像画のレディ・ポールの美しさを褒めると、人殺しの母親なのだと聞かされた。彼女の肖像画の白い喉が深く切りつけられ、その後修復したらしき痕跡も見せてくれた。そうなったいきさつも、記憶をたどって説明してくれたよ。ある日の夕食の席だそうだ——おそらくユースタス・ポールもその場にいたのだろう。夫妻は口論となり、レディ・ポールの言葉にサー・ウォルターはかっとなった。サー・ウォルターは素早く立ちあがり、おそらくは鬼を思わせる形相で妻をねめつけると、短剣を手にとり、背後に飾ってあったレディ・ポールの肖像画の喉に突きたてたそうだ。なかなか新しい形の殺人方法だな。被害者が出るおそれもなければ、自分が人殺しとなる危険もない。しかし、レディ・ポールの心情はいかばかりか！　短剣が突きたてられた瞬間、レディ・ポールの心は殺されたに違いない。まだレディ・ポールに夫への愛情が残っていたとしても、それも道連れにな。その場に召使いたちがいなかったよう祈るしかない。ことによると短気な乱暴者にも憎めないところがあり、罪滅ぼしをしたいと謝り、許してもらったのかもしれん。いまとなってはだれにもわからんことだ」

しかしジェーンの心は恐怖でいっぱいだったので、残念に思うこともなく将軍に「おやすみなさい」と挨拶をして、自室へ引きとった。ジェーンが最初に感じた衝動ははっきりしていた。もっとも慎重な質《たち》だったので、最初の衝動に身を任せることはめったになかった。ジェーンは将軍の話の仕上げとして、自分が目にした光景のことを話すつもりだったが、途中で気が変わり、ふたつの物語——将軍の話と、自分が目にした光景のことを考えながらベッドに横になった。自分が観たものが、一般に流布《るふ》されている説に比べて実際に起きた蓋然性が低いとは思えなかった。伝えられている話ではユースタス・ポールは残酷な悪者になっているが、自分が目にした光景では彼はごくまともな青年で、それ以前にどのような過ちを繰り返していたとしても、ジェーンが観ているあいだはごく常識的な振る舞いしかしていなかった。なんらかの表に出ない動きがあったに違いないと感じ、光景を目にしたとき自分に湧きあがった激しい感情がつかの間よみがえった。とはいえ、そうだとしたところで、いまとなってはそれは大きな問題だろうか？　ジェーンはもどかしい思いで自問した。現実離れした妙な心霊体験のことを、自分がもう一度考えなければいけない理由はあるだろうか？　しかし、現にこうしてあの光景を忘れることもできないでいる。グッドイナフ将軍から聞いた話のおかげで、ジェーンが最初に疑ったような彼女の個人的な幻影である可能性はなくなった。客観的に考えれば、あの日、目にした光景はすべて現実に起こったことなのだろう。それどころか、この件を公表すれば現在ちまたに流布している説の誤りを訂正することができる。しかし、そこでおなじ疑問が湧き起こる。それは大切な問題だろうか？　いまとなっては正義を実現することはかなわないし、それでだれかの名誉を回復することもなければ、誤りが正されるわけでもないのではないだろうか？　死がふたりを呑みこんだのは遠い昔で、いまジェーンが目撃したことを公表したところで、喜ぶ者はひとりもいないだろう。ジェーンはジェーンで、自分の体験を将軍に告白して笑われでもしたら、心が安まるどころではない。ジェーンはこの件にちょっとした心理学的興味を感じているだけで、それ以上の関心はなかった。とはいえ、グッドイナフ将軍は父親に千里眼能力があった様子だと話していたから、その手の才能が娘に遺伝しているかどうかを知りたがる可能性もある。よく考えてみれば、将軍ならジェーンの話を聞いても笑ったりするはずがないと確信がもてた。ジェーン自身はこの件に喜びを感じるどころか、どちらかというとうんざりしていて、もう二度と似たような体験はしたくないと思っていた。

翌日の晩、ジェーンは将軍に自分の体験を語ることにした。

「孔雀屋敷で起きた悲劇について、誤解なさっていることがあるように思います」夕食を終えたあと、将軍と一時間ほど過ごすことになり、ジェーンはそう切りだした。将軍はインド産のトリチノポリ葉巻を楽しんでいる。

「そうかね、ジェーン？　それは興味深い。わたくしは間違っておるのかもしれん。しかし語り継がれている物語が間違っているというが、すべての事情が明らかにならないかぎり、なにが起こったのか実際のところはわからないのではないかな」

「実は、取り壊される前の孔雀屋敷をこの目で観たのです。それも、ちょうど犠牲者の方たちがお気の毒にも亡くなられた日を」ジェーンがこのうえなく明瞭に説明したところ、将軍はまじまじと彼女を見つめた。

「ええ？　ジェーン、いったいなんの話かね？」

「実は孔雀屋敷には二度行ったのですが、初めて訪れたときのことはまだお話ししていませんでした。そのときは、その後なんの騒ぎにもならなかったので、狐につままれたような気分でしたけど。実はこういう出来事を目撃したのです——わたしが白昼夢を観たのでないかぎり」ジェーンはすべてを説明した。将軍は興味津々の様子で耳を傾けていて、気づくと葉巻の火は消えていた。将軍は一度も話を遮ることはなく、話が終わってもしばらく口を開かなかった。事実、沈黙があまりに長く続くのでジェーンは次第に落ち着かなくなり、すべてをうちあけたことを後悔しはじめていた。

「きっと教父《ゴッドファーザー》さまの気晴らしになるようにと、わたしがこんな手のこんだ作り話を考えだしたのだとお思いなのでしょうね」しばらくして、ジェーンはそう話しかけた。

「いやいや、そんなことはない。とても興味深い話だった——夢中になって聞いていたよ、本当に。しかし、気晴らしどころではなく、それ以上の意味があると思わないかね。考察すべきことがたくさんあるな、ジェーン。奥の奥まで突きとめることだ。その体験からわかることはなにか？　一ダースはある。最初に、その不思議な能力はお父上から遺伝したものだろう。ことによると科学にとってはめずらしい現象ではないのかもしれんが、わたくしはそういったことを耳にするのは初めてだ。つぎに、きみが観たとおりのことが実際に起こったのだとしたら、昔から語り継がれている話は事実と違うことになる。半世紀以上の埃を払って、これまでのものとはまったく違う、新しい物語を明らかにしたのだな」

「わたしもそう思います。それでもそんな自分に戸惑っています。そんな超自然的な幻影を観る能力が自分のなかに眠っていたとわかっても、困ってしまうだけですから。この先、似たような出来事に二度と遭遇することがないよう願っています。でも、それでいて、できればもう一度だけ過去をのぞいてみたいとも感じているのです——この不思議な経験をまっとうするために。でも最後まで見届けたところで、つらいだけでしょうね。唯一生き残った気の毒な青年も、きっと痛ましい最期を迎えたのでしょうから」

「そんなところだろうな、ジェーン」

「昨夜、孔雀屋敷の物語をうかがってから、実際にはどういうことが起こったのか、ずっとわたしなりに考えてみました。おそらくふたつの物語のあいだのどこかに真相があるのだと思います――その三番目の物語は残るふたつの物語と多かれ少なかれ似通っているのでしょう」

「そうではないだろう。論じる土台にするのはきみが目撃したもののみ。その光景をもとにして、説を組みたてるべきだ。しかしきみが目撃した光景が起こる以前になにがあったのか、いかにもありそうな物語を考えられるほど、きみは人間の本質に精通しているかね？」

「頭をひねってみましたけど、わからないことがたくさんありすぎて、真相を解明することはできませんでした。あの光景を目撃したとき、声も聞こえたらよかったのですけど。そうすれば、きっと真相がわかったでしょうに。古くから語り継がれている物語のせいで、ますますわかりづらくなったように思います。ゆうべうかがったお話とわたしの目撃した光景とは、登場人物の性格がかなり違うようですから」

将軍はうなずいた。

「そのとおりだ。どうやらちまたに流布している物語は、登場人物三人の性格が事実とは異なっているようだな。歴史ではよくあることだがね。ここは各人の行動のみを考えることとしよう。そしてある心境から行動を起こしたと仮定しよう。行動を起こされたほうも同様だ。

人物の性格を判断する根拠とすべきなのは、行動を起こした動機ではなく、行動の結果だ。そこにこそ性格が表れるものだからな。ある出来事の陰にかならずなんらかの動機が隠されているとはかぎらない。無数の偶然の結果かもしれない。もしかすると三人は語り継がれている話とは全然違った人物だった可能性もある――それどころか、三人はまったく違う性格だと判明し、それぞれの人物評が一変するのではないだろうか」

「女性だけはその可能性はないでしょう。彼女は間違いなく殺されて当然です。それに結局のところ、ユースタス・ポールも彼自身が愛人に発砲したも同然なわけですよね。そうなると、やはり彼は悪党だったのでしょう。すべてはジョナサン・フォスター次第のように思えます。本当に彼が妻を殺し、妻の愛人も殺そうとしたのであれば――」

「ちょっと待ちたまえ。ジェーン、結論を急ぎすぎている。きみは扉を開けたのだ――その先に待っているのはもうひとつの答えではなく、一ダースもの可能性だ。いまだ我々は真相からほど遠いところにいるし、真相を解明することができるのは人生経験だけだろう。残念ながら我々ふたりとも、ロマンティックな創造力や真相解明に不可欠なひらめきに欠けているきらいがあるように思う。たとえばきみはすでに真偽の疑わしい話の一部を事実としてとらえている。当然のように愛人という言葉を使っているが、それはどうしてかね？　それが事実に違いないと考えた理由は？」

「ジョナサン・フォスターの行動から間違いないと思ったのです。そうでなければ、どうしてふたりを殺そうとするでしょう？」ジェーンは意見を述べた。

「ジョナサン・フォスターが誤解していたという可能性は考えられないかね？」

「お言葉ですが、ジョナサン・フォスターが誤解していたよりも、彼が正しい可能性のほうがはるかに高いと思います。いまは結果から原因を探っていかなければなりません。年輩の男性が妻と青年——妻のもと恋人を殺そうとしたことがわかっています。嫉妬以外に原因となるものがあるとは思えません。ジョナサン・フォスターは良識ある男性で、宿の経営で成功を収めていました。そうした事柄で妄想にとらわれるとは、ちょっと考えられません。結局のところ、これまでの嫉妬に狂った幾多《いくた》の男性たちとおなじ行動をとっただけといえます」

「そうだな」将軍はうなずいた。「しかし、これまで数多くの男たちが誤解から嫉妬に狂ってきた。ジョナサン・フォスターだけが例外となるだろうか？　我々が考えているほどには、彼の嫉妬には根拠がないのかもしれん」

「ユースタス・ポールの悪名高さもあります」

「それについても、やはり我々は世間の評判以上のことはわからないわけだ。しかも、事件の犯人だとの憶測が果たした影響は大きかったに違いない。しかし、きみの能力のおかげで、いまではそれは誤解だったとわかっている。おそらくユースタス・ポールも我々が考えているほど悪党ではなかったのだろう。そうなると、違う可能性も考えられる——ジョナサン・フォスターは騙されていたのかもしれん。オセロのようにな。我々が知りうることはできないが、ことによるとイアーゴーの役割を果たした人物がいた可能性もある。議論のために、ユースタス・ポールは従来の噂どおり、ろくでなしの悪党だったと仮定しよう。しかし、問題のその女性に対しては尊敬の念を抱いており、自分のもとから去ったのも彼女自身にはなんら責《せめ》はなかったと知り、その後もずっと深く愛していたために、失礼な態度をとることはできなかったという可能性もある」

だがジェーンはかぶりを振った。

「その可能性は低いと思います。いちばんありそうもない筋書きではありませんか。教《ゴッド》父《ファーザー》さまはとても寛大でいらっしゃいますが、まるで日曜学校で子供に聞かせる話のようだと感じてしまいました。いずれにしても、まず現実に起こるとは考えられませんわ。そもそもユースタス・ポールは絶対にそういう行動をとるタイプではないでしょう。そして女性にしても、不義が露見していることを当の女性は知らなかった可能性もあります。なかなか人間の本質を突いた意見だとお思いになりませんか？」

「そうだな、ジェーン。しかし実は清廉潔白《せいれんけっぱく》の身ながら不義が露見したとされ、その罪の報いを受けさせられた者も大勢いただろう。デズデモーナがそうだったようにな。わたくしはなにも若いふたりを擁護《ようご》したいわけではない。ただ一目瞭然と思えることでも、それがかならずしも真相とはかぎらないとわかってほしいと思っておるのだ。ひとたび人間の性格を考えはじめたら、このように溺れてしまうものなのだよ。わたくしがいったとおり、中年の夫の耳に毒を吹きこんだイアーゴーがいたと仮定してみようではないか。ことによると、夫には敵などひとりもいなかったのかもしれん――イアーゴーなど存在しなかったのかもしれん。しかしよかれと思って、用心したほうがいいと言葉をかけ、その自覚なくすでにあった導火線に火をつけた友人がいた可能性はある」

「それでは全員がいい人だったと擁護なさっているのと変わりません！」ジェーンは訴えた。

「現代史はほとんどがそういったごまかしばかりといえる。伝説の巨人までも現代の社会学の知識でもって理解しようとしがちだ。そして精神分析にかける。さらに巨人の現実離れした身長を人間と同程度だと矮小化し、同時代に存在したとしても黒とも白とも断定することはできないとするのだよ。しかしこの三人については、真相につながるような事実を知ることは不可能だ。ものごとにいいも悪いもなく、それをどう受けとるかが問題なのだが、三人はどう受けとめたのだろう？　この疑問に対する答えもまた知ることはかなわない。興味深いのは、我々が心情的にどの程度影響を受けているかだ。ユースタス・ポールを許すほうに傾いているのか、それともジョナサン・フォスターに同情する気持ちのほうがそれよりも少し強いのか」

「実はこの目ではっきりと見たというのに、どうしても現実にいた人たちだったと思えないのです。五十年以上前に死んでいると知ってしまったら、フィクションの登場人物程度の興味しか感じられなくて――それどころか、フィクションのほうがまだ興味を惹かれるかもしれません。わたしとしては、よくできた人形劇の登場人物のほうがずっと現実的に感じます。教父《ゴッドファーザー》さまはいろいろなことを感じとられているようですけど」

「その気持ちは理解できる。まだ若いきみにしてみれば、孔雀屋敷で目にした人物など、せいぜいが亡霊のようなものだろう。それに三人ともが罪深い者だった可能性もある。しかしわたくしは、だれひとり見向きもしないがゆえに妙に気になってな。だからきみのおかげで実際に起きたことがわかると、わたくしとしては弱き者の肩をもちたくなったのだ。ドン・キホーテよろしく、若いふたりはなんの罪もない被害者だったというわずかな可能性に賭けてみたいとね。いい歳をして、ものの道理も人生経験もないがしろにするような行為だな。ジェーン、きみの能力のせいですっかりもうろくしてしまったようだ」

「だれもが善人だったとお考えなのは教父《ゴッドファーザー》さまらしいですね。ですけれど、若いふたりになんの罪もないとすると、気の毒なジョナサン・フォスターはまるで鬼のような人物だったということになりますね」

「そうとはかぎらない。ジョナサン・フォスターは心神喪失状態だったのかもしれん。自分の名誉が踏みにじられたと思いこんで、理性を失っていたのではないだろうか。ことによるとユースタス・ポールはおのれの誠実さに一点の曇りもないと自信があったからこそ、そこに疑念を抱く者がいるとは想像もしなかったのかもしれん。娘もまた清廉潔白の身だったので、自分が夫の心の奥底に嫉妬を巻き起こしているなど、夢にも思わなかった可能性もある。

ふたりともまだとても若く、世間知らずであったことを忘れてはなるまい」

「教父《ゴッドファーザー》さまは天使のようにお優しいのですね。そうなるとわたしは反対に、世事に通じた皮肉で意地悪な視点に立って考えたほうがいいですね」

将軍はそれを聞いて微笑み、また葉巻に火をつけた。

「そのとおり。ものごとは逆の視点からも検証するべきだ。でもやはり、この悪意に満ちた世界で八十五年間過ごしてきたわたくしとしては、三人の亡霊を擁護したい気持ちは変わらない。きみは女学校代表として、もうろくしたわたくしのお情けなどまともに相手にせず、どんどん反論してほしい。そうすれば笑って終わることができるだろう。ひとつ、紛れもない事実がある。きみの驚くべき天賦《てんぷ》の才だ。またおなじような体験をしたときは、ぜひとも知らせてもらいたい。一風変わったエピソードが語り継がれていることで有名な屋敷へ案内し、なにが起こるかたしかめてみたいものだ。きみはあやふやな史実の多くを書き改め、世界をあっと驚かすことになるかもしれんな」

「そんな恐ろしいこと、おっしゃらないでください。わたしにとっていいことはなにひとつないですし、あんなことがもう一度起こったとしても、観える光景を信頼していいものかどうかもわかりませんから」ジェーンはきっぱりといいきった。

ジェーンはそれを潮《しお》に部屋へ引きとった。将軍は孔雀屋敷の問題はまだ解決していないが、今後はさらに三人の性格と考えられる行動を考察し、そのたしかな解釈をもとに新しい答えを追い求めるつもりだと語った。

「明日からは夢のような物語に固執しないと約束しよう」将軍はそういった。ところが、翌日将軍はその件を話題にせず、ジェーンも触れることはなかった。その後も、ジェーンの滞在中つねにそれ以外のことが話題にのぼった。そして将軍はジェーンのために午餐会を開催したが、招待客は中年から高齢の者ばかりだった。若者といえる知り合いはジェーン以外にはひとりもいないのだと、将軍は残念そうにうちあけた。

ジェーンの滞在が終わるころには、ふたりは急速に親しくなっていった。とはいえ、将軍は五年後に亡くなったのだが、ポール館の最後の晩に「おやすみなさい」と挨拶したきり、ふたりが会うことは二度となかった。最後の最後にどちらにとっても予想外のことが起こったためだった。夕食後のちょっとした出来事のせいでふたりの心境が大きく変わり、将軍は二度ともとへは戻れないと悟ったのだった。

以前からなにか記念となるものを贈りたいといっていた将軍は、大きな四角い錫《すず》の箱を書斎へ持ってこさせた。古ぼけた箱のなかには、インド駐在のころの想い出の品がしまってあるという話だった。

「この箱を開けるのは四十年ぶりだ。ぜひきみの手で開けてもらいたい。インドから帰国するとき、たくさんのものを抛《ほう》りこんだ——現地の友人からもらった贈り物、骨董品、あらゆる種類のがらくたなどをな。一緒に見るのも一興だろう。気に入ったものがあれば、それを記念にさしあげよう」

箱の中身を一緒に見ていくのはとても楽しい時間だった。ほとんどは価値のないものだったが、なかにはちょっとした装身具も混ざっていた。すべてがグッドイナフ将軍にとっては想い出の品だった。将軍に東洋の国での出来事を思い起こさせる品々ばかりだったのだ。将軍は一度も開けてみようとしなかった不精をおおいに悔やみ、荷造りをしたかつての現地の召使いを厳しく非難した。

「この虎の皮はどこにあるのかとずっと探していたのだ。まさかこんなところに入っているとは思いもせんかった。しかし、これは駄目になってはおらん。こうした金属製の箱は防虫仕様になっておるからな。インド製の箱は防虫仕様にしないといかんのだ」

ふたりは箱のなかをくまなく探った。やがて将軍は一風変わっているものの、価値のある品物を探しだして、ジェーンへ贈った。瞳にルビーがはめこまれた金の釈迦像だった。それからふたたび箱のなかを探っていたが、喜びの声をあげながら、色褪せた紙を巻いたものを明かりにかざした。

「ほう、ちょっとした幸運に恵まれた。きみがルビーよりも喜ぶに違いないものがようやく見つかったよ」

巻いた紙には写真が貼ってあった。将軍は旧式な湿板法で撮影した風景写真をジェーンに手渡した。タージマハル、聖地ヴァラナシ、有名な絶景もいくつか。現地の人びとや象、狩りの写真もあった。将軍はようやくお目当てのものを探しだし、しばらくそれを眺めたあとでジェーンに手渡した。将校たちの私服姿の写真だった。全員、初期ヴィクトリア朝らしい腰まわりのゆったりしたペグトップ・パンツに黒の上着を着ていた。ほとんどの者は毛むくじゃらといった印象だ。当時の流行に倣《なら》って、立派なあごひげや長い頬ひげ、口ひげをたくわえているのだ。連隊長のまわりに座っている者もいれば、立っている者もいた。白い日除け帽をかぶった連隊長は白髪交じりの頬ひげをたくわえ、端整な顔立ちをしていた。

「左から三人目がきみのお父上だ、ジェーン」そう告げた将軍へ、ジェーンは心から感謝の意を表した。

「教父《ゴッドファーザー》さま、わたしにとってはこの世のなによりも貴重なものですわ！」ジェーンは歓声をあげた。そして写真を手にとり、念願の亡き父の顔を見ようとしたが、彼女の視線がそこへたどり着くことはなかった。べつの顔に目が釘付けになってしまったのだ——一度しか目にしたことはなかったが、ジェーンに強烈な印象を残した顔だった。ジェーンの願いは聞き届けられたといえる。〝もう一度だけ過去をのぞいてみたい〟との願いが。

もともとの性格もあったが、言葉にできないほどの意志の力でジェーンは冷静さを保ち、声が震えだす前に口を開いた。

「左からふたり目の方はどなたですか？」それを聞いて将軍は笑った。ジェーンが激しく動揺していることにまだ気づいていなかった。

「まさか恋に落ちたわけではなかろうな、お嬢さん！　いまとなっては見た目が様変わりしているが、まだ生きてはおる。生意気な青二才だったきみの教父《ゴッドファーザー》だよ――そう見苦しい顔でもなかろ――」

将軍はジェーンの顔を見て、言葉を切った。

「おお！　しまった！　忘れておった」将軍は言葉に詰まりながら、つぶやいた。ジェーンのまなざしを受けとめられず、椅子のなかでしわしわに縮んでしまったように見えた。背もたれに体を預け、手で両目を覆っている。それはジェーンのまなざしから隠れようとしているようでもあり、おのれ自身から隠れようとしているようでもあった。ジェーンも身の置きどころがない思いでうろたえていた。顔がさっと真っ赤に染まり、それから蒼白に変わった。鼓動が激しすぎて、息を切らしている。

ふたりともしばらく沈黙したままだった。ジェーンは荒い息をしていたが、そのうち落ち着いてきて、これからどうしようか、なんと声をかけようかと思案をめぐらせた。口を開こうとしたが、声が出てこなかった。ジェーンの胸中を占めていたのは将軍に対する深い同情だけだったが、それをただちに言葉にすることができず、なにもいえなかった。

沈黙を破ったのは将軍のほうだった。

「ひとりにしてくれないか。部屋へ引きとってほしい。いますぐに。お願いだ、ジェーン」日頃、感情に流されることなどないジェーンらしくもなく、いますぐ立ちあがって将軍に口づけしたいとの思いが湧きあがった。そうするほうが、言葉にするよりも自分の胸の裡をきちんと伝えられるような気がしたのだ。とはいえ、これまで一度もそのような行為をしたことはなかったし、いまのいままで頭に浮かんだことすらなかった。しかしジェーンの女性らしい衝動も、彼女の性分や性格の前では無力だった。どんな女性でも彼女とおなじ衝動に駆られただろうが、それでもジェーンは思いのままに行動することがどうしてもできなかったのだ。

ジェーンはぼうっとしたまま、請われたとおりに急いで書斎をあとにした。ちらりと振りかえったが、将軍はまだ顔を隠していた。ジェーンの記憶に残る最後の将軍の姿は、痛風のために変形した両手と動きにくい長い指で覆われた顔だけだった。

その晩ジェーンは眠れなかった。明朝なんと声をかけようかとずっと頭を悩ませていたのだ。ところが夜が明け、朝食へ降りていくと、大変申し訳ないが、将軍は体調不良のため見送りできないと聞かされた。そのうち将軍が手紙をしたためるとのことだった。自宅へ戻って一週間ほどたち、新しい学期が始まったころ、ジェーン・キャンベルのもとへ小包が届いた。開けてみると、手紙、宝石がはめこまれた釈迦像、父親が写っているグループ写真を入れた薄い封筒が入っていた。写真は書斎で目にしたときのまま、顔が見えないように汚したり、傷つけたりはされていなかった。

「親愛なる教女殿《ゴッドドウター》」と手紙は始まっていた。

お父上の写真と、ささやかなものだがきみへの贈り物を同封する。長年だれひとり露《つゆ》とも知らずにきた事実を暴いたことで、おそらくつらい思いをさせてしまったと思うが、あれはきみの落ち度ではない。いちばんの大親友だったきみのお父上にさえ、わたくしは真実をうちあけることはできなかった。責《せめ》を受けるべきは、ただひたすらに年寄りのあてにならん記憶だ。しかしきみには知られてしまったのだから、すべてを説明しようと思う。読み終えたら、すべて忘れてほしい。

二十一歳の者は、二十年後に比べて気高く、純粋であることが多いようだ。またそういう者は幼少期から青春期へと成長するにつれ、人に対して優しくなる。そして生涯そのままの者もいるが、そうした気持ちは薄れ、若いころの理想を忘れてしまう者のほうが圧倒的に多い。

メイ・エリスを心から尊敬していたから、卑しい、道理にもとる行為におよぶことはできなかった。範を垂れるような人物ではないとはいえ、語り継がれている若いころの悪評は、わたくし自身の実際の行状というより、誤って語り継がれた孔雀屋敷の物語のせいによるところが大きい。最後に議論した内容を憶えているだろうか。きみは最後に述べた意見をもう少し穏当にしてくれるかもしれない。さらにいえば、彼女が聖人に負けず劣らず身も心も清純そのものであったことは、永遠に信じてくれるものと思う。わたくしたちは愚かではあったが、限度を超えた愚劣な振る舞いにおよぶことは一度としてなかった。

田舎で暮らす無鉄砲な若者だったが、それでも顔は広かったので、猟場でジョナサン・フォスターと共通の知人を見つけ、紹介してもらうのは簡単なことだった。彼は交際範囲を広げたいと望んでおり、過去は知らずにわたくしに仲介を求めてきた。わたくしに好意を抱いていたし、そうならない理由もなかった。しかし、当初から彼は病的なまでに嫉妬深い夫だった。そしてわたくしもメイも知らないだれかが、ふたりの過去のいきさつをジョナサン・フォスターの耳に入れたのだ。彼はわたくしが変わらずに抱いていた友愛の情を邪推し、その偏見に満ちた心で、またたく間にひとり、昔からお馴染みの修羅を燃やすようになった。しかしそれを妻に対しては注意深く隠していたので、メイのほうはそんなことになっているとは夢にも思っていなかった。彼女は夫を尊敬し、大切にしていた。事実、ジョナサン・フォスターは親切で気立てのいい人物だったのだ。生来のそうした美点がわき出る源が、実在しない不義によって汚されてしまうまでは。

彼が罪を犯し、死を迎えた日——詳しく説明するならば、すべてなるべくしてなったのだ。なにも知らない我々と、頭に血がのぼっているジョナサン・フォスターとでは、あれが起きるのは避けられぬことだった。六月のある日、わたくしは彼に招待されて屋敷を訪ねた。夫妻と一緒に食事する約束だった。そしてわたくしは陸軍に入隊し、将校として国外駐留になる予定だと夫妻に知らせた。ところが食事が終わったとたん、突如ジョナサン・フォスターの猛攻撃を受けることになった。彼は信じがたい激しさで我々をののしり、その終わりがないかと思われた非難の言葉は今日《こんにち》の目的を宣言して終わった。わたくしや妻の弁明には一切耳を貸さなかったし、すべて自分の心のなかで創りあげた妄想だと気づくこともなかった。五分ほど気が違ったようにまくしたてたあと、胸もとから銃をとりだし、メイに向けて発射したのだ。

そしてわたくしはエクセターで〈ジョージ・グッドイナフ〉の名で陸軍に入隊した。メイが殺されるのを目撃し、その犯人をこの手で殺した翌日の朝に。

当時、兵卒から将校へと昇進する例はあまりなかったが、わたくしはさいわい運に恵まれ、インド大反乱の際の武功で、制定されたばかりのヴィクトリア十字勲章を授与されるか、将校に昇進するかの選択肢をあたえられた。わたくしは昇進を選んだ。そして退役したとき、人生最後の日々をこの世に生まれ落ちた館で過ごすことができると知った。理屈抜きにそうしたいと感じ、全財産をはたいてポール館を購入した。

ジェーン、きみともう一度会うことはあるまい。我々どちらも、もはやそのようなつらい試練に耐えることはできないからだ。しかし、わたくしは懐かしくきみを思いだすことだろう。そういう者がひとりいることを憶えていてほしい。きみの優しさに甘え、クリスマスにカードをもらえればこれ以上の喜びはない。

ジェーンは手紙を読み、しばらく思案をめぐらせた。現実的なジェーンとしては、どうして将軍が黙っていてほしいと要請してこないかを考えたのだ。将軍はジェーンが口外するはずがないと信じてくれているのだろう。信頼されているとわかるのは嬉しいものだった。それ以降、ジェーンは年に一度、苦労してカードの絵にふさわしい言葉をひねりだし、クリスマス・カードを送った。将軍も毎年感謝の言葉を綴《つづ》った手紙を送りかえした。その筆跡は年年心許《こころもと》なくなっていった。

将軍が亡くなったとき、残されたわずかなものはジェーンに遺贈され、ジェーンはポール館を七千ポンドで売却した。そしてどうして将軍は彼女に会うことも声を耳にすることも耐えられないと考えたのか、生涯悩みつづけた。想像力の限界まで考えたが、わからなかった。それでもたまに脳裏に、あるいは心に、ふとぼんやりした疑問が浮かぶことがあった。「あの心の底から驚いた晩、わたしが口づけしていたら——もしかしたら——？」ジェーンはずっと考えつづけた。

ステパン・トロフィミッチ

Stepan Trofimitch

I

ステパン・トロフィミッチは小屋の前に立ち、悲しんでいるようにも、不機嫌なようにも感じられる目つきで見慣れた景色を眺めていた。道の向かいは石塀が続き、その向こうには葉の落ちたカラマツやカバノキの森が広がっている。でこぼこの道は曲がり角もカーブもなく、アスペン材の小屋が並ぶ村のなかをまっすぐ突っ切っていた。路面では水たまりが凍っている。遠くへ目をやると、森を抜けたあたりは少し高台になっていて、燃えたつような夕陽を背景にインクを連想させる漆黒《しっこく》の巨大な建物がそびえたっていた。

オリョール北部には、ボルコフの町から馬車で一日ほどのところに、似たような村がたくさん点在していたが、このアーシンカほど貧しくて、みすぼらしく、見栄えのしない村はほかになかった。

森に小鳥の甲高い鳴き声が響き、カバノキの最後の黄色い葉が霜《しも》の降りた地面に音もなく落ちた。遠くの城の礼拝堂は夕陽を浴びて赤みがかった黄金《きん》色に輝いていた。ふたりの農夫《ムジーク》が歩いていく。靭皮《じんぴ》繊維の靴を引きずる音があたりに響いた。

ステパン・トロフィミッチの赤い瞳が、残陽を受けてきらりと光った。黒い帽子の下で、たっぷりとあるカールした赤毛が波うって耳にかかっている。彼の風貌は小さな教会に飾られている宗教画のイスカリオテのユダに酷似していた。広い肩幅に角張った顎、体格はいいものの全体的に締まりなくたるんでおり、まるで類人猿のように腕が長かった。ステパン・トロフィミッチは田舎の白人ロシア人の典型といえるかもしれない。スラヴ民族の特性として、行動を起こす積極性に欠けることが挙げられるが、そこに端を発する不機嫌さや気難しさを具現化したような人物だったのだ。そうした特性は表面にこそ現れないものの、たしかに存在しており、何世紀ものあいだいつ爆発しても不思議ではない状態で連綿と続いてきたのだった。多くの場合、まさに爆発寸前だったのだが、目標が明確にならなかったため、それが結集して大きな力を形づくるに至ったことは一度もなかった。

一八六〇年代に入ると、農奴解放令が発せられた。アレクサンドル二世が国民に自由をもたらさんとの意図で発したものだったが、その後農奴解放令の不足を補う施策はとられなかった。いっぽうで、専制政治体制もかつてなく強固になっていた。そして一八六〇年代初期に登場した理論的な社会主義という思想は徐々に変化していき、十年後にはより現実に即した政治的ニヒリズムという形をとった。

「せっかくの夕陽も、あの城のせいで台無しだ。おれたちの理想も、希望も、あの伯爵のせいですべて台無しだ」ステパンは森の向こうの真っ黒に見える城をまじまじと見つめた。「ニコライ・クリロフめ、オオカミも顔負けの貪欲《どんよく》ぶり。そのうえ、親が親なら子も子だからな――神がきちんとご覧になっておられることを祈るしかない！」

小柄な小作農が通りかかった。ネズミのようにとがった鼻の持ち主で、顔には深いしわが刻まれている。大柄で赤毛のステパンをまじまじと見たかと思うと、自分は観察されたくないとばかりに隣に並んだ。

「調子はどうだい、ステパン・トロフィミッチ」しょっちゅう嗅ぎ煙草を吸っているせいで、声が聞きとりづらかった。「親父さんのことを忘れちゃいないだろうね」

「もちろんさ、イエシャ・アラトフ。風が吹いてなくても、どこからともなく声が聞こえてくるよ」

「セミヨン・ルサコフの話はナイフ並みに鋭いってささやいてないか？」

「どういう意味だ？　おれたち五人は、だれひとりナイフを使うことを尻込みなんてしちゃいないじゃないか。もっとも鞭打ちの刑が待っていると考えたら、ナイフを使うなんぞいい案とも思えないがな」

「もちろん、そのとおり。ぼくら五人は大義のために生きている。とはいえ、白羽の矢があたるのはぼくじゃありませんようにと祈っているよ」

「キノコだと名乗ったからには、みずから籠へ入れってことわざを知らないのか。やると決めたら、最後までやれってことだよ。イエシャは臆病者だな」

「そうさ、臆病者だよ」イエシャはあっさりと認めた。「だけど、ロシアを愛しているからね」

ステパンが道の先を示した。駁毛《ぶちげ》のポニーに乗った子供がこちらへやって来る。クリロフ伯爵家のお仕着せを身にまとった馬丁をふたり従えていた。

「伯爵の息子――ニコライ・クリロフの跡継ぎか。つぎの世代には望みを託したいものだな。あの子もおれたちの子供の命を軽々しく扱うんだろうか」とステパン。

「だれにもぼくの死を嘆いてほしくないし、だれかの死も嘆きたくないんだよな。そんな羽目にならずに済むなら、神に感謝するんだが」イエシャ・アラトフが応じた。「そろそろ行かないと。今晩、セミヨン・ルサコフの集会で会おう」

イエシャ・アラトフが姿を消したあとは、嗅ぎ煙草とタールのにおいがした。ステパンの足が不自由な幼い娘マルファが小屋のなかから出てきて、父親の横に立った。

マルファは腕に仔猫を抱いていた。仔猫は柔らかくてふわふわの黒い毛皮の塊のように見えた。トパーズを思わせる黄色い目をしていて、尻尾はふさふさだった。首には赤い布きれが巻きつけてあり、仔猫が動くとそこにつけてある小さな鈴が鳴った。仔猫はマルファの腕から飛び降り、あばら屋の柵を登りはじめた。リスのように尻尾でバランスをとり、ゆっくりと進んでいく。

伯爵の息子が近くまで来ていた。顔色が悪く、麦わら色の髪をまっすぐ襟首まで垂らしている。こちらへ向かってくるパヴェル・クリロフに対して、ステパンは深々とお辞儀をした。驚いたことに、パヴェルがポニーの手綱《たづな》を引いた。ふたりの馬丁もそれに倣《なら》い、それぞれの馬を止まらせた。

少年が甲高い声で話しだした。

「ステパン・トロフィミッチ、その仔猫、いつだったか遠乗りに出かけたとき、見かけたことがある。今日で二回目だ。仔猫を馬丁に渡せ。ぼくが飼ってやる。早くしろ！　どうしてぼくをじろじろ見るんだ？　ほら、娘には一ルーブルやるよ」

パヴェル・クリロフは銀貨をステパンの足もとへ投げたが、ステパンはそれを拾いあげなかった。

「いえ、パヴェルさま、それは勘弁してください。お願いでございます、考えなおしてくださいませんか。足が悪い娘の仔猫です。娘にはそれ以外、楽しいことなんてなにひとつありゃしませんのです。娘のたったひとつの宝物を奪わんでください――パヴェルさまはこのとおり馬でも、おもちゃでも、立派なものをたくさん持ってなさるんですから」

「ずいぶん偉そうな口をきくじゃないか、ステパン・トロフィミッチ。父さまは犬ころ相手に会話をなさらないだろう？　父さまは命じる、おまえはしたがう、それだけだ。こうなったら猫はとりあげてやる。さっきやったルーブルを返せ。猫を馬丁に渡すんだ」

ステパンは銀貨を拾いあげ、汚れを拭ってからパヴェルの掌に載せた。仔猫はまたマルファの腕のなかへ戻っていた。マルファはいつとりあげられるのかと、涙を流している。

「これは娘の宝物です、パヴェルさま」ステパンは断固とした意志を感じさせる声で繰り返した。「マルファ、家へ入っていなさい、仔猫と一緒に。そんな無理をおっしゃるものじゃありません、パヴェルさま」

マルファは足を引きずりながら、薄暗い小屋のなかへ入っていった。パヴェル・クリロフは頭に血がのぼった様子で、がなりたてた。

「こんなことをして、ただで済むと思うなよ。父さまにいいつけてやる。後悔することになるぞ、この赤毛の猿！　鞭で打たれて、ズタズタにされてしまえ！　つかまったら、ぼくが血を流すまで打ち据えてやる！　すぐにつかまるぞ、ステパン・トロフィミッチ！　殺してやるからな！」

いきりたったパヴェル・クリロフは、ポニーを全速力で走らせた。延々と続く塀の先にあるクリロフ城の巨大な鉄の城門を目指して。

「わがままな虎の子は手がつけられない」農夫が思案顔でつぶやいた。「すぐに虎の耳にも入るんだろうな」

「愚かにもほどがある！」怯《おび》え切った顔の馬丁が、主人のあとを追って馬を走らせながら叫んだ。「気でも触れたのか！　たかが猫のためにこんな真似をするとは。明日あれは戻ってくるぞ!」

「ニコライ・クリロフに明日なんぞ来ないさ」ステパンが応じたが、その言葉に耳を傾ける者はいなかった。

しかし、ステパンはその日のうちにおのれの行為の報いを受けることになる。マルファの仔猫をめぐる騒動がそれだけで終わるはずはなかった。パヴェル少年が城へ向かう途中、ほかでもない父親とばったり出くわしたのだ。少年が葉の落ちたリンデンの並木道を疾走していると、旅行鞄を積んだ屋根のない四輪馬車《ドロシュキー》と行きあった。そして百ヤードほど先にもう一台こちらへ向かってくる馬車が見え、そこにニコライ・クリロフ伯爵と見知らぬ男性が乗っていたのだ。

「おや、息子のパヴェルだ」アーシンカ村の領主が大声をあげた。続いて御者《ぎょしゃ》に馬車を停めるよう命じた。

ニコライ・クリロフ伯爵は金髪碧眼《へきがん》で、瞳は東からの風が吹く季節の青空を思わせる冷ややかな光を放っていた。顔には紫色の小さなできものがいくつも散っていて、いかにもスラヴ民族らしく下唇が突きだしている。身長は五フィートほどと小柄だが、肩幅は広く、がっしりとした体つきだった。オオカミの毛皮で裏打ちをした外套《がいとう》に身を包み、外套の下からは短くてたくましい足が突きでていて、重たげなタッセルのついたヘシアンブーツを履いている。分厚い毛皮の手袋をはめ、ステッキを手に持っていた。

「いいところで会った」伯爵は声を張りあげた。「こちらはムッシュー・ジョン・ジェソップだ。いや、ミスターとお呼びするべきでしたな。こちらはミスター・ジョン・ジェソップだ。こちらに来て、きちんとご挨拶しなさい」

背の高い英国人の青年は微笑み、手をさしだした。しかし、彼を迎えたのは歓迎の言葉ではなかった。パヴェルはいま起きたばかりの揉めごとを、父親に向かって逐一まくしたてたのだ。そして話を聞くなり、伯爵が息子に負けず劣らず激昂したので、ジェソップは驚いた。

「ステパン・トロフィミッチめ！」伯爵はわめいた。「まだ理解できないというのか。父親を岩塩坑送りにしてやったのを忘れたとでもいうのか？　よし、いますぐ一緒に行ってやる。ムッシュー・ジェソップ、あなたも一緒にいらしていただこう。この国のことを理解する助けになるでしょう。どんなことでも、表と裏があるものですからな」

伯爵はせかせかと歩きだした。背の低さを考えると、驚異的な速さだった。ジョン・ジェソップもそれに続き、パヴェルもその場にポニーを置き去りにして、父親のあとを追った。

伯爵は小声でぶつぶつと毒づいていたが、同行するふたりにはなにも話しかけなかった。やがて農夫の小屋に着くと、あたりは夕闇に包まれていたにもかかわらず、ステパンはまだ外に立っていた。伯爵の姿に気づくと、ステパンの顔が赤煉瓦《あかれんが》の色に変わった。

「どういうことだ、豚野郎？　パヴェル・パヴリッチ・フョードル・クリロフが猫を所望したというのに、断ったというのか？」

「恐れながら申しあげます。パヴェルさまは理解してくださったのだと思っておりました。あの猫は娘が飼っておりますので」

「おまえの娘などどうでもいい！　ここはわたしの領地だ。おまえの翼を切りとっておく必要があるようだな、ステパン・トロフィミッチ。そうでなくとも森のはずれからひそひそ話す耳障りな声が聞こえてくるのだ。どうやら野獣がひそかに棲みついているらしい」

「風はいいものを運んでくることもあれば、災いを運んでくることもあります、領主さま。好ましくない種を運んできたとしても、悪いことばかりではありません。それに鼻が曲がりそうなにおいの肥だめがあっても、その先へ行けば、松林のさわやかな香りが漂っていることもあります」

「答えろ！　赤毛の父親の二の舞になるぞ。余計なひと言のせいで、おまえの父親はどういう目に遭った？」

「死ぬまで岩塩坑から出られません」

「そうだ。ああいった社会の害虫はそうやって死ぬのだ。まあ、まずは鞭打ちの刑から始めるか。まさかと耳を疑ったが、わたしの聞いた話が本当ならば、今度はおまえの番だからな。よく考えろ、ステパン・トロフィミッチ！　月も出ない真っ暗な夜になるとフクロウの鳴き声がうるさいが、それは城にも聞こえてくるし、その理由もわかっている。さあ、このみすぼらしい小屋から猫を連れてこい。いますぐな。そうすれば空気の悪いこんな場所から早く逃げだせる」

赤い瞳と無慈悲な青い瞳。ふたりの視線がぶつかった。やがてステパンはぐっと力をこめて口を閉じた。ねずみとりのバネのような勢いだった。そしてくるりと踵《きびす》を返し、それ以降はひと言も言葉を発することなく、小屋のなかへ戻った。マルファは暖炉の火の傍《そば》で遊んでいた。ステパンはそっけない口調で、小さな遊び相手とはお別れしなければならないと告げた。マルファは悲しそうな顔で仔猫を抱き、口づけすると、それ以上はとくに抵抗もせず、静かに涙を流しながら仔猫を父親へさしだした。そのとき、小屋の外からステパンを呼ばわる声が聞こえた。冷酷無情な声だった。同時にヒステリックに泣きわめきながら、常軌を逸したことを要求するパヴェルの声も聞こえた。

「お願いだから、あいつをぼくにちょうだい！」パヴェルは不満そうに叫んだ。「好き放題してやる！」

筋肉が痙攣《けいれん》したかのように、ステパンの動きがぎこちなくなった。怒りのあまり、ステパンの心がねじ曲がり、顔も黒ずんで見えた。ステパンは仔猫をつまみあげ、子供がハエを殺すときのように、指で押しつぶした。仔猫はひとつ甲高い声をあげ、最期に全身を痙攣させた。ステパンの掌から手足がだらりと垂れさがった。

ステパンは仔猫の死体を手に領主の前に立つと、パヴェルの足もとにそれを投げつけた。

「さあ、どうぞ——奴隷たちも全員おなじことですよ。肉体は領主さまのものかもしれないが、魂までそうだってわけじゃないんです」

伯爵の頰がまたたく間に赤く染まり、閉じた口の奥で歯をかみしめた。

「この人間のくずめ!」伯爵の声がとどろいた。伯爵がさっと近づき、全身の力をこめてステパンの両頰を張りとばした。どちらの頰にも紫色のあとが残り、ステパンの右目から血が噴きだした。ステパンは両手で顔をかばって後ずさり、手探りで小屋のなかへ戻っていった。そのあいだずっと無言のままだった。

「今日のところはこれで勘弁してやる、サソリ野郎!」ニコライ・クリロフ伯爵は小屋をあとにした。英国人青年は驚きで目を大きく見開いたま、それに続いた。パヴェル・クリロフは仔猫が死んだと泣き叫んでいたが、すぐに駆け足で父親のあとを追った。

II

森では夜になると、微風が木々のあいだを抜けるかすかな音や葉がカサカサいう音が聞こえた——そこここで霜が降りるときはそれよりもさらにかそけき音がした。月は出ていないものの、星は燦然《さんぜん》と輝いていた。暗闇のなか、凍った水たまりに映った弱々しい星がぼんやりと光っていた。

夜警は板を叩き、異状なしと叫んだ。ほどなくして小屋の裏口のドアが開き、ステパン・トロフィミッチが姿を現した。ステパンは裏手にある溝を越え、冬が終わればヤナギが芽を出す荒れ地を通りぬけた。枝を刈りこんだ切り株が、闇のなかでうずくまった幽霊のように見える。凍りついた湿地を突っ切り、谷を抜け、なだらかな坂道を登り、暗い松林の手前に出た。そこで足を止め、しばらく耳をそばだてていたが、やがてあたりの様子をうかがいながらゆっくりと歩きだした。二十分もしないうちにイバラとヒイラギの茂みに行きあたり、茂みを避けてそろそろと進むと、少し開けた場所に出た。暗闇のなか、枯れて樹皮もはがれている土色の松が六本並んでいるのが見えた。根元のあたりに赤く光るものがあり、まるで警戒している目のようだった。ステパンはその先の曲がりくねった道を進んだ。やがて暗がりのなかに、森林管理官の荒れ果てた小屋がぼんやりと浮かびあがった。ステパンがなかへ入ると、深夜に集まった五人の同志が無言で挨拶した。

「天はおれたちに力を貸してくれるはずだ、忠実なる同志。セミヨン・ルサコフ、あなたのおかげで、怠惰なおれたちも気持ちを引き締めることができました――来てくださったことに感謝します！」

灯油ランプがともされた。小屋に集まっているのは政治的ニヒリストたちで、面々を啓蒙《けいもう》しているのがセミヨン・ルサコフ、ポルタヴァ出身のウクライナ人活動家だった。頭が大きくて額が突きだしており、やせぎすで顔色が悪く、黒いあごひげを腰近くまで伸ばしている。その一風変わった容貌のために冷笑を向けられるのがつねだったが、セミヨン・ルサコフから一瞥《いちべつ》を投げかけられたとたん、その冷笑は即座に引っこむのだった。セミヨン・ルサコフは精力的に活動する先駆者だった。一八七〇年代のロシア帝国には彼のような道を切り拓く者が百人ほどいて、当時のロシア青年を象徴する存在だった。彼らは旧弊な考えにとらわれた田舎に潜りこむと、それが軍であれ、行政であれ、支配体制に果敢に挑み、シベリアの強制収容所へ送られる危険を覚悟のうえで、おのれの自由を希求する情熱を来る日も来る日もわけあたえつづけた。いつかその種が芽ぶき、すくすくと成長し、やがては実を結ぶと信じて。しかし、そうした活動家たちは土壌を理解せずに種をまいていた。あくまでも彼らは例外的な存在だったのだ。ともに立ちあがろうと語りかけていた戦場ラッパ《クラリオン》は覚醒だけはしたものの、高らかに音色を響かせるどころか、不平不満をぼやくだけだった。その後偉大な怪物の登場によって、ロシア帝国の人びとはまたもや慣れ親しんだ、行動を起こさないという呪いの淵へ沈んだのだ。

セミヨン・ルサコフのもとへ集まったのは、現体制に不満を感じている者たちによく見られる典型的な顔ぶれだった——ステパン・トロフィミッチ、イエシャ・アラトフ、イエシャ・アラトフの弟、あとのふたりはかつてはクリロフ城に仕えていた農奴で、ふたりの父親はどちらも鞭打ちの刑を受けて死亡していた。

これまでも遠くから来た者に声をかけられて、似たような集まり――場合によってはもっと少人数の会――が開かれたことは何度となくあった。ひそかに開かれたそうした会合では、ウォッカなし、煙草なし、暖房もなしで、ちらちらする明かりだけを頼りに、ただひたすらに語りあうのだった。その明かりすら、安全を考えて消されることもあった。

「明かりをつけるのも禁じられています」とセミヨン・ルサコフ。「それならば暗闇のなかで語りあいましょう。さあ、もっと近くへお寄りください、同志諸君。そうすれば少しは暖かいでしょうし、わたしの声もよく聞こえるでしょう。わたしはこうしてお話しする機会が数え切れないほどあるので、喉に負担をかけないよう気をつけているのです」

一同は低い声で賛意を表し、セミヨン・ルサコフのまわりへにじり寄った。スピーチを本職としている者によくあることだが、セミヨン・ルサコフも疲れきったような抑揚《よくよう》で話を始めた。

「去年の夏以降、わたしは十五の地区をまわってきました。そして十七の町、二十一の村、十三の小さな集落でこうした会を開いてきました。用意したわたしの話が激しい風に乗って、鋤《すき》で畑を耕《たがや》す人や森の手入れをする人のもとへ広がっていくのをこの目で見ました。カラマツの葉や野生のサクランボも秋の嵐で飛んでいったので、わたしの話も方々《ほうぼう》へ伝わったに違いありません。葉が肥やしとなって木々を育てるのとおなじで、天があたえてくれるものは人を育ててくれます。ですから、わたしの話を理解すれば、同志諸君は力を手にすることになりますし、その力で祖国に貢献できるのは間違いありません。これは大切なことですから、覚えておいてください。同志を導くことができるのは同志だけです。聖像画《イコン》では役に立ちませんし、聖職者も、祈禱《きとう》も、助けとはなりません。天国は本当に用意されていますが、この国が救済されるためには、みずから最初の一歩を踏みださねばならないのです。天国は同志諸君の合図を待っています——いつまでも真っ赤に燃えつづける、自由の合図を。個人の自由が尊重されるべきだということはすでにみなさんもご存じでしょうが、社会主義には悪を根絶やしにする力はありません。悪性腫瘍《しゅよう》の場合を考えてみましょう。薔薇水《ばらすい》で悪性腫瘍を治療することはできませんから、外科手術が必要になります。不幸な国もおなじで、厄介な癌細胞を切除するためのメスが必要なのです。この癌細胞というのは、国の心臓にとりつき、その命が尽きるまで血を吸いつづけるたくさんの吸血鬼のことです。みなさんはロシア帝国の心臓です。いまここにいる五人の方こそが、この国の心臓なのです。そして吸われているのはみなさんの血です。それだけではありません。奥さんや子供たちの血でもあります。そして、いまも血は吸われつづけているのです」

話の内容こそ目新しくもなかったが、セミヨン・ルサコフは田舎の世慣れていない人びとが、いかにも興味をかきたてられそうな言葉を選んでいた。かねてからその問題を研究してきたのだ。そして農奴解放令によってもたらされた自由など、名ばかりのものにすぎないと断じた。「いまはちょうどアリ塚に棒切れを突きたてた状態です。ですから、アリは自力で身を守らなくてはならないのです」と続け、熱心な政治的ニヒリストならば大喜びするに違いない、大胆不敵で耳目を惹くスローガンを口にした。セミヨン・ルサコフがロシア帝国全土をくまなくまわるなかで耳にした人びとの声を集成した活動方針、それを踏まえた相手を鼓舞するためのスローガンだった。彼の大義は、全面的に個人の努力と犠牲のうえに成りたっていた。こうして、セミヨン・ルサコフは苦労して計画を練りあげたのだった。

「この専制政治体制という吸血鬼は、だれひとり痛手を負わされることなく、自然と死に絶える可能性もあります。しかし、それでも、何度も何度も力強く攻撃を続けるのです。そのうち吸血鬼の傷は化膿し、回復は不可能になるでしょう。ロシア帝国のように広大な国では、同時に雪崩《なだれ》が起きると期待しても意味はありません。怒りに突き動かされた人びとによって、大きな変革が起きると期待しても無駄なのです。わたしたちにはそのような遠大な計画を実行に移す力が圧倒的に欠けているからです。しかし、実際に剣を手にする力、あるいは銃の引き金を引く力がない人間などいるでしょうか？　たとえ、シベリアの強制収容所行きが即座に決まるとしても、祖国へ矢を向けることに不安を覚える人間などいるでしょうか？　それぞれが自分にできることをするのです。すべての政治的ニヒリストが立ちあがるところを想像してみてください！　つぎつぎと行動を起こせるよう、書き置きを残しましょう。そしてなにをおいても大切なのは、重要な目標に対して謙虚であることです。わたしも、同志諸君も、崇高な大義の前では、自分自身のことなど顧みている場合ではありません。そのときが来たら、おのれのことは忘れましょう。手足は切り落とされるままに、胴体は朽ち果てるままに任せるのです。そして、ごく身近な問題にとりくむことが大切です。なぜなら、吸血鬼がのさばっていない小さな集落などこの国には存在しないからです。善良なロシア国民が当然の権利を手にするのを邪魔立てする悪辣《あくらつ》な輩《やから》を、拒絶できる国にするのです。当然の権利を求めつづけましょう。当然の権利を手に入れるまで戦おうではありませんか」

目下集中して虐《しいた》げられている小作農に対しては、精一杯抵抗するよう説得するのだと続けた。これは現実的な作戦であるだけでなく、さらに大きな現実的な問題に決着をつけることができる可能性もある行動なのだからと。セミヨン・ルサコフはロシア帝国の千人のさもしい圧制者、領主、地元の有力者、小規模自作農と家畜の血で、千もの剣が赤く染まったところを見るのが夢だと熱く語った。そして、小規模だろうと持てる者、権力を濫用する者、専制政治体制下で小作農と唯一直接関わる下っ端役人、これらはすべてこの流血の粛正の対象となるのだと説明した。セミヨン・ルサコフは長々と話しつづけ、最後は寓意《ぐうい》に満ちた厳しい話で締めくくった。

「わたしたちの暮らすこの小さな地球は、自然界の抵当に入っているのです、同志諸君。もっともわたしたちが保有している財産は欠陥だらけだし、契約期間も定かではありません。そして、運命の女神が予告なしに担保をさしおさえる場合もあれば、契約期間の期限が近いときちんと警告を受ける場合もあります。それは時間の問題にすぎず、たいして重要ではありません。それよりも大切なのは、わたしたちが人間らしく生きることです。これからは自然界の執行官として行動せねばなりません。造物主の厳格な送達吏として――運命の女神に負けないほどの無情さをもって――我々が保有する財産に棲みつく、人間の皮をかぶった悪魔たちに対してわたしたちが担保権を行使しなければいけないのです。忌《い》むべき悪魔の死体を引き裂き、腹黒い魂に神の裁きを受けさせましょう。そうすればロシア帝国は暮らしやすい国となり、この国をご覧になっている神もお喜びになることでしょう。嵐が収まりつつはあっても完全に去らないかぎり、陽が射すことはないのです、同志諸君。立ちこめる暗雲を雷で切り裂きましょう。ひとりひとりが神の武器である稲妻を手に闘い、祖国の救世主となろうではありませんか。そうして我が身を犠牲とすることで、栄光を手にすることができるのです。わたしたちの苦痛や死と引き替えに、ロシア帝国に光が射すのです。今日は握手をし、おなじ空気を吸ったおかげで、みなさんのことがよく理解できました」

過激な表現を用いてはいるものの、問題を的確にとらえた長広舌《ちょうこうぜつ》は一同に強烈な印象を残した。なかでもあるひとりには、自分へ向けられたメッセージとしか思えなかった。

「それをやるのはおれしかいません」ステパン・トロフィミッチがいった。「それにふさわしいのはだれか、みんな内心ではわかってると思う。だれの頭のなかでもおなじ名前が繰り返し響いているはずだ。おれにやらせてくれないか」

だが、その種のほとばしる情熱に身を任せるのはほんのつかの間のことなので、ステパンが先陣を切って数多くの危険を冒すことに賛成したのはイエシャ・アラトフひとりだった。

「ステパンに任せようじゃないか。これ以上ない名誉な役目を、こんなにやりたがってるんだから。ぼくたちのなかではいちばん腕が長いしな。ぼくはといえば、心意気はライオンなんだが、体のほうはシラミでね。神はよくご存じだが、息をするだけでやっとなんだよ。天罰を下す武器となれるようには、神はぼくをお造りにならなかった。そうなりたかったと、残念でたまらないよ。この姿を見れば、みんなもわかると思うが」

「いまでもアーシンカでいちばん射撃が上手なのは兄さんだけどな」弟が冷静な声で応じた。

「カラス相手ならな。だが、人間相手じゃ通用しない」

「ランプをつけて、おれの顔をよく見てほしい。おれの希望を最初に検討するべきかどうか、判断するのはそのあとにしてくれないか」

一同、ステパンの傷とあざだらけの顔を見つめたが、だれも言葉を発しなかった。やがて口を開いたのはセミヨン・ルサコフだった。

「諸々を考慮して、どうするかは運命の女神に委《ゆだ》ねましょうか。ステパン・トロフィミッチさんは祖国ロシアへの愛国心ではなく、不倶戴天《ふぐたいてん》の敵に対する憎しみから志願していますね。わたしたちの活動は個人的な確執とは無縁でなくてはいけません。個々人の恨みとはまったく次元の違う、崇高な目的のために行動するのですから」

どうするかは運に任せる流れとなったかに見えた。そのとき、ステパンはとっさに機転を利かせ、提案した。

「ポケットに麦が入っている。赤い粒と黄色い粒だ。これで決めようじゃないか。イエシャ、腰につけている革の袋を貸してもらえないか。袋のなかに五粒の麦を入れる——黄色い麦が四粒、色の濃い麦が一粒だ。それを年齢の順にひと粒ずつとっていくんだ。若いやつから始めよう」

セミヨン・ルサコフもこの案ならば異論はなかった。袋が開けられ、ステパンが五粒の麦を入れた。もっとも薄暗がりでのこと、ステパンの思いつきを実行に移すのはたいして難しいことではなかった。ステパンは赤い麦を手もとに残しておいた。

ひとりひとり叫び声をあげながら順番に引いていった。最後が傷だらけの顔をしたステパンで、袋から出した手には、つらい未来が待ち受けているだろう赤い麦が載っていた。そのあとはいくらか言葉を交わして解散となり、それぞれ姿を消した。

最後に残ったのはセミヨン・ルサコフとステパンだった。「さあ、行きましょう」とステパンが声をかけた。「今夜は我が家に泊まってください。明日、夜明け前に出発なさるんですよね」

「その予定です。明け方にある場所で待ちあわせをしておりまして。いや、そんなことはどうでもいいのです。あなたはすばらしい勇気の持ち主です！　運命の女神はみずから右手をおさしのべになるでしょう」

セミヨン・ルサコフはそう話しかけながら、家へ向かうステパンのあとに続いた。その道すがら、冷静な疑いがちくりと胸を刺すのを感じた。これまでも数え切れないほど選ばれた者へまったくおなじ言葉を贈ってきたが、そうした疑いが浮かぶことはめったになかった。しかしセミヨン・ルサコフの揺るぎない信念にすら、人材不足の厳しい風が忍びこむことがあるのだった。

Ⅲ

ジョン・ジェソップにとって、ロシアは驚かされることばかりの国だった。ロシアの奨学金で学業を修めたジョン・ジェソップは、クリロフ伯爵の息子へ英語を教えるために城に滞在していた。伯爵の息子パヴェルは将来軍務に就く予定で、ロシア語に堪能な英国将校が重用されるのと同様、このロシアの地でも英語に堪能な将校の評価は高いのだった。

クリロフ城では、まだ若いジョン・ジェソップの神経を逆撫でするような出来事が数え切れないほど起き、そのたび良心が痛むのだった。しかし報酬は法外ともいえる額なうえ、生きていくために生活の糧《かて》を得る必要があったため、最初のうちはそうした事情に鑑《かんが》みてなんとか良心と折り合いをつけていた。とはいえ、落ち着かない毎日であることに変わりなかった。夜になるとクリロフ城の周囲を夜警がフクロウのような大声をあげて巡回するので、包囲された街で暮らしているような錯覚に陥った。また伯爵親子が萎縮する召使いたちにあたり散らす様子は、見ているだけで胸が悪くなった。そしてジョン・ジェソップがごく常識的な範囲で召使いたちへ礼儀正しく振る舞うと、教え子パヴェルにはひどく驚いた顔をされて、冷ややかな目でまじまじと眺められ、伯爵からは召使いに同情するのは危険だとはっきり苦言を呈されるのだった。

ニコライ・クリロフ伯爵は知性を感じさせない、生まれつきの短所が目につく粗暴な人物だと判明した。大酒飲みで、杯を重ねるうちに「鞭打ちの刑」や「シベリアの強制収容所」に乾杯といってグラスを空けることがちょくちょくあった。敢えて社交生活とは距離を置き、屋外で活動したり、心身を鍛えることを好んだ。ジョン・ジェソップが学問だけではなくスポーツも得意だと知ると、すっかりお気に入りとなり、狩猟にも望むだけ同行させた。パヴェルの英語の授業のことは気にしなくていいと、頻繁に終日森や凍った湖へと連れだしたのだ。ジョン・ジェソップはもともと乗馬は巧みだったが、そのおかげで射撃の腕も上達した。スケートはというと、英国人らしい大胆不敵な滑りをしたが、ロシア風の技術、スタイル、優雅さには欠けていた。また、そのように屋外へと出かけた際には、伯爵は息子の家庭教師に対して自由主義の危険性を説き、ジョン・ジェソップから英国の生活様式や習慣を聞かされると仰天するのがつねだった。ジョン・ジェソップとしてはパヴェル少年に英語を教えるだけではなく、毎日のように目の前で繰りひろげられる残虐な行為やあまりにも不当な扱いを目に入れぬよう、そして記憶にも残らぬよう懸命に心がけたが、そのような努力は到底報われるべくもなかった。ジョン・ジェソップは気が休まる暇がなく、しばらくすると自分の良心が答えようもない質問を浴びせてくるようになった。

「領民に対して、人道にのっとった対応をなさるのは難しいのでしょうか？」そう伯爵へ問いかけてみたこともあるが、想像以上にひどいことをほのめかされただけだった。

「ご自分がなにをおっしゃっているのか、きちんと理解なさっているとは思えませんな」伯爵は鼻で笑った。「無知蒙昧《むちもうまい》の輩ども相手に人道にのっとった対応をですと？　人道にのっとった対応をしたところで、三日月が満月に変わるわけではありませんよ」というのが伯爵の返答だった。

広大な敷地内には観賞用の湖が点在しているが、この年クリロフ伯爵のお気に入りは松林の中央にある天然湖だった。そこまでそりで出かけて、分厚い氷の上をくたくたになるまで滑るのだ。湖畔には漁師の小屋があり、伯爵が湖を訪れているときは、召使いふたりがこの小屋で忙しげに立ち働いていた。ひとりがサモワールで湯を沸かし、もうひとりがパンケーキを焼くのだ。

一月のある夜、クリロフ伯爵はその湖をぐるりととりかこむようにたいまつを持った人間を大勢立たせた。勢いよく燃えさかるたいまつの蛇に似た炎がちろちろと触手を伸ばす様が氷に映り、周囲の真っ黒な松林も赤く染まった。クリロフ伯爵、パヴェル、ジョン・ジェソップが優雅に氷の上を滑り、たいまつを掲げた二百個の暗い目は言葉ひとつ発することなく三人の旋回を見ていた。

ジョン・ジェソップは雇い主である伯爵の気質を承知していたし、この場にいる農夫のほとんどは伯爵から非人道的な扱いを受けたことがあることも心得ていたので、自分を恨んでいるであろう農夫たちをこのようにひとところに集めた伯爵の無鉄砲さに驚いた。とはいえ、まだスラヴ民族の小作農のことが理解できたわけではなかった。ジョン・ジェソップは虎に似ているとの印象をあたえるが、実のところものぐさなあたりは熊そっくりなのだ。

たいまつを掲げて立つなかにステパン・トロフィミッチの姿もあった。ジョン・ジェソップはステパンのことを憶えていたので、速度をあげてひとり素早く移動して、ステパンの前で止まった。そしてパイプのために火が欲しいふうを装《よそお》って、ひと言ふた言話しかけた。

「たいまつの火を貸してもらえないか。ところで、顔の傷はもう治ったようだね?」

ステパンはたいまつを少し下げ、小声で応じた。「もう大丈夫です、旦那さま」

「それはなによりだ」

「おれは領主さまを照らすくらいしか能のない人間です。おれは殴られて当然なんです。父親が子供のために行動するのはあたりまえですから」

ジョン・ジェソップは息を呑んだ。

「まさか、そんなことはない！　しかしきみが不満に感じていないのなら、ぼくが気の毒だと思うのは大きなお世話なのだろうか」

「おっしゃるとおりです。領主さまにその程度の奴隷しかいないことを同情してさしあげてください。そのことをこそ嘆いてさしあげるべきです」

そう答えたステパンの顔は無表情で、赤い目をのぞきこんでも、謎めいた光を放っていることしかわからなかった。なんの感情も読みとれないばかりか、生きている人間のものというより、石像の目に近いような印象だった。ジョン・ジェソップは驚いたような表情を浮かべて口笛を吹き、くるりと回転して滑って離れていった。ステパンのことはこれきり忘れようと決心した。ところがその二日後、その存在をいやでも突きつけられる出来事が起こったのだった。

まだ冷えこむ日々が続くなか、松林に囲まれた静かな湖で、すがすがしい香りに包まれてスケートに興じていた伯爵とジョン・ジェソップが、あやうく命を失いかけたのだ。伯爵が湖のいちばん奥へ向かって滑っていき、ジョン・ジェソップもそこからさして遠くない場所にいたときだった。灰色に沈む黄昏時《たそがれどき》の薄明かりのなか、伯爵が十ヤードほど先の枯れたアシが生えている湖岸に目をやったところ、鈍く光る銃身が動いたことに気づいたのだ。目を瞠《みは》る速さで滑っていた伯爵はすぐさま速度を落とし、そのおかげで命拾いした。というのも、伯爵が両足の踵《かかと》を氷に突きたててブレーキをかけたと同時に、松林のなかで鳥撃ち銃の音がとどろき、アシの茂みのなかから炎が飛びだしてきて、ビーヴァーの毛皮を着こんだ伯爵の胸をかすめたのだ。弾はその日の朝ステパンが、まっすぐに飛ぶよう祈りをこめて、聖水につけた薬莢に詰めたものだった。ジョン・ジェソップから一ヤードと離れていないところを、弾は音を立てて飛んでいった。それに驚いて振り向くと、アシの上で煙がたなびいており、背の高い男が全力で逃げていくのが見えた。逆上した伯爵が即座に、彼と漁師小屋にいる召使いを大声で呼ばわるのが聞こえた。

「賊に襲われた！　殺されるところだった！　信じられん！　ほんの一インチずれていたら、あえない最期を遂げていたところだ！　ムッシュー・ジェソップ！　イヴァン！　アルカディ！　犯人は林のなかへ逃げていった。急げ！——急ぐんだ！　生きたままわたしの前に連れてきた者には千ルーブルとらせるぞ！」

召使いは伯爵の言葉が終わらぬうちに状況を理解し、小屋を飛びだした。ジョン・ジェソップはスケート靴を履いていたが、鉄製で簡単にはずすことができるものだったので、それをかなぐり捨てて追っ手に加わった。従僕《フットマン》ふたりを追いこすと、前方を大柄で手足の柔軟な人影が駆けていくのを視界がとらえたので、さらに速度をあげて猛然と追いかけた。ステパン・トロフィミッチはとっくに銃を抛《ほう》り捨てて走っていたものの、追いかけるジョン・ジェソップを振りきって逃げおおせることができるような速度ではなかった。五分もするとジョン・ジェソップはあと二十ヤードのところまで犯人を追いつめ、その後は一歩ごとにぐんぐんと距離を詰めていった。ステパンは逃げきれる見込みはないことも、追っ手がすぐ背後まで迫っていることも気づいていて、もうこれ以上は無駄だと観念し、走るのをやめて振り向いた。

「降参です」とステパン。「こうなる運命だったんですね」

「降参だと、この悪党め！　かならず追いつけると思っていたよ」ジョン・ジェソップは息を切らしていた。「絞首刑をまぬがれる我が身の幸運に感謝することだ」

「縛り首ならありがたいんですがね。そんな慈悲深い死なぞ望めないんです」

従僕ふたりも追いつき、ステパン・トロフィミッチはその場にあるもので縛りあげられた。

十分後、四人それぞれが目を光らせるなか、ステパンはクリロフ城へ連行された。それに先立ち、伯爵は連れてこられたステパンの顔をぴしゃりと平手打ちすると、言葉のかぎりにののしり、これから彼が見舞われるであろう過酷な未来をこれでもかといつのった。ところが城へ向かううち、ジョン・ジェソップの存在が伯爵に冷静さをとりもどさせたようだった。

伯爵はジョン・ジェソップにステパンへの対処を説明した。

「ああした無礼者のために用意されている地下牢があるのです。そのひとつに収容しておいて、当局へ通報するのですよ」

「暴漢の処分は国にお任せになるのですか？」ジョン・ジェソップは尋ねた。

伯爵はすぐには答えなかったものの、しばらくすると口を開いた――「ええ、国に任せます」

ところが、森に向いた裏門を抜けて一行がクリロフ城内に帰りつくと、伯爵はイヴァンとアルカディへ指示を出した。ジョン・ジェソップの耳に入るおそれはないと考えているようだが、指示が彼にも漏れ聞こえてきた。

「地下牢へ抛りこんでおけ。地下牢の物音が聞こえるところにはだれひとり入れるなよ。どこに閉じこめてあるかも極秘だ。このことがどこかに漏れたら、おまえたちの舌を引っこ抜くぞ」

Ⅳ

その晩アーシンカ村が眠りについたころ、クリロフ城の人目につかない地下牢ではたいまつに火がともされ、赤い炎が凍りついた壁を照らしていた。そこでは三人がかりでひとりの男を責めさいなんでいた。ステパン・トロフィミッチがそんな仕打ちに耐えうるのは鋼材くらいという壮絶な目に遭っていたのだ。ステパンは熾烈をきわめる鞭打ちの刑を受け、農奴解放令が発令されて以来生身の人間に対して使用されていない錆《さ》びた鎖につながれたまま、地下牢の凍結した床に捨ておかれていた。この地下牢の唯一の出入り口は天井にある跳ねあげ戸で、そこからは鉄のはしごを降りていく構造になっている。分厚い壁には斜めに細い隙間が空いていて、昼間は外の明るさがかすかに見てとれた。その隙間からみぞれや雪が吹きこんでくるため、長い冬のあいだに大きな氷柱《つらら》がいくつもできていた。地下牢は天井も床も壁も石造りで、すべての石は氷に覆われていた。壁の半分凍りかけている青黒いカビも例外ではなかった。昼になると、青みがかった灰色のなかに穹稜造《きゆうりようづく》りの低い天井の形がぼんやりと浮かびあがった。壁にはボルトが並んでおり、腰に鉄の輪を巻かれたステパンはそのひとつに鎖でつながれていた。犬が犬小屋につながれているのと変わらなかった。黒パンと水、体を覆っているだけの必要最低限の服でかろうじて命をつないでいるものの、ステパンが受けている拷問は苛烈をきわめていた。鞭で打たれた背中は文字どおりズタズタで、手足は凍傷を起こしている。それにもかかわらず、凍結した床のかたさをやわらげるものは、わら一本敷かれていなかった。

そうした実情はジョン・ジェソップのあずかり知らぬところだったが、二日もすると伯爵の変化があまりにも顕著だったために、どうしたのかと訝《いぶか》しむようになった。伯爵は何時間も姿を見せなくなり、いままでよりもさらにむっつりと押し黙っていることが増えた。夜は浴びるように酒を飲み、伯爵に害をなす者にはふさわしい処罰をあたえるといったようなことを何度かほのめかした。ジョン・ジェソップには、ステパン・トロフィミッチは殺人未遂で通報済みで、あとは当局からの連絡を待っているのだと説明していた。そればかりか、朝になると二日続けて、どうして憲兵がクリロフ城にやって来てステパンを連行していかないのかと、不審がるふりまでしてみせた。とはいえ、それと同時に、この件については他言無用だと釘を刺すのも忘れなかった。

ところがある日の午前中、ジョン・ジェソップはパヴェル少年の英語の授業中に、実態は全然違うと突然知らされて驚いたのだった。パヴェルもステパンが秘密裏に地下牢に入れられていると知り、実際に自分で訪ねてみたという話だった。少年はあろうことか喜びで顔を輝かせて、これまでジョン・ジェソップの耳には入らないように、こっそりと残忍きわまる拷問がおこなわれていたのだと暴露したのだった。

「これを教えてあげたら、先生も大笑いするでしょうね。なにしろやつをつかまえたのは先生ですから——父を殺そうとしたやつのことです。鎖につながれて、大きなノミみたいにぴょんぴょん跳んでるんですよ。先生に見せてあげたいな。片足が不自由なので、もう片方の足でぴょんぴょん跳ぶしかないんです」

「どうしてぴょんぴょん跳んでいるのですか?」ジョン・ジェソップは顔がかっとほてるのを感じたが、それをけどられないように極力平静を装った。

「どうしてもなにも、本当にノミみたいにぴょんぴょん跳んでいるんですよ。七フィートの長さの鎖につながれてるんですけどね。絶対に届かない場所に父が立っていて、話しかけながら鞭で打ってました。最後にはばったり倒れて、床の石をかきむしってましたよ。ぼくも何度か鞭を打たせてもらいました。赤い目がいまにも飛びだしそうで、笑っちゃいましたよ。憲兵がいつまでもぐずぐずしてたら、そのうち死ぬでしょうね」

「憲兵はいつ来るんでしょう?」

「父にしかわかりません。アーシンカ村の人たちは、あの悪党は死んだと考えてるはずです。まだあんなところで生きているなんて、だれも思ってないでしょうね」

その晩、ジョン・ジェソップはその行為が自分に危険をもたらすかもしれないと自覚しながらも、夕食後、二時間ほど撞球室《どうきゅうしつ》で一緒に過ごしたあと、伯爵を尾行することにした。できることならステパンが監禁されている場所を突きとめたいと決心したのだった。伯爵が夜《よ》な夜《よ》なその場所を訪れていることについては、確信に近いものがあった。はたして伯爵は蠟《ろう》燭《そく》で前を照らしながら、足音を忍ばせるように長い廊下を進んでいく。城内は寝静まっていたので、自分のこつこつと響く足音が伯爵の耳に入るのではないかと、ジョン・ジェソップはその点だけが心配だった。さいわいその懸念は杞憂《きゆう》に終わった。ジョン・ジェソップは経路を記憶に刻みこみながら、慎重に進んでいった。石造りの階段を長々と降りていったあと、急に方向を変えた伯爵が足を止める音が聞こえた。見ていると伯爵はひざまずき、上部に輪がついたボルトを両手で引っぱって跳ねあげ戸を持ちあげた。重たげな地下牢の入り口が鈍い音を立てて開いた。伯爵は蠟燭を手にはしごを降りていき、獲物の前に立った。

上にいるジョン・ジェソップにも、うめき声と笑い声が聞こえてきた。そのうちステパンの怒鳴り声が静まりかえった地下に響いた。ジョン・ジェソップは音を立てぬよう跳ねあげ戸に近づき、耳を澄ました。

「お願いですから、もう終わりにしてください。たしかに殺してやるつもりでしたが、あと一歩のところでおよばなかったではないですか。こんなところに閉じこめられて、ひもじいし、寒くてたまらないし、傷も化膿しています。もう楽にさせてください」

「最後の最後まで惨《みじ》めな人生を味わい尽くせ！　ようやく傷が痛むようになったなら、犬のように哀れっぽく鳴いてみろ！　まさに因果応報だな、ステパン・トロフィミッチ。おまえは死んで当然だし、わたしはそれを邪魔立てするような真似はしないから安心しろ。それどころか、おまえがくたばった暁《あかつき》には、喜びしか感じないだろうな。いっておくが、それがいつかを決めるのはおまえではなく、このわたしだ。それまでいくつか芸を仕込んでやろう。ほら、跳べ！　踊れ！　この犬ころ、踊れ！」

鞭で打つ音に続き、鎖が激しくこすれる音、そして苦痛にのたうちまわる叫び声が聞こえてきた。

「吠えろ。わたしの喉を食いちぎろうとしたオオカミなら、吠えてみろ！　悔しさに歯を鳴らせ！　そら――そら！　善良な領主を暗殺しようとした悪党に対しては、これでも優しすぎるくらいだな」

「伯爵さまが悪魔ではなく、人間なんでしたら、裁くのはだれかほかの者に任せてください。どんな悪党でも法の裁きを要求することができるはずです」

「なにをいうのだ、ステパン。おまえの法はこのわたしだ。おまえになにがふさわしいのか、だれよりもよくわかっているからな。我が国の法律はおまえのような人間に死は求めない。我が国の法体系に死刑は存在しないのだ。しかし葬り去ったほうが世のためである害虫どものために、貴重な食料を膨大に費やすなどまさに無駄の極みだ。この踊る熊をシベリアの強制収容所に送るつもりはないからな。どうだ――安心したか！　それを聞けば今夜は暖かく眠れることだろう」

いきりたったうなり声が聞こえた。まるで猛《たけ》り狂った野獣が発した声のようだった。ついでステパンが必死で鎖をはずそうとしているらしく、金属のぶつかるガチャガチャという音が響いた。

伯爵は声をあげて笑った。

「その鎖はいささか錆びてはいるものの、悪党を縛りつけておく程度のことならまだ充分役に立つ。おまえもいつかはクリロフ城から出ていけるだろう、そのボルトが抜けるようなことが起これば な。では、また明日」

はしごがきしむ音が聞こえ、ジョン・ジェソップはひっそりとその場を離れた。慎重を期して来るときに目印となるものを憶えておいたので、クリロフ伯爵よりも早く撞球室へ戻ることができた。

V

ジョン・ジェソップは自分とおなじ人間が拷問で死に瀕している事実を知り、その晩は眠れなかった。しかし、今後どのような行動をとるか決めるのにさほど時間はかからなかった。クリロフ伯爵が当局に通報したと説明していたのは口先だけのでまかせだと判明したばかりか、気の毒なステパンが公正な法の裁きを受けたいと懇願していたのを耳にしたからには、ジョン・ジェソップとしてはその実現に向けて行動するしかないと決心したのだ。ステパンが犯したのは重罪だが、それでもロシア帝国の法で定められている刑罰を受ける権利がある。そこで、遅まきながらその日ボルコフの警察長官宛に手紙をしたため、政治的ニヒリストが領主を襲った一部始終を、その後の出来事までこと細かに知らせたのだった。

ジョン・ジェソップは行動を起こすのが遅すぎたのではないかと心配でならなかった。なにしろクリロフ伯爵の拷問を求める欲は、なまじ満たされたことでかえって強くなったようで、いまでは特殊な薬物の影響下にあるのではないかと疑いたくなるような有様なのだ。伯爵の酒量はさらに増え、顔を合わせる機会は減った。そのくせ朝に晩に伯爵の傲慢で粗暴な面を感じることが増え、ついにはジョン・ジェソップに対しても無礼な態度をとった。伯爵にそりで森へ行こうと誘われた際に断ったら、罵詈雑言《ばりぞうごん》をまくしたて、つきあえと命令したのだ。それを聞いたジョン・ジェソップは頭に血がのぼり、感情の赴《おもむ》くままにいいかえした。「なんの権限があってぼくに命令なさるのですか？　なにか誤解をなさっているようですね。ぼくは英国人だということをお忘れですか？　伯爵がロシア皇帝でいらしても、返事はおなじですけどね。申しあげておきますが、少なくともぼくはクリロフ伯爵がなにをなさろうととくに関心はありません——秘密の地下牢はいうにおよばず」

最後のひと言が口から飛びだした瞬間、ジョン・ジェソップはすでに悔やんでいた。ところが、おそれていたような騒ぎにはならなかった。伯爵の顔は蒼白を通りこしてところどころ紫色だったものの、微笑みを浮かべてお辞儀をし、これは失礼したとつぶやいただけだったのだ。そしてすぐさま部屋を出ていった。

その出来事が起こったのはボルコフの警察長官に手紙を送った二日後だったので、ジョン・ジェソップは急いでさらにもう一通書簡をしたためた。最初のものよりも事態は切迫していることを強調した手紙にした。すると、授業と昼食を終えたころ、ジョン・ジェソップに手紙が届いた。伯爵からの解雇通知だった。伯爵は慇懃無礼《いんぎんぶれい》とも感じられる言葉で、ただちにこの地を離れるよう要請していた。「きわめて重要ないくつかの事柄において、貴君とは価値観がはなはだしく異なる点に鑑み、幼い息子の心身を委ねるのは妥当ではないと判断した次第である。貴君の明晰な知性には感服した。貴君も当方におなじ意見を抱いていたものと信ず。貴重な友情にひびが入る前に、家庭教師の依頼は終了としたい」と記してあった。手紙には破格の小切手が同封されていた。小切手については感謝の意とともに返したものの、要請されたとおり帰国するが、それは完全に自分の意思に基づくものだと伝えた。

夕食の席でふたりは顔を合わせた。意外にも伯爵はご機嫌で愛想がよく、話題にのぼるのも愉快なことばかりだった。見解の相違のためにジョン・ジェソップのアーシンカ滞在が途中で中断せざるを得なくなったことを、伯爵はしつこいほどに残念がってみせ、明朝は馬車で送らせると申し出た。食後は撞球に興じたが、伯爵は例によって浴びるように酒を飲んでいた。度を越した飲酒のたどり着く先はお馴染みのものだった。見せかけだけの気さくで親しげな様子は影をひそめ、公にできない自分の関心事にしか興味はないことを隠そうともしなくなった。何度か予期せぬ物音が聞こえたかのようにぎょっとした表情を浮かべ、そのあとは見るからに落ち着かない様子となった。そのようになるのはだいたい同じ時刻で、地下牢に閉じこめたステパンのことを思いだしているのだと、ジョン・ジェソップは勘づいていた。

ジョン・ジェソップがこっそり伯爵のあとをつけた晩からまもなくして、伯爵が外出することがあった。ジョン・ジェソップとしてはなんとかこの機会を利用して、ステパン・トロフィミッチに接近を試みたいところだったが、卑屈なほどにペコペコとお辞儀を繰り返すアルカディに、以前は自由に行動できた城内の一角もいまは伯爵の命で出入り禁止になっているといいわたされ、断念するしかなかった。

重苦しい気分に押しつぶされそうな最後の日、ジョン・ジェソップの想像の翼は暴走気味だった。安楽椅子で寛《くつろ》ぐ彼をひとり残して伯爵が姿を消すと、葉巻をくゆらせながら、落ち着かない気分で地下牢のことを考えた。ジョン・ジェソップとて、目を覆いたくなる惨事が進行中だと承知しているのに、その問題を解決せずにこの城を離れるのは気が進まなかった。考えるうち、やはりそのような無責任な真似はできないと、翌日いちばんにボルコフの警察長官を訪ね、彼が送った手紙に対してなんの返答もないのはいかなる理由かを直接尋ねることにした。そしてボルコフで埒《らち》があかない場合は、サンクト・ペテルブルクへ赴き、英国大使館に事情を説明してからロシア帝国を離れると決めた。

しばらくたっても伯爵は戻ってこなかった。いつもなら伯爵が姿を消すのはせいぜい半時間程度で、もっと短いときもあった。その後は改めて飲みなおすのがつねだったが、寝室へ引きとる段になって、階段をのぼるのに人の手を借りるのもめずらしくはなかった。ジョン・ジェソップは新しい葉巻に火をつけ、じっと待ちつづけた。時刻は夜中の二時になっていた。

ただ待つことにうんざりしてきたころ、突然、地下牢に鎖でつながれて拷問を受けている悪党の命を救いたくとも、ときすでに遅しなのではないかと頭に浮かんだ。その懸念が一度浮かぶと警戒心など吹き飛んでしまい、そんな事態になっていないかを確認したい一心で暗い廊下へ飛びだした。地下牢に近づくにつれ、いくらか警戒心が戻ってきたが、かまわず突きすすんだ。跳ねあげ戸にたどり着くと、なんと戸は開いていた。真っ暗な廊下の先にぽっかりと四角く穴が空いていて、そこだけがかすかに明るかった。地下は耳が痛いほどの沈黙に支配されていた。用心しながら穴をのぞきこむと、なぜ跳ねあげ戸が開いたままだったのか察しがついた。

鉄のはしごの下あたりに見える毛皮の山は、伯爵が着ていた毛皮のコートだった。ニコライ・クリロフ伯爵は床に仰向けに倒れており、虚空をじっと見つめていた。シャツの胸部は血に染まっている。鎖がジャラジャラいう音は聞こえるが、蠟燭のぼんやりとした明かりでは、大柄なステパン・トロフィミッチの体がおぼろに見えるだけだった。いまも壁に鎖でつながれているようだ。はしごを降りていくと、不明瞭ながらも全体が見てとれた。はしごの下に倒れている伯爵の死体を慎重にまたぎ越し、まだ生きている囚人に蠟燭の明かりを近づけると、赤毛で赤い目のステパンは衰弱し切って骨と皮ばかりとなっていたが、鎖を極限まで引っぱって身を乗りだしていた。

「いったい全体なにがどうしてこんなことになったんだ、ステパン・トロフィミッチ？」

「神に誓ってお答えしましょう。人民に復讐されたんです。人間の武器ではなく、神の短剣によって、この悪魔のような男はようやく倒れたんです」

それを聞いてジョン・ジェソップは、いったいなにが起こって伯爵が足もとに横たわる事態となったのか、それを明らかにする物証を探した。伯爵の死体を調べると、首になにかが深く突き刺さったために死亡したようだった。鋭利な刃物で切ったような傷が鎖骨上三角にできていた。よりによって動脈、静脈、神経が複雑に絡みあっている場所だ。しかし、凶器が見つからなかったうえ、死体が倒れているのは鎖につながれているステパンには手が届かない場所だったので、現場の状況を見るかぎりではステパン以外の人物が伯爵を殺したように思えた。

ジョン・ジェソップの対応は迅速だった。召使いたちを叩きおこし、おのれが正しいと信じるとおりに、飢え死に寸前のステパンに食事と衣服をあたえるよう命じた。それから地下牢へ自分の毛皮のコートを届けさせ、地下牢でのステパンの待遇を改善した。そして伯爵急死の衝撃から立ちなおり、城内に秩序が回復するまで滞在を延ばすと決めた。あまりに突然のことで恐慌をきたしている召使いたちは、どんなことでも指示されるままに動いた。医者が到着したのは、殺されているニコライ・クリロフ伯爵が発見されてから三十分もたっていなかった。

医者は伯爵に親愛の情のかけらも抱いていない様子で、到着するなり伯爵の死亡を確認すると、そのあとはなにが死を引き起こしたのかという興味深い考察に頭を悩ませていた。地下牢のなかを徹底的に調べても、そのような傷を負わせることができるものは発見されなかった。おそらく巨大な研ぎ棒のような丸い棒状の凶器が使われたと思われるが、それらしきものは見つからなかったし、殺したあとで鉄のはしご以外の経路で凶器を持ち去ることも不可能だった。

翌日の朝には、ジョン・ジェソップが書きおくった手紙の事実上の返答と思われることが起きた。憲兵隊がクリロフ城に現れたのだ。そして通報のあった件は政治思想の問題だと認識していると告げられた。伯爵が謎めいた状況下で殺されたことを知っても、隊長の意見が変わることはなかった。

ステパン・トロフィミッチは憲兵隊の監視下へ置かれ、ボルコフへ連行されることになった。二週間後にボルコフで裁判が開かれるとの話だった。しかし伯爵が殺された事件に関しては、一条《ひとすじ》の光明も見いだすことができずにいた。地下牢の隅々まで徹底的に調べあげ、様様な試みを繰り返したものの、政治的ニヒリスト、ステパン・トロフィミッチがニコライ・クリロフ伯爵を殺害できた可能性はきわめて低いと実証されただけに終わった。そうなると憲兵の疑いの目はそれ以外の者へと向けられ、いくつもの仮説が産みだされた。そして、きたるべき裁判で証言するため帰国を延ばしていたジョン・ジェソップに嫌疑がかけられ、裁判の二日前に突然逮捕された。まさか自分が逮捕されるとは予想すらしていなかったが、ジョン・ジェソップはあの晩の出来事の記憶をたどるうち、どんどん憂鬱《ゆううつ》になっていった。

ところが裁判が始まると、実際になにが起こったのかをステパン・トロフィミッチが明らかにしたのだった。紆余《うよ》曲折の末に当初の目的を果たしたと主張したのだ。ステパンは自分の命に執着する様子はなく、伯爵がどのようにして死に至ったのかを明らかにしなければ、自分の功績が闇に埋もれたままになってしまうと、そのほうが我慢ならなかったようだ。言葉少なく、いかにして宿敵である伯爵を殺害したのかを説明した。残酷さを滲《にじ》ませた声でおのれの才気を自慢し、一風変わった凶器は神よりたまわったものだと主張したのだ。

実際のステパンの証言は以下のとおりだった。

「なんとかして自害する方法はないかと考えていました。寒さとひもじさは到底耐えられる次元ではないし、死を迎えるに至ったあの悪魔のしつこい拷問から逃れる道は、それしか思いつきませんでした。そのために地下牢を詳しく調べました。するとある細い隙間だけは外の明るさがほのかに感じられ、突風が吹きこんでくることに気づいたのです。壁はびっしりと張りついた氷のせいでぼんやりと光り、石の天井の細長い溝からは氷柱が何本もぶら下がっていました。ひとりきりになるとボロボロの自分を奮いたたせて、その氷柱を手に入れる方法はないかと考えました。そうしているあいだも心身の苦痛は増すばかりでしたが、伯爵はおれが弱ってきたのを見て油断したのか、たまに鎖が届く範囲へ足を踏みいれることもありました。おれが悪夢にうなされていると、殴って叩きおこすことも。おれはただでさえ乏しい自分の服を少し犠牲にして、痛みに耐えながら、時間をかけて糸を撚《よ》りあわせ、ひもを作りました。巨大な氷柱まで届く長さのひもです。ところが氷柱を叩き落としたまではよかったんですが、おれの心臓に突き刺すはずの鋭い切っ先が折れてしまったのには、まさに悔し涙に暮れました。それでもまたとがらせればいいことだと自分にいいきかせ、それからは氷柱を吸ったり舐めたりして、先をとがらせることに集中しました。そして目論見どおり氷柱の先がとがってきたのを見ているうち、自分に問いかけるようになりました。この神があたえし武器で自分の心臓をひと突きするくらいなら、憎い敵へ突きたてればいいんだと。氷柱は手が届く場所へ隠しました。地下牢の水はおれが飲まないでいると一時間たたずに凍るので、氷柱が解けてしまう心配はありませんでした。その晩も、おれを針金入りの鞭で打ちながら悪意溢《あふ》れる言葉を浴びせかけるため、伯爵が地下牢へやって来ました。跳ねあげ戸を持ちあげる音が聞こえたので、眠っているふりをしながら、まぶたの隙間から様子をうかがっていました。すると紫色をした悪魔のような顔が地下牢をのぞきこむのが見えたのです。おれは胸もとに氷柱を隠しました。伯爵が降りてくる音が聞こえたとき、最初は自害するつもりでその氷柱をつかんだのです。けれどもそろそろ死んでいるんじゃないかと期待しているような表情を目にした瞬間、思わず手を伸ばしていました。力をこめて伯爵の腕をつかみ、首に深々と氷柱を突きたてたのです。氷柱は脆《もろ》いものですが、ほとんど抵抗を感じることなく刺さりました。伯爵は深手を負わされたことに気づくと、ふらふらとおれから逃げ、はしごをのぼりはじめたのです。しかしあと少しで上に手が届くというところで力尽き、どさりと床に落ちてそのまま動かなくなりました。落ちた場所までは鎖が届きませんでしたが、息を引きとるところは見ていました。しばらくして、英国人がやって来ました。しかし、凶器は発見できませんでした。伯爵を殺すのに使った神があたえし剣は、傷口から流れでる伯爵の温かい血を浴びて、解けてしまったからです」

ステパン・トロフィミッチは死刑にならなかった。というのも、本人がそう供述したにもかかわらず、伯爵殺害は政治的な思想よりも個人的な怨恨のほうが強いと判断されたのだ。よってステパン・トロフィミッチは刑法によって命を奪われることはなかったものの、十五年の強制労働の判決が下された——ロシアでその刑罰を科されるというのは、実質的に死を宣告されたも同然だった。

初めての殺人事件

My First Murder

甲の薬は乙の毒ということわざがあるが、まったくもってそのとおりである。とはいえ、隣人が災難に見舞われて突然の死を迎えた事件が、わたしにとっては成功へ至る最初の一歩を踏みだすきっかけになったというのは、数奇な我が人生でもあまりにも稀有《けう》な出来事だと思われるかもしれない。しかし、ときにそういうことは起きるもので、もしきみがわたしとおなじく警察官で、昇進が決まったとしたら、それはすなわち同胞が深刻な苦境に陥っていると思ってほぼ間違いない。

引退して十ヵ月以上たつが、それでも人生の先輩方が勲章を名誉と感じるのと同様に、自分が警察官であったことをいまも誇らしく思っている。ポンズワージーでおぞましい事件が起きたときも、休暇を利用して独自捜査に邁進《まいしん》し、事件を解決に導いたのだった。

ある冬のことだった。村近くのウェバーン橋へ戻ってきたころには、空は茜《あかね》色に染まっていた。コマドリは葉の落ちた低木の生け垣から生け垣へとさえずってまわり、足の下で地面は音を立てた。その日は晴れていたが、氷が解けるほどの陽射しではなかったので、日が暮れるとまたかたく凍っていたのだ。

わたしはその午後非番で、クームストックの両親の家で一緒にお茶を飲んだ帰り道だったため、私服だった。このときは、これからなにをしようかという問題で頭がいっぱいだった。というのも、近々十日間の休暇をとる予定だったのだ。ウサギ猟を始めとした趣味に興じるつもりだった。橋へ向かって角を曲がると、三十ヤードほど下流で男が川に石を抛《ほう》りこんだらしいと気づいた。橋の下は深い淵になっているのだが、水面にいくつも波紋ができていて、それが夕陽を浴びてきらきら光っていたのだ。最初は大きな魚が作った波紋だろうと考えた。ところが、男の片腕が下へ向けられているのを目の端でとらえたので、波紋を作ったのは魚ではなく、その男だと推察された。川へ石を投げこむにはうってつけの場所だった。そしてその直後、傍《そば》を通ったわたしに男はこう釈明した。

「馬鹿でかいネズミが見えてな」ポンズワージーでは見かけたことのない顔だった。

「川には何十匹も棲みついていますよ」わたしは説明した。「しかし野ネズミと違って、あいつらは無害なんです。食べるのは植物だけですし、噛まれる心配もありません」

男はそれ以上会話を続ける気はない様子だったし、わたしも同様だった。男は坂を登っていった。人目を惹く長身で肩幅も広く、頭に山高帽を載せていたほかは、首に赤いウールのマフラーを巻き、左腕に喪章をつけていたことしか憶えていなかった。モールスキンのズボンを人夫が使うような革ひものサスペンダーで吊っていたので、ホルン近くの花崗岩《かこうがん》の採石場で働いているのかもしれないという印象を受けた。それきりその男のことは脳裏から消え失せ、まもなく警察署に到着した。

たまたまその晩は当直で、いつもとおなじようにパトロールに出かけた。そして当直明けには、とくにめずらしいことではなかったが、足を伸ばしてポンズワージーよりも事件らしきものが起こり、警察の出番があるかもしれない地域をあてもなく歩きまわった。警官になったときから胸に野心を抱いていたものの、生まれ育った村は平和そのものの田舎で、事件なんてものはまず起きないとようやく理解するに至ったのだ。こういう地域では、巡査がおのれの才気を披露する機会もなければ、出世の足がかりをつかむのも不可能に近い。

上司のトット警部補は人柄がきわめて優れているだけでなく、無私な人物で、人生のすべてをデヴォン州に捧げたにもかかわらず、その見返りといえるものは何十年と暮らしている慎ましい官舎だけだった。いうまでもなく警部補は数多《あまた》の事件に遭遇し、捜査に携わり、そのほとんどを解決へ導いてきた。しかし、警部補のキャリアはわたしにはまわり道が多く見えたので、わたし自身はもっと近道を歩みたいと考えていた。実際のところ、内心では警部補のことを軽く見ていた。なにしろ、なにも起きないならばそれに越したことはないとの信条の持ち主だからだ。それどころか、志が低いとあなどってさえいた。あのころは、意外な出来事、謎めいた事件、そして人びとに突然降りかかる厄介ごとに対する見方が、五十の坂を越えるとまるで違ってくることを知らなかったので、変わった事件を渇望する新米警官の視点でしか世の中を見ていなかったのだ。

とはいえ、どのみちトット警部補は厄介な事件に見舞われる運命だった。ポンズワージーの平和を乱す冷酷きわまりない事件が起きたのだ。そして村の住民は新聞記事でポンズワージーの名を発見するという、生きているうちにそんなことがあるとは想像してもいなかった経験をしたのだった。

翌朝、明け方に署へ戻るとほぼ同時に、牛乳配達人のジョブ・マスターズがいまにも目が飛びだしそうな形相で駆けこんできた。うろたえるあまり、まともに話もできない状態だった。ジョブが今朝、ウィリアム・ウェドレイクが独りで暮らすパドック荘に牛乳を届けたところ、いつもは口笛を吹けば玄関を開けてくれるのだが、その朝は玄関が開かなかったそうだ。そこで台所の窓からなかをのぞいたら、なんとウィリアム・ウェドレイクが床に仰向けに倒れていて、そのまわりに黒っぽい血の海が広がっているのが見えたというのだ。ジョブは勇猛果敢なタイプではなかったのでそれを目にしただけで仰天し、その場に牛乳缶を置き去りにして、全速力で逃げだしたという話だった。そして警部補が実際にコートを着て、一緒に行くと約束するまで現場に戻ろうとはしなかった。わたしとちょうど勤務につくところだったネッド・ノズワージーも同行した。

当初、牛乳よりも強い酒のほうを好むことで知られるジョブのことなので、おおかた悪い夢でも見たのだろうとわたしたちは予想していた。しかし、現場に到着してみると、疑問の余地のない事実だった。ウィリアム・ウェドレイクは死亡しており、死後硬直も始まっていた——のちの医師の所見によると、殺されたのは何時間も前だった——死体の傍のテーブルには帳簿とかなりの額の現金が出したままになっていて、襲われたときウィリアムは帳簿をつけていたようだった。

被害者がどういう人物なのかは、すぐに明らかになった。ウィリアムは独身で、ソープ在住の伯父ファーマー・ウェドレイクが亡くなった際に、思いがけなくちょっとした遺産を相続したという話だった。本当のところは、ちょっとしたどころか、ファーマー伯父は子供のいない男やもめだったため、遺産はかなりの額にのぼった。年収五十ポンドで河川の管理人をしていたウィリアムは三十五歳で仕事を辞め、ウェバーン川に臨むパドック荘を購入したのだった。そこで独りで暮らし、大好きな野外スポーツを楽しむ悠々自適の毎日を送っており、なんの不満もない生活ぶりだった。馬を一頭所有しており、狐狩りに参加することもあった。冬になると鳥の狩りに興じ、自然についてもいくらか詳しかったようだ。人柄も申し分なく、思いやりのあることにかけては、ダートムア近辺では並ぶ者がいないとの噂だった。金銭面でも気前がよく、老若のべつなく目配りをきかせられる人物だった。毎晩のように〈陽気なジョージ〉亭に顔を出し、だれよりも素早く周囲に一杯おごるか、あるいはポケット深くに手を突っこんだまま、愚痴に耳を傾けていた。敵といえる人物といわれても顔が浮かぶ者はおらず、ポンズワーシーの住民の最大の関心事は、ウィリアムがいつ結婚するのか、そして妻になる幸運な女性はだれか、だった。しかし、ウィリアムとの仲が噂になった女性はこれまでひとりもおらず、ウィリアム自身は自分では女性を幸せにすることはできないというのが口癖だった。そして、昼間はだれかができる範囲で身のまわりの面倒をみていたが、同居している者はいなかった。夜になって友人に会うためにパブへ顔を出すときには、パドック荘に鍵をかけて、帰宅したとき部屋が暖かいよう、暖炉に大量の泥炭を抛りこんでおくのが習慣だった。

そしていま、変わり果てた姿で横たわっていた。死体を調べたところ、胸に大きな傷が見つかった。刺されたか、撃たれてできた傷のようだった。そしてテーブルに出したままにしてあった金のほかに持ち去られた分があったかどうかは、当然のことながら判断できなかった。しかしトット警部補は、テーブルの上にあるものはすべてまとめて食器棚の引き出しに移し、施錠すると、その鍵をポケットへ入れた。

ネッド・ノズワージーは医師のもとへ出向き、トット警部補は被害者の身のまわりの世話をしていた高齢のサリー・スラットリーから話を聞いた。毎朝パドック荘へ通い、掃除をし、ウィリアムから頼まれた用事を片づけていたそうだ。

サリーの話から明らかになったのは、前日の午後四時にパドック荘を辞去したということだけだった。いつも暗くなる前に帰宅するようウィリアムにいわれていて、昨日は道が滑りやすいから気をつけてと声をかけられたそうだった。さらに、ウィリアムが今夜は帳簿をつけるつもりだといっていたことも思いだしたとの話だった。

医師の所見では、被害者は二回刺されていた——一回目は肺を貫通し、二回目は心臓を貫通していた。犯人を示す手がかりになりそうなものはなにも発見されなかった。事件を詳しく調べていくにつれ、被害者が所持していた現金はペニーに至るまで明らかになり、現金は盗まれていないことが判明した。とはいうものの、まさに胸を刺している瞬間も、犯人の目の前に十五ポンドから二十ポンドの現金が置かれていたことになる。また明らかになったのはそれだけではなかった。ウィリアムは公にはしていなかったが、実はかなりの篤志《とくし》家《か》だった。埋葬されたあとで、多くの父親のいない子供や未亡人が、厚意で多額の援助を受けていたが、そのことはウィリアムと援助を受けている者しか知らなかったと証言したのだ。

事件はひとりもしくは複数の未知の人物による殺人とされた。ウィリアムの葬儀はめったに目にする機会のない盛大なものだった。親族の席にはいちばん近い親戚が並び、ポンズワージーはもちろん、もっと遠方の住民も大勢詰めかけたので、教会はほぼいっぱいになった。野外スポーツ仲間や、河川管理人として働いていたころの雇い主までが、弔意を表するために馬車で集まったのだった。

大勢の優秀な警官が捜査に携わり、考えられるかぎりあらゆる手を尽くしたが、とれたボタンや指紋といった犯人につながりそうな証拠は発見できずにいた。唯一手がかりと呼べるかもしれないことを目撃したのはわたしだった。だが、わたしはその件をだれにも報告しなかった。おそらく秘密にするべきではなかったろうし、トット警部補は死ぬまで許してはくれないだろうが、若者というのは自分だけの手前勝手な判断でやりたいことをやるものだ。いまおなじようなことが起きたとしたら、法を遵守するわたしの感覚は、そうした単独捜査をおのれに許さないが、当時のわたしの考えは違った。さらにつけ加えるなら、わたしが事件の捜査に全力でとりくんでいなかったと非難できる者はいないし、川べりで目撃した肉体労働者風の男とウィリアム・ウェドレイクが殺害された事件を結びつけてみたところで、そのことを賞賛するどころか注目する者さえいなかっただろう。わたしの胸に浮かんだ疑いについて、実際に証拠を示すことはできなかったからだ。もっとも独自捜査をすると決めてからは、なにから手をつけるにしろ、それが最優先事項と位置づけて行動した。捜査を始め、いくらかの手応えが感じられるようになると、まさに欣喜雀躍《きんきじゃくやく》して、うまくいけばすべての手柄を独り占めできると考えた。若者ならではの思い上がりの表れだとおわかりいただけるだろう。

捜査員たちが頭を抱えたのは、動機が見当たらないことだった。それらしきものすら、どうしても見つけることができなかった。ウィリアムの死で利益を得る人物は、離れた地プリマスに暮らす遠い親戚だけだったうえ、その五人——男性ふたりに女性三人は全員、事件の夜は確固たるアリバイがあった。事件当日ウィリアムと顔を合わせたのは、ポンズワージーではなくホルン在住のマーサ・ブラウスという名の若い娘だったそうだ。母親が針仕事をして生計をたてているものの、ひどく貧しい暮らしをしており、肌着などを繕うために三日間パドック荘に通っていた。ウィリアムとマーサの母親ブラウス夫人は知り合いで、夫人が絶対に施《ほどこ》しを受けないことを承知していたので、親切心でマーサ・ブラウスに仕事を頼んでくれていたと夫人は語った。マーサの証言は捜査の参考にはならなかった。ウィリアム・ウェドレイクはとても親切で、もう使わないからと古着をたくさん持たせてくれて、それを売ったら三ポンドになったそうだった。

やがて予定どおり休暇を迎えた。わたしはウサギ狩りを諦めて実家のクームストック農場へ行き、だれにも気づかれないようにこっそりとある作業にいそしんだ。独自捜査の最初の一歩として、目の細かい網で小さく扱いやすい引き網を作ったのだ。その晩は月が明るく照らしていたので、その引き網を手にウェバーン川へ向かい、橋の下の深い淵を探ることにした。とはいえ、五分もすればパトロール中のネッド・ノズワージーがそのあたりへやって来ると知っていた。つまりその前に作業を中断して、川がリズウェル・ウッズへ流れこむ手前にある石垣の陰に隠れなくてはいけないのだ。そこでネッド・ノズワージーをやり過ごしてから、作業を始めることにした。

暗いなかではなかなか思うようにいかなかった。それでも水しぶきがあがった場所を正確に記憶していたおかげで、淵の流れが穏やかなあたりに五回引き網をかけたところ、まさに探していたものを発見した。大きなジャックナイフ――網に引っかかった二本目のナイフだった。一本目のナイフは錆《さ》びてボロボロで、ほんの十日ばかり水中にあっただけとは思えない状態だった。わたしはジャックナイフの水分を拭ったりはせず、ただ乾かしておいた。水中に没していたとはいえ、なにかが付着しているのが見つかり、それが証拠として使えるかもしれないと考えたのだ。

発見したジャックナイフはごく一般的なタイプだったので、そこからわかることはなにもなかった。重たくて、刃を折りたたむことができ、柄はシカの角。特徴はそれだけだった。ひもを結びつけられる輪がついていたが、なにもついていなかった。柄の小さなしみや汚れはただの錆《さび》なのか、あるいは鑑識眼のある者が見れば意味のあるしみなのか、わたしにはなんとも判断がつかなかった。そこでその問題はいったん脇へおいておいて、翌日からはどこへ行っても、つねにその近辺ではどのような人間が働いているかを注意して観察することにした。

すると土曜日のもうすぐ正午という時間に、ホルンから一マイルほど離れた場所で、仕事帰りらしき例の男を見つけたのだ。見覚えのある山高帽、赤いマフラー、モールスキンのズボン、上着の左腕の喪章。そういった服装の特徴がなくとも、その目立つ上背だけであの男だと気づいたに違いない。

男はわたしのことをきれいさっぱり忘れているようだったので、わたしのほうも以前言葉を交わしたのを憶えていることなどおくびにも出さなかった。それでもすれ違うときに、同僚らしきふたりの男と歩いてくる彼の様子をちらりとうかがった。人目を惹くほど背が高く、ずんぐりした首に黒い目、一週間はひげを剃っていなそうな無精ひげ、不機嫌なような、それでいてなにかに怯《おび》えているような表情を浮かべていた。どことなく異様な雰囲気を漂わせている。わたしはそうに違いないと考えるようになっていたが、ウィリアム・ウェドレイクを殺害したとしたら、それも無理からぬことだった。

しかし、疑惑を抱くのとそれを立証するのとでは天と地ほどの違いがある。わたしはすぐに、男を逮捕したければ、やらなければならないことは山ほどあると悟った。そして男のことを調べれば調べるほど、事件と無関係である可能性は低いと考えるようになった。

ひとりでホルンをまわり、こつこつと男に関する情報を集めていった。主たる情報源となったのはパブ〈チャーチ・ハウス〉亭だった。とはいえ、当然のことながら、男のことを嗅ぎまわっているとだれにも知られたくなかったので、おのれの言動には細心の注意を払い、少しずつ情報を集めていった。

男は仕事帰りは大抵同僚と〈チャーチ・ハウス〉亭に立ち寄った。第一印象どおり採石場で働いていた。それを知ることができたのは、彼らがいるときに〈チャーチ・ハウス〉亭に潜りこみ、ビール片手に石の善《よ》し悪《あ》しなどを尋ね、彼らと談笑することに成功したからだった。自由貿易法によって、政府はロンドンの建築物に割高なダートムア産ではなく、安価なスウェーデン産の花崗岩を使うことが可能になったという話になると、当然のことながら彼ら全員に主張したいことがたくさんある様子だった。そのうち、同僚たちは饒舌《じょうぜつ》なのに、男だけはやけに口数が少ないことに気づいた。

男はジェイムズ・スウィートと呼ばれていた。母親を亡くしたばかりらしい。それで喪章を巻いているのだった。夫を亡くした姉とふたりで、村の奥の坂をあがったところの小さな家で暮らしているようだ。ジェイムズ・スウィートについてはいい評判しか耳にしたことはなく、現に同僚たちも好感を抱いているように見えた。あるとき、ジェイムズが帰ったあとで、パブの亭主が客のひとりにこう尋ねたことがあった。

「ジェイムズはおふくろさんが亡くなったショックを乗りこえられたのか？」話しかけられた男はまだだと答えた。

「いまもそのことばかり考えちまって、気分が沈みがちらしい。もともとよくしゃべるほうじゃないが、最近じゃ声を聞くのは一日に二回程度だもんな。一人前の大人だっていうのに、おふくろさんが亡くなったことであれほどショックを受ける男もめずらしいよ」

「あの一家はなにがあっても不思議はないさ」と亭主。「あの家は変わり者揃いなんだ。親父さんの妹は頭がおかしくなり、亡くなった。親父さんの弟は船乗りだったが、海に身を投げたともっぱらの噂だ。もっとも、本当のところはどうだったのか、はっきり知ってる人間はいないがな。だからといってジェイムズもその気《け》があるなんていうつもりはさらさらないが、それでもその可能性はないわけじゃない」

ふたりはその可能性についてあれこれ話しあい、ジェイムズは見えないところで頭のねじが緩んでいるかもしれないが、それでもめっぽう気立てのいい敬虔《けいけん》なクリスチャンで、子供が大好きな善人だという点で意見は一致した。

「お相手がいるかどうかもわからんが、勇気を振りしぼって結婚を申しこみ、なんとかかみさんが決まったら、もうなんの心配もいらないんだがな」年老いた亭主が結論づけた。それまでジェイムズの事情を説明していた友人が、そういえば先々週の日曜に若い女性と連れだって歩いているジェイムズを見かけたとつぶやいた。

「一緒にいたのはだれだったんだ？」亭主が尋ねたが、友人はわからなかったと答えた。

「礼拝のあとのことで、もう暗くなってたから、だれと一緒にいるのかはよく見えなかったんだ。あの背の高さでジェイムズはすぐわかったがね」

「姉さんだろう」ほかの客が応じた。ところが友人の意見は違った。

「それが小柄だったんだ。姉さんのベティ・ピアスは馬鹿でかいんだよ——女性にしては背が高いほうだ。ジェイムズが男のなかではでかいのとおなじで」

一同ジェイムズに恋人ができたのならなによりだと口を揃えながらも、一緒にいてもなにかとふさぎこみがちなうえ、あそこまで極貧では、結婚相手として引く手あまたではないだろうとの結論に達した。

もちろん耳新しい情報があったわけではなかったが、わたしの頭のなかでは意見がしっかりとかたまった。つぎに考えたのは、なんとかしてジェイムズの姉とお近づきになりたいということだった。姉弟が暮らす小さな家は荒地《ムア》との境目あたりにあったので、わたしはちょっとした策を講じた。ある日の午後、ムアを歩いているうちに道に迷い、疲労も限界に達しているふりを装《よそお》い、お代はお支払いするので、牛乳かシードルとひと切れのパンをわけてもらえないかと頼みこんだのだ。ジェイムズが帰宅するのは一時間以上あとだと承知のうえだった。思惑どおりことは運んだ。ベティ・ピアスは話し好きで、わたしの頼みにこころよく応じてくれる心優しい女性だった。背の高さと癖のある黒い髪、黒い瞳が弟そっくりだった。気どらない人びとは愛想のいい相手に人なつこく話しかけるものだが、ベティ・ピアスも例外ではなく、わたしに気軽に自己紹介し、亡くなった夫と出逢えたのは本当に幸運だったなどとまくしたてた。それればかりか、年老いた母親の最期の様子まで教えてくれた。それでいて、同居している弟についてはなにもいわないのだった。彼女がジェイムズ・スウィートにひと言も触れないのに合わせて、わたしも弟に興味があると悟られないよう言動には細心の注意を払った。

そのうち話題が殺人事件に移った。ベティ・ピアスは興味津々といった様子だった。わたしはそろそろお暇《いとま》しないといけないが、喉が渇いたらもう一度お邪魔するかもしれないと伝えて、お茶のお礼に一シリング渡して辞去した。その十分後、わたしは最初の幸運に恵まれた。坂を降りていくと、大通りと合流する曲がり角で仕事帰りのジェイムズに出くわしたのだ。それだけではない。ジェイムズはひとりではなかった。小柄な女性と一緒だった。

道ばたで偶然ふたりにばったり会うとは予想もしなかったが、突然で驚いたのはふたりもおなじだったろう。しかも、どうやらふたりは揉めている様子だった。娘は激しく泣きじゃくっているし、ジェイムズは邪悪としかいいようのない表情を浮かべている——わたしはそれまでそのような表情を目にしたことなどほとんどなかった。なにかとてつもない悪を感じさせた。一瞬のことだったし、わたしもまだ若い未熟者だったが、ただの喧嘩などではないのは察せられた。ジェイムズの目に浮かぶ色やその奥に漂う表情に——ジェイムズ自身も自覚していないだろうし、周囲のだれも気づいてはいないだろうが、なにかがにじみ出ていた。もっとも、その時点ではただそういう印象を受けただけだった。ジェイムズはわたしに気づき、すぐにその場をとり繕った。娘のほうもわたしに背を向け、落ち着こうとしている。小柄で、ぱっちりとしたグレーの瞳に明るいみごとな金髪のかわいらしい娘だった——第一印象がみすぼらしかったのは、ボロ切れなのか服なのか判然としないような代物《しろもの》を身につけているせいだった。

わたしはとっさにひと芝居打った。〈チャーチ・ハウス〉亭で何度か言葉を交わしたことがある程度だったのに、ジェイムズとごく親しい間柄であるかのように足を止め、ムアで迷ってしまったが、坂を登りきったところにある家でお世話になってひと息つくことができたと話しかけたのだ。彼らが揉めていた様子には気づかぬふりをして、自分の失敗談を一方的に面白おかしく語ってきかせた。そのあいだにジェイムズは冷静さをとりもどし、娘はさっと涙を拭いた。ふたりはばったり会った交差点へ向かって歩いてきたのかと思っていたら、違ったようで、三人で村へ向かった。いつもなら飲みはじめる時間だったので、一杯つきあってもらえないかと誘ったところ、ジェイムズはうなずいた。わたしは娘にも声をかけたが、用事があると断られた。少しでも娘を元気づけたくてあれこれ話をしたら、声をあげて笑ってはくれたものの、そそくさと姿を消してしまった。たまたま行きあった娘にわたしができるのは、息抜きさせてあげることくらいだった。できることならば、娘がこれ以上涙を流すことも、きつい言葉を聞かされることもないようにしてあげたかった。

ジェイムズは愛想もよく、とくに様子が変だとも感じなかった。一杯飲みおわると、今度はお返しにわたしに一杯おごりたいと誘われたけれど、もう帰らなければならないと断った。そして言葉どおりに店をあとにしたが、今日一日の成果には心から満足していた。

いっぽう、警察はウィリアム・ウェドレイクを殺害した犯人を見つけだそうと死にものぐるいで捜査にあたっていた。しかし二週間たっても犯人の見当もつかないまま捜査は暗礁《あんしょう》に乗りあげ、いっときの熱気は冷めつつあった。つまり事件は迷宮入りで、犯人は最後の審判の日まで裁かれることはないと宣言したも同然だった。そしてわたし個人はジェイムズ・スウィートが犯人だと確信していたものの、彼のことを調べれば調べるほど、だれかを殺《あや》めるような人物ではないことが明らかになっていった。

休暇が終われば勤務に戻らなければならず、初めての殺人事件の捜査に費やせる時間は減った。しかし、そのことにとりたてて焦燥感は覚えておらず、つぎの一歩を踏みだす前のちょっとした休憩だととらえていた。このとき考えていたのは、あのかわいらしい娘をなんとか見つけだしたいということだった。というのは、あのときちらりと目にした娘の深い嘆きようとジェイムズの激しい怒りは、ただの恋人同士の喧嘩などではないと感じたのだ。わたしとしては、そこに殺人事件が関係しているのではないかと望みを託していた。

すると、大変な偶然ともいえるが、ごく自然ともいえることが起きた。母から繕いものをマーサ・ブラウスに頼む予定だと聞かされたのだ。目を悪くした母は裁縫を自分でするのが難しくなったので、一週間以内にマーサが訪ねてくることになったという話だった。そこでわたしはマーサと知り合いになれることを期待して、その時間を狙って両親を訪ねることにした。知り合いになりたい理由はふたつあった。第一に、気の毒なウィリアムが殺された件を話題にして、どのような反応を示すかが知りたかった。なにしろウィリアムが亡くなる直前にパドック荘を訪れた人物のひとりなのだ。またホルン在住なら、ジェイムズと一緒にいたみすぼらしい服を着た娘のことも、なにか知っている可能性が高い。あの娘がわたしの読みどおりホルンに住んでいるとしたら、あれほど器量のいい娘なら近所でも有名に違いない。

そういうわけでわたしはタイミングを見計らってクームストックの実家を訪ねた。居間には当然母親がおり、窓脇で縫いものをしているのがマーサ・ブラウスだった。まず母親に挨拶の口づけをすると、母親が紹介してくれた。

「ホルンのブラウスさんよ。ほら、お裁縫を手伝ってもらってるの」

そちらに顔を向けて挨拶したところ、なんと泣いていたあの娘だった！ ジェイムズと一緒にいたところに出くわして驚いた娘だったのだ！

マーサもわたしのことを憶えていたようで、ふたりとも心の底から驚いた。しかし、わたしはそんなことは記憶にないかのように、以前会ったことには言及しなかった。マーサもそれに倣《なら》った。それどころか、わたしは忘れているとマーサが思いこむよう仕向けた。そのほうが気が楽だろうと考えてのことだ。わたしは危険を冒さず、自分なりにこっそりとマーサを観察するだけにとどめた。やがて三人でお茶を飲むことになり、わたしは殺人事件を話題にするため、ウィリアム・ウェドレイクのような立派な人物が若くして殺されてしまうとは、あまりにも気の毒で心が痛むと口にした。マーサはとくに関心はないようで、いつもとても親切で、繕いものをするとたっぷりとお代を払ってくれて、母のために古着を持たせてくれましたとだけ応じた。事件が起こった日の午前中にパドック荘を訪ね、繕いものをしたという話だった。

マーサはポンズワージーを抜けて自宅へ向かうそうで、一緒に実家を出た。あたりが闇に包まれるころには、行き届いた気遣いと面白おかしい話でマーサの信頼を得ることに成功した。気立てのいい娘だったが、どうやら幸せとはほど遠い状況にあるようだった。わたしはなんとか親しくなって、近いうちにもう一度顔を合わせる機会を持てないかと考えた。マーサはまた会うことを承知してくれたものの、実際にふたたび顔を合わせるまでは不安で仕方ないだろうと予想して、少しでもふたりの距離を縮めるべく努めた。その後、戻るとは伝えていなかったが、もう一度両親の家へ顔を出した。わたしがマーサに一目惚れしてまた会おうとしていると早合点して、あれこれ案じていた様子だった。もっとも、愛らしくて優しい声だったし、感じもよかったので、ちょっと気になっていたのは否定できない。そしてポンズワージーをともに歩いているうちに、マーサはわたしを信頼するだけでなく、好意も抱いてくれているようだった。そして何度か、わたしになにかをうちあけるかどうか、迷っているようなそぶりを見せた。その内容は、わたしが知りたくてたまらないことである可能性もあった。

その晩は雨も風も強く、午後七時には真っ暗になったので、ホルンまで帰るマーサを川まで送ると申し出ると、マーサも断りはしなかった。ニュー・ブリッジ近くまで来ると、眼下のダート川はすさまじい勢いで荒れ狂い、木々は強い風に翻弄《ほんろう》されていた。わたしはマーサに単刀直入に切りだし、願っていたものを手に入れることができた。とはいえ、わけのわからない話を聞かされたという印象だった——警察に二十五年間在籍したいまのわたしであれば、おそらくあれほど妙だとは感じなかったろうが。

「プラウスさん、ひどい天気なのでこうして送ってきました。母はプラウスさんがかわいくて仕方ないようなので、わたしもできるだけのことはしてさしあげたいと思ってのことです。しかし、それだけではありません。プラウスさんはなにか悩みがあるようなご様子です。ご存じのとおりわたしは警察官ですから、どのような心配ごとでも遠慮なく相談していただけたらと思います。なにしろ、住民の方々のお役に立つことこそが警察官のいちばん重要な仕事なのです。ですから、なんでも相談してほしいと思っています。プラウスさんやご家族がどのようなご事情でお困りなのだとしても、かならず解決の道を見つけてさしあげます」

わたしは心をこめてそう説いた。これは本心からの言葉だった。マーサは周囲の者に親切にしたいと思わせるような女性だった。マーサはしばらく黙っていたものの、やがて口を開いた。

「若い人が困ってるときは、歳上の人に相談するものじゃないですか」とマーサ。

「そんなことはありません。年輩の方は様々なことを我々若者とは違う視点でとらえています。人の視点は変化するものなので、年輩の方にいまの若者の目に人生はどのように映るのかがわかるはずはないのです。かつて遠い昔に若者だった自分たちの目にどう映っていたかを憶えているだけなのですから。だからもしわたしがなにかに困っているとしたら、同僚の巡査ネッド・ノズワージーに相談します。上司のトット警部補には相談しません。警部補はこれまで生きてきた歳月の重みを背負っていますから、わたしたち若者とおなじように感じるはずがないのです。ですから、わたしが若いからって、頼りにならないとは思わないでください」

「実はとても困ってることがあるんです。頭がいい方みたいだから、なにかいい方法を考えてくれると嬉しいです」

「わたしにできることなら、なんでもするとお約束します」

マーサはまだためらっている様子だったが、最後にはうちあけてくれた。世間知らずのマーサにとっては漠然とした不安にすぎなかったが、世間ずれしたわたしにとっては、パウロを照らした光に負けず劣らず燦然《さんぜん》と輝いている情報だった。

「前にジェイムズ・スウィートという男性と一緒にいたときに会ったことがあるんですけど、そのことは憶えてないですよね」そう話を切りだしたマーサに、憶えていると答えた。

「よく憶えていますよ。あのとき、プラウスさんは元気がありませんでしたよね。もちろんわたしは節度を保ってプラウスさんをじろじろ見たりはしませんでしたが、それでも母の家でお会いしたとき、すぐにわかりました」

「ご親切に、どうもありがとうございます。相談したいのはジェイムズのことなんです。ちょっと前、ジェイムズと婚約しました。ジェイムズはすぐに結婚したがってたんですが、そういうわけにもいかなくて。ジェイムズのお母さんが結婚に反対してたので、婚約はしばらく秘密にしておこうといわれました。うちはすごく貧乏なので、早く結婚したいと思ってたんです、少しでも母が楽になるように。だからジェイムズと結婚することにしました——神さま、ジェイムズのことを好きでもなんでもないのに、愛してるはずだって自分にいいきかせて、結婚を決めたことをお許しください——そのうちジェイムズがどういう人なのかわかってきて、こんな人と結婚はできない、結婚するくらいなら死んだほうがましだって思うようになりました。あたしにはいつも優しくしてくれます——そこまでしてくれなくてもと思うくらいで。うまく説明できないんですけど、ジェイムズのことが怖くなったんです。きらいになってもらおうと、ずいぶんとひどい態度をとってるのに、うまくいかなくて。

彼のお母さんが亡くなると、もう先延ばしにする必要はなくなったので、日取りを決めてくれれば、教会で結婚予告をするといわれました。もうはっきりいうしかないと思って、心変わりしたので、結婚はしたくないと伝えました。そうしたらまるで虎のように怒り狂って、あたしのいうことなんて聞いてくれません。どうしていいかわからなくて、三日間頭がおかしくなるくらい悩んでたら、どこに出かけてもジェイムズが待ち伏せするようになりました。母に相談したら、ほかの男の人と結婚を約束したと説明すればいいといわれたんです——とにかく待ち伏せをやめてもらわないと困るので、そのとおりにしました。そうしたらちょうどこの橋でつかまって、殺してやると脅されました。ウェドレイクさんの家へ通ってたときだったので、この橋を通って家に帰るんですが、ジェイムズはここで暗くなるまで待ち伏せしてたんです。喉に手をかけられて、結婚を約束した相手の男を教えなければ、このまま川で溺れさせるって。ものすごい声でわめき散らしてて、どうなろうとかまわないって感じだったので、本当に殺されると思いました。川で溺れ死ぬか、もうひとつ嘘をつくかしか選択肢はありません。いうまでもありませんけど、結婚を約束したべつの男性なんていませんでした。なのでとっさに思いついた名前を伝えたんです。ウェドレイクさんと結婚することになったって。そう口にしてるあいだも、あんなお金持ちがあたしなんかを気に入ってくれるはずないので、すぐに嘘だとわかっちゃうんじゃないかって、恐ろしくてたまりませんでした。でもジェイムズは、男ならだれでも自分のようにあたしを好きになると思いこんでるので、あたしの言葉をそのまま信じたみたいです。でまかせの嘘のおかげで殺されずに済みました。そのときだけにしてもわめき散らすのをやめてくれ、家へ帰るあたしになにもいわず、その夜はそれ以上怒りをぶつけられることもありませんでした。それから三日はそのことが気になって気になってしょうがなくて。ジェイムズもおなじだったはずです。その三日後なんです、ウィリアム・ウェドレイクさんが殺されたのは。あ——あの——」

「それだけうかがえば充分です」わたしは遮《さえぎ》った。「ひとつだけ確認させてください。初めてお会いしたとき、ジェイムズ・スウィートさんと一緒でしたが、激しく泣いていたのはどうしてですか？」

「あの日は結婚するようさらに迫ってきたんです。ウェドレイクさんが亡くなったと聞いて、すぐにやって来たみたいで。いまではふたりの結婚の邪魔をするものはなにもないはずだと。

戻ってくるなら、心変わりしたことは許すっていってました。それには返事をしてないんですが、母はホルン以外で暮らす場所がないか、探しています。でも引っ越すお金もないし。母は村で苦労して暮らすより、救貧院《ワークハウス》へ入ったほうがいいんじゃないかと思ってるんですけど」

期待していた以上の情報が手に入った。とはいえ、当然気の毒なマーサに対しては、そんなことはおくびにも出さなかった。ジェイムズがウィリアム・ウェドレイクを殺したのではという疑念が浮かばぬよう、マーサの意識を慎重に現実からそらし、いま現在の悩みに集中させた。

「法律がプラウスさんを守ってくれます。プラウスさんのようにきちんと断った相手に対し、結婚を強要する権利などだれにもありません。そしてプラウスさんとお母さんについては、どこかへ引っ越す必要があるとなれば、知り合いの方々が手を貸してくれることは間違いないでしょう。あと何日か、わたしを信じていつもどおりの生活を送ってください。お困りのことを相談してくれて、本当に光栄に思っています。わたしの力でなんとか解決することができますから、一刻も早く平穏な毎日をとりもどせるよう努めるとお約束します」

マーサはたいそう喜んでいて、しばらくするとひとりで帰っていった。わたしは気の毒なマーサが不憫《ふびん》でならなかった。貧しさゆえにある男との結婚を選択したが、自分の心に正直に、結婚はできないときちんと断っただけなのだ。しかし、彼女に真の災難が降りかかるのはこれからだった。自分の命を守るためについた嘘がほかの人物の命を奪い、さらにはおそらくジェイムズ本人の命も奪うと知ることになるのだから。

それはともかく、わたしは果たすべき職務をすべて果たした。翌日の夜にジェイムズは勾留された。その際もまったく抵抗はせず、翌朝には自供した。それにもかかわらず、形式どおり、有罪が立証されるまでは推定無罪とされる我が国の高潔な法を尊重して、ジェイムズは裁判にかけられた。マーサ・プラウスからウィリアム・ウェドレイクと婚約したと聞かされた瞬間、この世から抹殺すると心を決めたとジェイムズは包み隠さず証言した。なにもせずにいきなりナイフで刺したため、のちに捜査線上に浮かぶこともなかったのだった。

弁護人はジェイムズ本人の口から、真偽のほどは定かではない家族の歴史について語らせ、責任能力はないと強く主張したが、有罪の判決を受け、絞首刑を宣告された。とはいえ刑が執行されることはなく、精神に障害のある犯罪者のためのブロードムア収容所へ送られ、不定期刑で収容された。

半年後にマーサ・プラウスは結婚した。夫となった男性はとても人柄がよく、母親も同居することになった。マーサはわたしのことを許してくれたが、トット警部補は容赦なかった。警部補にいわせると、わたしの行為は警察官が職務を遂行するうえでしたがうべき法と秩序に反するものであり、わたしはそのことを認めるべきだそうだ。とはいえ、そのことはさほど気にしていなかった。なにしろ春には昇進が決まっていて、この田舎を離れて町へ移り住むことになっていたからだ。二年間プリマスで勤務したあと、今度はロンドンへ行くことになった。

わたしの経験によって、気の毒なウィリアム・ウェドレイクの死よりも重要なことが立証されたといえるだろう。それは、いまいましい新聞記事があらゆる局面で叫びたてず、毎日毎日悪党どもに捜査の手が迫っていることを知らせることもなく、警察が暗闇のモグラのように人知れず行動することが可能ならば、こんなに多くのならず者たちが大手を振って世間を歩きまわれないということだ。

三人の死体

Three Dead Men

I

私立探偵事務所長のマイケル・デュヴィーンからある調査のために西インド諸島へ行ってくれないかと声をかけられたとき、ぼくは小躍りしたい気分だった。なにしろ一月の終わりとあって、ロンドンは実に不快きわまりない天候が続いていたので、ほんの数週間にしろ熱帯のカリブ海へ行けるというのはくらくらするほど魅力的だったのだ。

「必要経費として一万ポンド保証されている」所長は説明した。「船旅だとしてもせめて十日以内で行けるのであれば、喜んでわたしが行くところなんだがな。ご存じのとおりわたしは黒人の血が少し混ざっているから、黒人にはつねに共感を覚えているんでね。だが海とはどうも相性が悪くて、この歳になってそれが克服できるとも思えない。しかしながら、依頼人にはこう伝えてある。全幅の信頼を寄せている人物を派遣します。そしてわたしもロンドンからきちんと事件の調査を見守り、必要な助言をしますと。事件を無事解決した場合は、五千ポンドの成功報酬をいただき、いっぽうで解決できなかった場合は、きみにかかった必要経費以外は請求しないと提案してみた。今日、依頼人からこの条件で同意するとの電報を受けとったので、こうしてきみに声をかけたんだ。ついてはつぎの水曜日、サウサンプトンを出航するロイヤル・メール・スティーム・パケット社の〈ドン〉号に乗りこんでもらいたい」

「光栄です、所長」

「この事件をみごとに解決できたら大手柄といっていい。事実情報はどっさり届いているんだが、なにが起きたのかについてなんらかの仮説を組みたてることもできないのが現状だ。ぼんやりとしたものですらな。だから、大量にあるが真偽のほどは定かではない情報をきみに渡すのは得策じゃないと思っている。なにも知らないまっさらの状態で、虚心坦懐《きょしんたんかい》に臨むほうがいい。こんな長たらしい代物《しろもの》を渡したりしたら、バルバドス島までの道中それで頭を悩ませて、ひょっとすると現地に着くころには月並みな仮説を思いついてしまうかもしれない。調査を始める前からそんなものが頭にあったところで、ただの妨げにしかならないからな。事件は一見したところは犯罪が起こった様子で、死体も三体発見されているが、関わった人間で生きている者はいないようだ。非常に興味深いし、まあ、なんというかとても難しい事件のようだが、それはただの印象にすぎない。きみひとりでそれほどの苦労はなく謎を解明できるかもしれない。あるいは本国にいるわたしの助けを求めてきて、ふたりの力で解決するかもしれない。ことによるとふたり揃って歯が立たないかもしれない。どうなるかはまったくわからないな。出発する前にもう一度顔を出してくれ。そうそう、今日乗船の予約をしておかないと、快適な船旅は望めないぞ。今年、西インド諸島は大人気らしいからな」

「どこへ行けばいいんですか？」

「まっすぐバルバドス島へ向かってくれ。わたしの知るかぎりでは、事件が起きたのはバルバドス島のなかだけだ。もちろん、きみが必要だと思ったら、調査範囲を広げればいい。幸運を祈る。有能さを証明するいい機会になるんじゃないか？　きみならみごと解決してくれると信じているよ」

ぼくは名探偵に礼をいい、上機嫌で辞去した。というのは、所長が人を褒めるのは本当にめずらしいからだ。簡単には人を褒めないが、彼がその人物に満足しているかどうかは任せる仕事でわかるし、彼の国際的な名声に泥を塗る結果にはならないという確信があるから、重要な調査にぼくを選んだということはよくわかっていた。

二週間後、ぼくは〈ドン〉号の人気《ひとけ》のない甲板で朝を迎えた。ゆったりと寛《くつろ》ぎながら、月の光と朝陽が華々しく混ざりあう様を眺めていた。午前四時、東の方向にじっと目を凝らしていると、空にかすかに薔薇色《ばらいろ》らしき気配が感じられると思ったら、みるみるうちに純白とごくごく淡いサフランの色に染まった。しかしいまなお月は女王然として空に君臨し、星もきらきらと瞬いている。偽の南十字星もまだ明るく輝いていて、本物の南十字星はずっと下の水平線近くで光を放っていた。しかし、そこからの変化はあっという間だった。あたかも東でオレンジ色の光が爆発し、オレンジ色の斑点やかけらが大量にばらまかれたようだった。灰色の月光は弱々しく色を失い、星もひとつずつ姿を消し、南十字星も曙《あけぼの》に呑みこまれた。

少し前にバルバドス島も姿を現した。ラギド・ポイント灯台の眩《まばゆ》い白い光とその先の岬にある灯台の真紅の明かりが目立つあいだは、まるで巨大な海獣がうずくまっているみたいだった。しかしこうして太陽が空にあがると、いかにも熱帯でしか見られない強烈な陽射しに照らされて、島のあらゆるものがくっきりと浮かびあがってきた。低地の畑の作物が風に吹かれて揺れているのが見える。それは広大なサトウキビ畑で、最初見たときは若草色に染まった小麦か大麦の畑かと勘違いした。風車、ぽつぽつとある民家、耕《たがや》されて茶色になった土地も目に入る。その下の海岸では葉を茂らせたヤシの木が群生していた。ブリッジタウンには眩く輝く白い建物が並んでおり、その傍《かたわ》らには群青の海と陽に晒《さら》されて白くなった砂浜が見える。

小さな船がひしめきあうなか、大型定期船〈ドン〉号は悠々たる様で航路を変えた。〈ドン〉号の到着を待つ無数のはしけや色鮮やかなディンギーのあいだを縫うようにしてカーライル湾を進み、小さな軍艦に向けて表敬のために英国商船旗を少し下げてからまたあげると、定刻どおりに到着したことを宣言するために空砲を撃った。

待ち受けているはしけには、マホガニー色から茶色、黄色、灰色がかったベージュまで、ありとあらゆる色合いの肌の男たちが乗っている。当局から上陸許可が下りるころには、おびただしいはしけが〈ドン〉号に群がっていた。太陽はぎらぎらと照りつけ、蒸気巻上機が低い音を響かせている。乗客たちは上陸を前にして、あちらへこちらへと動きまわり、握手をしたり、別れの挨拶をしたり、荷物を集めたり、給仕にチップを渡したりしていた。

そのとき、ぼくにメッセージが届いた。ほどなく白の船体に真紅のクッションの颯爽《さっそう》としたディンギーが現れ、ぼくの大型旅行鞄とリュックが降ろされた。

ディンギーに降りていくと、座っていた端整な顔立ちの男が陽気に挨拶し、同時にふたりの黒人が舟を漕ぎだした。男は熱帯の太陽のせいで肌は茶色に日焼けしていたが、灰色の目、金髪、きれいにひげをあたった顔の造作を見ると白人のようだった。背は高く、体格もよかった。黒の服に身を包んでいて、その服は心なしか男のたくましさを隠してしまっているように感じた。年齢は四十五歳前後だろうが、バルバドス島の暮らしで年齢よりも老けて見えるようだ。あとで知ったところでは、年齢はまだ三十五歳だった。

その男が依頼人のエイモス・スラニング氏だった。有名な〈ペリカン〉プランテーションや砂糖工場をいくつも経営しているそうだ。ディンギーではもっぱら彼が話していたが、それはこのあと聞く予定である事件の説明に対する予備知識を授《さず》けるのが目的だったようだ。

「バルバドス島はカリブ海のほかの島と違い、その歴史は暴力や争いとは無縁でした。一六〇五年に英国船が現れて植民地とし、それ以来宗主国は変わっていません。大英帝国広しといえど、ビムシャー以上に王室へ忠実な植民地はありません。ビムシャーというのは、我々島民が使うこの島の呼び名です。我がスラニング家は清教徒革命後からここで暮らしています。というのも、あの革命で敗れた王党派はかなりの数がこちらへ逃れてきたのですが、ご先祖もその一行のなかにいたのです。そうした難民たちがきわめて強固な君主制主義を確立し、いまも続いているのです。もっとも、我々島民が全体的に君主制主義の重要性を誇張したきらいがないとはいえませんが。いずれにしろご先祖は事業に成功し、それが代々続き、スラニング家は大地主になり、大勢の奴隷を所有していました。それどころか、奴隷解放宣言直前には、カリブ海一の資産家だとの評判だったそうです。そして奴隷が解放されても没落することはありませんでした。当時、そういう例は多く見られたようですが。いま、あなたの目の前にいるのが西インド諸島スラニング家の最後のひとりです。ときがたち、様々な事情が重なり、とうとう最後のひとりになってしまいました。というのも、双子の兄のヘンリーがつい最近殺されたからです。そうしたところで兄が生きかえってくれるわけではないことは重々承知ですが、それでも兄の死にまつわる謎を解明しないことには、心の安らぎを得られないのです」

ここでいったん言葉を切り、デュヴィーンのことを尋ねた。残念ながら所長本人が現地で調査することはできないが、実際にあらゆる手がかりを調べあげ、それを所長へ報告をさせるためにぼくをここへ寄こしたのだと説明した。ぼくは所長からスラニング氏宛の手紙をことづかっていた。しばらくしてようやく有名なレストラン〈アイス・ハウス〉のバルコニーに腰を落ち着けると、そこで半時間ほど過ごし、そのあいだにスラニング氏は手紙を読んだ。

ぼくは日陰になっているバルコニーからのんびりと町の様子を眺めていた。

白い家が建ち並ぶ道があり、屋根の木のタイルが陽光を浴びて銀白色に光っている。眼下の店は開いており、目をあげると抜けるような青空が広がっていた。ぎらぎらと照りつける陽射しを浴びて、白茶けた道路からゆらゆらと陽炎《かげろう》が立ちのぼっている。人びとの足もとではつねに土埃《つちぼこり》が舞いあがっていた。賑やかにおしゃべりしながらのんびりと行き交う人びと。ベルフィールドやフォンタベルや町の向こうのどこかへ向かう小さな路面電車がひっきりなしに通っていく。郊外の農園から砂糖とモラセスの詰まった樽を運んできたキーキーうるさいラバの群れ。いっぽうのロバは鮮やかな緑色のサトウキビを積んでいる。公共の乗り合い馬車はゆっくりと歩道を進み、個人所有の一頭立て二輪馬車は速いスピードで行き交っていた。大型車――まだものめずらしいものだった――がすぐ下に停まり、周囲の注目を集めている。歩道は女性でいっぱいだった。わりときちんとした身なりの女性は、ぎらつく陽射しから目を守るために黒いヴェールをつけていた。いっぽう白い服に色鮮やかなターバンを巻いた裸足《はだし》の黒人女性たちは、頭の上に商品を入れた籠を載せ、ぺちゃくちゃしゃべりながら売り歩いている。商品はココナツ、サトウキビ、オレンジ、ライム、小さなバナナ、サポジラ、マンゴー、ヤムイモ、魚、焼き菓子や砂糖菓子、ナッツ、パイナップル、ピクルスといった多種多様な食べ物だった。

黒人の男たちも気楽な格好で働いていた。手車を引いている者もいれば、牛に乗っている者も、のべつ幕なしに早口でしゃべっている者もいた。その肌は磨きあげた金属のように光っている。涼しい場所やバルコニーの下にできた漆黒《しっこく》の日陰には、怠け者や働いていない者が座りこんでいた。サトウキビや果物をむしゃむしゃ食べている者もいれば、煙草を吸っている者もいる。飲み物を売る女性に値段を交渉している者、氷を舐めている者、大声で笑っている者、冗談を飛ばしている者、話を聞かせている者、ふざけている者と様々だった。

まるで時代をさかのぼったかのような物乞いや子供の集団がいた。子供たちはもじゃもじゃの髪に大きな黒い目をしていて、まるでチョコレートでできた人形のようだった。ぎらぎら照りつける陽射しを緩和しようと、ときおりホースで水が撒かれるのだが、五分もすればもう道路はからからに乾ききっている。白い制服を着た黒人警官たちは治安維持に努めていて、ときどきボロを着たならず者が警官から説諭を受けて連れ去られていった。大勢の女性たちが通りかかった。針金のようにやせ細った動物を連れている女性がいて、その動物は一見グレイハウンドのように見えたが、実は豚だった。バリケンという鳥を脇に抱えていく者もいれば、籐《とう》の籠に入れたやかましい雄鶏雌鶏《おんどりめんどり》を運ぶ者もいた。身なりがいいのは黒人の牧師、黒人の弁護士、黒人の兵士、黒人の卸売業者だった。彼らの連れの女性たちはこれ見よがしに、派手な帽子やパラソル、華やかな装身具を身につけているが、服は流行遅れだった。商店主たちはシルクハットに白いキャンバス地のズボンという出で立《いでた》ちで、忙しげに立ち働いている。巨大なトンボが頭上をひらりと舞った。重たげな熱気に満ちた空気は埃と果物のにおいがした。

とくに意識することもなく、ぼくは町の情景を全身で浴びるようにして観察していた。そこへスラニング氏が声をかけてきて、ぼくははっと我に返った。

「ご事情はわかりました。充分な成果をあげられますよう、心から願っています。では倶楽部へ向かい、そこで昼食をとりましょう。それから事件のことをご説明します。わたしの知っていることをすべてお話しいたします。その後、車で帰りましょう。もちろん、うちの屋敷に泊まっていただけますよね？」

ぼくはその申し出を丁重に辞退し、調査のためには、島に滞在中はなんの制約もなく自由に行動する必要があると説明した。

「お屋敷に滞在することは、様々な意味で調査の弊害となります」そうはっきりいうと、スラニング氏はそれ以上強く主張することはなかった。

下に停まっていた大型車はスラニング家所有のものだった。車に乗りこむと、すぐに倶楽部に到着した。もっとも、その短い道中にはちょっとした出来事があった。

偶然に小さな軽馬車と行きあったのだ。その馬車にはふたりの女性が乗っていた。エイモス・スラニング氏は車を停めさせ、車から降りてふたりに話しかけた。ひとりは毅然とした雰囲気の中年女性で、受け答えをするのはもっぱらこちらだった。もうひとりは黙って耳を傾けていて、そちらは目の覚めるような美貌のうら若き女性だった——ただこの地ではどうにも違和感を拭いきれなかった。ぼくの目には顔色も悪く、青い瞳も輝きを失っているように見える。本国で会っていれば薔薇色の頬だと感じたかもしれない。しかしこの熱帯の島では、温室のなかにある寒冷地の花を見たときのように、人の心に同情の念をかきたててしまうようだった。

「少しはご気分が落ち着かれたのだといいんですが」スラニング氏の言葉に、中年女性は心をこめて握手し、おかげさまでと答えた。

「でも、かわいそうにメイはまだいけませんの。夏になったらアメリカへ連れていこうと思っておりますわ」と中年女性。

「それはいい考えですね」スラニング氏は優しいまなざしを若い女性に向けた。「いい気晴らしになることでしょう。メイにはそれが必要です」

そこで声を落とした。おそらくぼくのことを説明しているのだろう。

少しすると、スラニング氏はぼくを紹介した。若い女性は会釈をしただけで、ひと言も口をきかなかった。母親は握手をし、調査が実を結ぶよう祈っているといった。

「大切なお友達のお兄さまを愛する者はみな、悲歎に暮れるエイモスさんと心をひとつにしております」静かな声だった。「お兄さまを知る者はだれもが魅了されましたのよ。調査はとてつもない困難に直面すると思います。今回の衝撃的な出来事は、だれが考えてもそのようなことをする理由などまったくわからないのですもの」

中年女性は熱意をもってはっきりといいきり、ぼくが必要だと判断したら、いつでも訪ねてほしいとつけ加えた。

ふたりを乗せた馬車は去っていった。スラニング氏はぼくがふたりを慎重に観察していたと感じたようだ。

「あのおふたりは兄の死とは無関係です。とはいえ、なんらかの関連はあるのかもしれないという気もします。あのレディ・ウォレンダーという方は親しい友人で、亡くなったご主人サー・ジョージ・ウォレンダー将軍もまた、わたしとも兄とも親しくおつきあいしていました。しかしもちろん気づかぬうちに、悪意もなく、それもご本人たちにも我々にもわからぬ形で、なんらかの関係があるのかもしれません。事件のことをすべてご説明したあとで、ぜひとも考えていただきたいと思います」

「お嬢さんは具合が悪そうでしたね」

「それは――理由があるのです。具合が悪いといっても、体ではなく、心の問題なんです。悲しい出来事にショックを受けてしまって」

車は広場にさしかかった。広場で目を惹くのは緑青《ろくしょう》に覆われたネルソン提督のブロンズ像だった。すぐにスラニング氏の倶楽部に到着した。車から降り、ほどなく豪華な昼食をとった。

食事が終わると、小さな喫煙室の個室に連れていかれた。ふたりだけで話ができるようにとの配慮だった。葉巻を勧められたが遠慮した。なにしろこの島まではるばるやって来たのはこの調査のためにほかならず、それがいよいよ始まるのだ。スラニング氏も葉巻を吸わずに、すぐに話しはじめた。

「なにか疑問に思うことがあれば、いつでも質問してください」と前置きして、続けた。「母はわたしとヘンリーが十四歳のときに亡くなりました。当時は本国で暮らしていて、私立小学校《プレパラトリー・スクール》からハロウ校へ進学したばかりでした。そしてふたりとも大学はケンブリッジへ進みました。冬の休暇になると、この島で暮らしている父のもとへ遊びに来たものです。反対に夏の休暇は父がヨーロッパへ来て、フランスやイタリアへ連れていってくれました。そしてわたしたちが大学を卒業するのとときをおなじくして、父フィッツハーバート・スラニングが急死して――もっとも父は昔から体が弱い質《たち》でした――わたしとヘンリーは島に駆けつけたのです。父が不在地主は西インド諸島を滅亡へ導くとの意見でして、ずいぶん前に、ふたりとも島で暮らし、事業を継ぐことを約束させられたのです。わたしたちは約束を果たしました。

双子は見た目から性格、好みまで、あらゆる点でよく似ているというのが定説です。実際、そういう例のほうが圧倒的に多いのでしょう。しかしわたしたちの場合は違います。どんなにうぬぼれようとしても、わたしは兄の半分にもおよびませんでした。兄のほうがはるかに頭脳は優秀、判断は的確、自制心の強さも折り紙つきでした。外見にしても、ぱっと見たところはそっくりでしたが、よく見ると兄は思慮深さや穏やかな性格がうかがい知れる顔つきでした。わたしが楽天主義者でヘンリーが悲観主義者だというつもりはありませんが、わたしが生来のんきな質《たち》でなんでもすぐに信用するのに対し、兄はもっと慎重で、人の性格を鋭く見抜く力がありました。

うちのプランテーションには父に忠実で優秀な監督がいて、学校へ通って教育も受けており、彼にとってはスラニング家こそが代々受け継がれていくべき大切なものなのです。彼のおかげで父のあとを継ぐのも順調にいきました。その後わたしたちは仕事にいそしみ、力を養い、その甲斐あってご先祖が始めた砂糖産業で成功を収めることができました。いま、わたしはスラニング家の最後のひとりとなり、いくつもある〈ペリカン〉プランテーションと直接の利害関係にある者もわたしだけになりました。プランテーションはわたしのものです。その収入も、抱える責任も。

ヘンリーとわたしの人生は万事順調で、なんの問題もありませんでした。わたしたちはあらゆるものを共有していました。考えていることも、これからの希望も、互いにうちあけあっていたと信じています。わたしは仕事だけで手一杯でしたが、ヘンリーは活躍の場を広げ、行政にも参加し、有益な公共活動もおこなっていました。兄の度量の大きさときたら、もう想像を絶するほどでしたから。つねに島の福祉の発展を考えて、貧しい人たちの救済にもとりくんでいました。敵がいない人間が存在するとしたら、それは兄しか考えられません。正義漢で博愛精神の実現に熱心だったので、富裕層からは尊敬され、貧しい人たちからは敬愛されていました。ところがそんな兄がなんとも謎めいた状況で殺されてしまったのです。兄が殺されたとき、ほかにも死んだ者がいます——ヘンリーの、あるいはわたしのためならば、何度だろうと自分の命をなげうてる男です。ジョン・ディグルという名の黒人で、代々〈ペリカン〉プランテーションで働いてくれていました。仕事の内容は警備で、夜間、プランテーションをいくつも見てまわっていました。黒人のなかにはだらしないのもいて、こそ泥があとを絶たず、被害が出ていないプランテーションはないというのが実情です。なのでサトウキビ収穫の時期には、プランテーションの境界を見張らせています。盗みにやって来たごろつきも、自分めがけて弾が飛んでくると知れば、罪を犯す前に考えなおすかもしれませんから。

昔は、警備員が夜プランテーションで黒人を見かけた場合、誰何《すいか》しても返事がなければ発砲してもいいとされていました。もちろんこれは大昔の法律で、いまではそんなことをする者はおりません。

では、兄ヘンリーがどのような状況で殺されていたかをこれからご説明します。満月の夜の翌朝、いつもと違って兄が朝食の席に現れないので、召使いに捜させたところ、寝室にも書斎にもいないという報告を受けたのです。

どうしたのだろうと思い、今度は自分でたしかめに行きました。ところがどこを捜しても見つかりません。そうこうするうち、サトウキビ農園から忌《い》まわしい知らせが届いたのです。わたしは馬に乗って、問題の場所へ急ぎました。家から一マイルほどのところ、プランテーションのはずれにある開けた場所です。島の南海岸にあるクレイン・ホテルからもそう遠くはありません。そこに兄の死体がありました。胸を撃たれていました。そして文字どおり兄の死体の上に重なるようにして、ジョン・ディグルも横たわっていたのです――死体となって。ディグルの二連散弾銃はふたりの死体から二十ヤードほど離れた場所で発見され、どちらの銃身からも発射されていました。そして愛する兄もディグル自身も、ディグルの銃で撃たれて死んだことは疑問の余地もありません。というのも、その銃の弾薬は特殊なもので、この島でその重たい大粒の散弾を使う者はほかにいないからです。

それとはべつにもうひとつ銃が発見されています――新品のリヴォルヴァーで、弾は入っていませんでした。一度も撃ったことがない様子で、わたしはそんな銃を見たこともなければ、そんなものがあると聞いたこともありません。しかし、その後の捜査で兄が本国の店に百個入りの弾薬とともに注文したことがわかりました。弾薬のほうは箱を開けてもいませんでした。そのリヴォルヴァーはロンドンのフォレスト商会の製品で、どうして兄がそれを購入したのかはわかりません。銃のたぐいをとにかく嫌悪していたことを考えると、それも謎のひとつといえます。

検屍の結果、ふたりとも至近距離から撃たれたのではないと判明しました。その事実によって、まず間違いなかろうと思われていた仮説は一蹴《いっしゅう》されました。というのも地元の警察は、黒人たちなのですが、気の毒なディグルが兄を殺し、その後自殺したのではないかと考えていたのです。しかし、それはありえません。なによりディグルは兄を人間以上の存在のように崇《あが》めていました。ほんのわずかでも兄を傷つけるくらいなら、自分が考えうるかぎりの拷問に苦しむほうがいいと考えるのは間違いありません。そのうえ、ディグルもある程度離れた場所から撃たれていることが判明したわけです。銃創の状態から、二十ヤード離れた場所から撃たれた可能性が高いとか。ちょうど死体と銃の距離とおなじです。

兄の死体から十ヤード離れたサトウキビ農園のなかで、刈りとったサトウキビの束と収穫に使うようなありふれた斧が発見されました。通常ならばそんなところにあるはずのないものですから、こそ泥が侵入したと思われます。事件が起こったとき、こそ泥はまさにサトウキビを刈りとっている最中だったに違いありません。そこで、知っていることを教えてくれるなら、罪を咎《とが》めないし、充分な報奨金をあたえると呼びかけたのですが、まだ名乗りでる者はおりません。

なぜ兄がその晩出かけたのかというのも、もちろん謎のままです。なにしろ出かけた理由など皆目見当がつかないのですから。わたしの知るかぎりでは、これまで兄がそうした行動をとったことはありません。思索にふけるためにひとり馬で遠乗りに出かけたり、散歩に行ったりすることはよくありましたが、当然のことながら一度寝室に引きとってから出かけるなんてことはありませんでした。しかし問題の晩、寝ていた兄は起きあがってブーツを履き、パジャマの上に黒いアルパカの上着を羽織り、一マイル近くを歩いてプランテーションへ行ったようです。そこがディグルの巡回区域であることも知っていました。

さて、問題の晩に命を落としたらしき、もうひとりの男についてもご説明しましょう。わたし個人としては、これまでお話しした事件とはなにも関係がないと考えています。なにしろ、ふたつの犯罪のあいだに関連らしきものはなにひとつ発見できませんので、わたしは――それをいうなら我々全員が――ソリー・ローソンという名の哀れな男は、敵対する何者かに喉を掻《か》き切られたのだと確信しています。

ソリーは〈ペリカン〉プランテーションで働いていた混血の男で、崖の近くにある小屋で年老いた黒人の母親と暮らしていました。評判の悪い癇癪《かんしやく》持ちの若い男でしたが、わたしと兄には犬のように懐《なつ》いていました。しかし同僚たちとは喧嘩が絶えなくて、自分に白人の血が流れていることを自慢してばかりいたようです。また女性から見ると魅力的だったらしく、それが原因で周囲とごたごたが絶えなかったという話でした。喧嘩も何度も起こしましたし、子供ができたことも一度ではないはずです。いまお話ししましたとおり、ソリーを非難する声も耳に入りましたが、わたしたちはそれほど重く受けとめず、数々の失態を大目に見てきました。ついつい笑ってしまう愛嬌の持ち主で、機転の利くところがあったためもありますが、なにより彼の年老いた母親と死んだ父親のことを考えると、ソリーを雇いつづけ、数々の愚行も目をつぶるしかなかったというのが正直なところです。もっとも二回刑務所に入ったことがありまして、本人ももう一度重い罪で刑務所行きとなったら〈ペリカン〉を馘《くび》になると承知していました。しかし、最近では態度を改め、地域の信頼できるメンバーとなりつつあったようです。少なくとも、母親であるローソン夫人の話ではそうでした。

ともかく、二件の殺人が起きた憂鬱《ゆううつ》な晩、ソリー・ローソンも命を落としたのです。あの愛嬌のある男が、機知に富み、元気いっぱいで、わたしたちにはひそかな喜びをもたらし、同僚にとってはつねに苛立《いらだ》ちの種だった男が、耳から耳まで喉を掻き切られた死体となって発見されたのです。

死体が発見されたのは偶然でした。というのも、死体は崖の下の岩棚に横たわっていたからです。崖のてっぺんと波うつ深海のちょうど真ん中あたりにある岩棚です。ソリーを殺した連中が崖下へ抛《ほう》りこんだのは間違いありません。ソリーを殺したあとで、二百フィート下の海に棲息するサメの餌にしてやろうと抛り投げたところ、人目につかない岩棚に引っかかったのでしょう。発見されたあと、死体は海に浮かぶボートまで下ろすしかなく、そこから浜へと運びました。落ちたときにあちこちを骨折していたものの、致命傷となったのは喉の傷でした。

こちらの事件も殺人であることは明らかですが、動機となるとさっぱりわかりません。ソリーがかつてひどい目に遭わせた女性が関係しているのではないかと思ったのですが、そうした事情を明らかにするような証拠はなにもないうえに、疑わしい人物は島じゅうを捜してもひとりもいないのです。

このように三件の重大犯罪が起きたわけですが、どの事件も一見したところは動機らしきものはないように思えます。もっともソリーの場合は、どこかでひそかに深く恨まれていて、それがこういった形で彼に襲いかかったに違いないと考えています。おそらく島民のなかにはソリーが殺された理由を知る者がいるのでしょう。しかし兄とジョン・ディグルに関しては、彼らが殺される理由など島じゅうを探したところで見つかるはずはありません。それをいうなら、世界じゅう探したところで発見することなど不可能です。

兄については先ほどお話ししたとおりですし、ディグルもまた謙虚な人柄で、周囲から尊敬され、好かれていた人物でした。プランテーションにも、砂糖工場にも、彼以上に人望の厚い者はおりません。ディグルには妻と三人の子供がいて、兄は長子の名づけ親でした。

以上がこれから調べていただく恐ろしい事件のあらましです。なにかご質問がありましたら、遠慮なくどうぞ。またの機会に尋ねたいとおっしゃるなら、それでもかまいませんが」

「スラニングさん、うかがいたいことはたくさんありますが、さしあたっては、レディ・ウォレンダーとお嬢さんについて少し教えていただけますか?」

「もちろんです。もっとも、あのご婦人方と兄との関わりは、いまお話しした件とは無関係です。兄の死との関連など見いだせません。けれども虚心坦懐にこの事件へとりくんでいただく必要がありますからね。ご説明しましょう。念のために申しあげておきますが、これからお話しすることは絶対に他言無用で願います。このことは兄がわたしに隠しだてをしたという意味で、非常に稀《まれ》な出来事でした。なにしろご婦人方から聞かされるまで、なにも知らなかったのですから。

一年ほど前でしたか、兄から結婚したほうがいいといわれたことがありました。それをいうなら兄だって事情はおなじだろうと返しましたら、兄はそのとおりだと認め、しばらくあれやこれやとお互いをひやかしあっていたのですが、話はそれで終わりました。わたしとしては、兄は根っからの独身主義者だと思っていましたし、わたし自身も独身が性《しょう》にあっています。けれども、実のところ兄は結婚を望んでいたのです。いまとなっては不思議に思えるほど周囲には秘密にしていたのですが、実はあのかわいらしいメイ・ウォレンダーと愛情を育《はぐく》もうとしていたのでした。レディ・ウォレンダーもあとからそのことを知らされたそうです。兄が亡くなったあと、メイは母親に、兄は自分との結婚を望んでいて、二度プロポーズされたとうちあけたそうです」

「その言葉を疑ったりはなさらなかったのですか？」

「いいえ、それはまったく頭に浮かびませんでした。そういう話をでっちあげるような人たちではありませんから。仮に、あのご婦人方以外の人物からそれを聞かされていたら、とても信じる気にはなれなかったかもしれませんが、あのおふたりの言葉を疑うなどありえません。どうやら兄はメイを愛し、彼女の好意を得ようと一生懸命だったようです。しかし兄は実際の歳よりも老けて見えたので、二十歳そこそこの若いメイとでは、年齢的に釣りあわないのは明白です。そして求婚を断られたことで兄がどの程度落胆したのか、もう知ることはかないません。しかし兄はお話ししたとおり哲学の徒でしたので、必然ともいえる結果に必要以上に拘泥《こうでい》したとも思えませんけれども。メイは兄をそれは慕っていまして、兄が死んでしばらくは体調を崩してしまったくらいでした。しかし母親にうちあけたとき、兄と結婚するのは絶対に考えられないときっぱりいいきったそうです。求婚を断られたのは事実なのでしょうが、おそらく兄はそれほど失望を感じていなかったのではないかと思います。なにしろ兄は頭の回転がきわめて速く、教養もあり、人間の本質にも通じていましたから。さらにいえば、もしも兄がそのことでひどく心を悩ませていたとしたら、どれだけ兄がそれを隠そうとしたところで、いつまでもわたしが気づかないままでいたはずはないでしょう。わたしたちはお互いのことをそれはよく知り抜いていましたから。兄はいつでも精神的に安定していました。いくらかでもそのバランスを崩していたなどとは、まず考えられません。たとえわたしが一緒にいないときであっても。いつものとおり、思慮分別のある、穏やかな状態だったはずです」

エイモス・スラニング氏の説明は以上だった。なによりも印象に残ったのは、彼の話からはおびただしい数の可能性が導きだせることだった。スラニング氏が自分の目で見た真実を語っているのは疑問の余地もない。実直で率直な人柄で、兄の死にひどく動揺しているようだ。残る問題は、調査をどのような形で進めるのが最善なのかだった。

地元警察は新たな仮説をひねりだせず、手がかりもなさそうだった。発見された死体と関わりがある者も、おおかた似たような状況にあるようだ。事実を繋ぎあわせて、そこから論理的な仮説を組みたてられる者はひとりもいなかった。それどころか、事実に関する情報そのものも疑ってかかる必要があった。というのは、問題となっているのは三人の死体だが、若い混血の男ソリー・ローソンはほかのふたりとはべつに考察するべきだからだ。彼がおなじ晩に命を落としたのはただの偶然だったに違いない。

長い説明を終えたスラニング氏は、今度はぼくを遠乗りに連れていき、説明に登場した場所を案内してくれた。どちらを向いても広大なサトウキビ農園が延々と広がっていた。道路の向こうでは大きく成長したサトウキビが密生していて、つやのある葉がだらりと垂れさがっている——下は黄褐色の乾いた葉が絡みあっているが、上では鮮やかな緑の葉が王冠のように広がっていた。狭い灌漑用水路が網の目のように張りめぐらされている。鬱蒼《うっそう》と茂ったサトウキビのあいだから実をつけたバナナの木が突きでていて、ズタズタに裂けた幅広の葉が風にそよいでいた。そこここにあるパンノキや、立派なマホガニーやタマリンドの木立が涼しげな木陰を形づくっている。

とげのある西洋梨の生け垣で囲まれた小さな家の傍らにはヒョウタンノキが生えていて、ほぼ葉の落ちたごつごつとした大枝から緑色に輝く実が垂れさがっていた。

「あそこが気の毒なディグルの妻が暮らす家です」とスラニング氏。「悲劇の現場まで一マイルもありません。これで〈ペリカン〉プランテーションをざっと見ていただきました。弧を描く北から南までを走ってきて、珊瑚《さんご》の崖まですぐのところもまわりました。クレイン・ホテルはあそこからすぐです。我が家にお泊まりいただけないのでしたら、あそこへ滞在なさるのがいいでしょう。事件の現場にも近いですし」

しかし実際の調査をどこでおこなうことになるのか不明なので、しばらくはブリッジタウンに滞在することにした。ヘンリー・スラニング氏が命を落とした現場である開けた場所を確認して、バルバドス島のスラニング家最後のひとりが暮らす壮麗な屋敷を訪ねたあと、ぼくは町へ戻って、倶楽部からそう遠くないが目立たない広場に面した宿にふたつ部屋をとった。

Ⅱ

できるかぎり人に知られずに調査を進めたかったので、エイモス・スラニング氏にも協力してもらった。調査の詳細を記すつもりはないが、しかしながらすぐにほとんどの人は調査がおこなわれることを知っていると判明した。もちろんぼくとしてはエイモス・スラニング氏があずかり知らぬ事情を探りたかったわけだが、事件が起きてまだ日がたっていないため、だれもが喜んでその話をしたがったし、倶楽部の喫煙室での会話がその話題になることもちょくちょくあった。

ぼくはこの倶楽部の臨時メンバーにしてもらったので、数日はほとんど倶楽部の建物から出なかった。エイモス・スラニング氏の評判は非常によかった。それどころか、兄よりも評価が高いくらいだった。故ヘンリー氏についてはだれもが敬意を払っている様子で、その突然の死を嘆き悲しむ声は聞かれたが、どうやら他人に熱意を持って語られる人物ではないようだった。事実、世間は双子の弟とは違ったまなざしを故人に向けていた。倶楽部で会ったクレオール人の弁護士は兄弟ふたりともをよく知っていて、親愛の情は感じさせるもののきちんと距離をおいた意見を聞かせてくれた。

「ヘンリー・スラニングは実務家でした。志もありましたけど、人に反対されるのはあまり好きではなかったですね。もっとも彼に反対する者などほとんどいませんでしたが。というのも、きわめて良識的で穏健な民主主義者で、現代思潮にも明るかったからです。とはいえ、弟とおなじような人物だと思っていたら、ヘンリーの人物像など絶対につかめませんよ。エイモスは楽天的で生来陽気な質《たち》ですが、ヘンリーにはその要素が徹底的に欠けていたのです。

それどころか、きわめて陰気な性格だったといっていいでしょう」

「いったいなにが起きたのかについて、あなたのご意見を聞かせていただけませんか？」ぼくは会話を続けるために尋ねてみたが、なにも思いつかないとの返答だった。

「ヘンリーが深い深い絶望の淵にいたとか、あるいは彼の財力や頭脳をもってしても耐えられないような運命の一撃に見舞われたとしたら、みずから命を絶ったとしても不思議はないという印象はあります。当然エイモスとしては、そのような行為におよぶ状況など想像もできないというでしょうが、この点についてはみなもわたしとおなじ意見です。けれども今回の事件の場合、自殺でないのは明らかです。ある程度離れた場所から故意に撃たれたわけですから。医者によると、二十ヤードは離れていたという話です」

弁護士が口を閉じると、ほかの者がちょっとした情報を提供してくれたり、故人の性格をうかがわせるエピソードを披露してくれたりした。そうしたすべてはヘンリー・スラニング氏の人物像を浮かびあがらせる助けとなってくれた。ところが包括的に故人の人物を描写できる者となると、ひとりも見つけられなかった。弟であるエイモス氏はもちろん、倶楽部の撞球室《どうきゅうしつ》の採点係にまであたってみたが、すべて空振りに終わったのだ。所長みずからその任につかないかぎり、そんな人物は見つけられないということだろう。

往来で言葉を交わしたレディ・ウォレンダーを改めて訪問したところ、彼女の語る故人の人物像はほかの者とは少し違っていた。宗教的なものが色濃い人物だったというのだ。もっとも、宗教といってもキリスト教ではなく、どの教派だろうと信仰に身を捧げることはなかったそうだ。

「なにごともなく、いまもお元気なままでしたら、人生の終わりの日々には英国国教会の教えが必要になったことは間違いありません」レディ・ウォレンダーはそうはっきりいいきった。「とても聡明な方で、形而上学的問題や心理学的問題を研究するのがお好きでした。亡くなった主人もそういう話題に目がなくて、ふたりが顔を合わせると、自由意志説、概念の定義、あるいは信仰や理性などについて、いつ果てるとも知れない論議に興じていたものですわ。ヘンリーさんは、いってみれば弟さんには絶対にお見せにならない一面をお持ちだったのです。実際、ご自分がエイモスさんをはるかにしのぐ、怜悧《れいり》な頭脳と桁外れの想像力の持ち主であることを自覚なさっていました。弟さんを心から大切にお思いでしたが、それは兄としてというよりも、父として息子へ向ける愛に近いものでしたね。ご自分の深い思索の話を聞かせたり、信仰について疑問を呈したりして、弟さんを困らせるようなことは絶対になさいませんでした。うっかりエイモスさんの前でそうしたことを口にしないよう、それはもうつねに気をつけておられて。そういうことがあると、弟さんがよろしくない立場に置かれる、つまり普通の会話をしていても彼が知的に劣っているような印象を持たれてしまうのではないかと心配なさっていたのです。万事においてその調子で、とにかく繊細《せんさい》で感受性の鋭い方でした。それだからでしょうか、虚栄心が強く、自信過剰な人間のことはきらっておいでしたね。そして西インド諸島全般、とくにバルバドス島を批判されると憤《いきどお》っておられました」

「お嬢さんとの結婚を望んでいたことはご存じではなかったんですよね？」

「ええ、まったく存じませんでした。早くお相手を見つけないと、バルバドス島の名門スラニング家が途絶えてしまうわよと、おふたりをからかうことはたまにあったのです。そうするとヘンリーさんはいつも、結婚に向いているのは弟のほうだとお答えになったものでした。メイが求婚されたことを秘密にしていたのは、そうヘンリーさんから頼まれたからだったそうなのですが、もう亡くなったのでとうちあけてくれたのです。娘はわたしにだけうちあけるつもりだったようですが、エイモスさんへはお知らせしました。もっとも、たしかにそういうことがあったとしても、お調べの事件とはなにも関係はないのではないでしょうか」

「最近、ヘンリー氏の様子になにか変化はありませんでしたか？」

「いいえ、なにも気づきませんでしたわ。二度目の求婚をお断りしたのは、亡くなる六週間前だったそうです」

「ふたりが結婚することになったら、反対なさいましたか？」

「わたしはなにも口出しせず、ふたりの好きにさせたと思います。ヘンリーさんは立派で品格のある方です――紳士のなかの紳士といえるでしょう。娘も慕っておりましたから、お断りして彼を傷つけてしまったことは、娘にとってもつらい経験でした。それでも愛することはできなかったのだそうです。実際の年齢差は十五歳だったのですが、娘にとってははるかに歳上に感じられたようです。ヘンリーさんは年齢のわりに老成なさっておいででしたから――落ち着いた物静かな方で、社交は大の苦手、読書のほうがお好きでした。ごく普通の若い娘にとっては、一緒に楽しめることがないのです。ヘンリーさんなら理想的な夫におなりだったろうと思いますが、メイとはご縁がなかったのだと思っております」

少しずつヘンリー・スラニング氏の人となりがつかめてきたが、しっかりと揺るぎない人物像をとらえたとはとてもいえない状態だった。現れたと思うとまたすぐ消えるといった印象で、はっきりと見える瞬間があるかと思うと、すぐにぼやけてしまうのだ。皮肉屋だったが、優しい気遣いがその皮肉屋の面を見えなくすることも多かったと評する者もいた。あるいは教会の権威を認めぬ自由思想家だったのではないかと危ぶむ敬虔《けいけん》なキリスト教徒もいた。そうはいっても、評判のいい人物だったことはだれの意見も一致している。しかし、まったく思いもよらないことだったが、一度だけ批判を受けても仕方ない振る舞いをしたようだという話を聞いた。

ジョン・ディグルの未亡人を訪問したときのことだ。ディグル夫人はずいぶんと話し好きな女性だった。聡明な人物で、彼女の記憶は信頼できると感じたし、いかにも誠実そうな人柄だった。ぼくが訪ねたときは、ちょうど小さな家のとげのある生け垣から洗濯物をとりこんでいるところだった。ディグル夫人は夜間警備員だった夫の死を嘆き悲しみながらも、夫のすばらしい人柄について早口でまくしたてた。

「あの人には敵なんていませんでした——世界でいちばん親切で、世界でいちばんの夫でしたから。もうずっと前から何年もヘンリーさまとエイモスさまのために働いてますが、そのあいだお叱りを受けたことは一度だってありませんでした。旦那さまたちは夫のやり方を大事にしてくださっていて、夫のジョンは旦那さまたちのことを尊敬してました」

「陽射しがすごいですから、家のなかへ入って、ゆっくりと落ち着いて話をうかがえますか、ディグル夫人。ご主人はみなさんに慕われていたそうですから、だれもが悲しんでいることと思います。ご主人はとても尊敬されていたとうかがいました」

「それはもう立派な人でしたから。質《たち》の悪いサトウキビ泥棒にやられたんですよ」

「ソリー・ローソンとなにか揉めたことはありませんか？　喉を掻き切られた気の毒な黒人なんですが」

「一度もありません。夫はソリーが乱暴者だって知ってました。でもジョンは乱暴な若者たちにもすごく親切だったので、ソリーのこともいつかちゃんと心を入れ替えるといってました。ジョンはだれよりも神さまの教えを守ってたんです」

「ご主人について教えてください。とにかくどんなことでも知りたいのです」

しばらくはとりとめのない話が続いたが、時間をかけて最近の記憶へとディグル夫人を誘導していった。

「ヘンリー氏が承諾しないような行動をご主人がとったことはありませんか？」

「まさか——一度もありません」

「では反対に、ご主人が承諾しないような行動をヘンリー氏がとったことはありませんか？」

「それもありません。ヘンリーさまはいい人です。でも——でも——」

「ふたりの意見が衝突することはありませんでしたか？」

「それを聞いて、変なことを思いだしました。一日——一日、二日、三日、ジョンが撃たれる三日前のことです。朝食に帰ってきたとき、ひどく悲しそうな顔をしてたんです。だからなにかあったのと尋ねたら、なにもないと答えたんですけど、額にはしわが寄ってるし、鼻も膨らませてるくせに、なにもないわけないでしょというと、古女房にはかなわんなって。実はキマメ農園を見まわりに出かけるとき、うちのサトウキビを盗むやつがいる——それが問題になってて、おれのせいになってんだっていってました」

「それほどたくさん盗まれたということでしょうか？」

「そんなことありません。やつらはいつだって夜のあいだに忍びこんで、ちょっと盗むだけなんです。ジョンがつかまえることもありました。でもたいした量じゃないし、ジョンがこそ泥を心配したことなんて一度もありません。だからそんなくだらないこと、心配する必要ないよっていったんです。そうしたら、そうはいかない、だってヘンリーさまが心配なさってるんだ。きちんと仕事をしていないから泥棒が減らないんだ、泥棒を見つけたらどう対処するか忘れるなって叱られたんだから。夫がそういうので、もうあたしびっくりしちゃって。ジョンはそのまま仕事に行きました。で、今度また泥棒を見つけたら、いいつけどおりにやる、なにも考えないでそうするっていってました。だからいったんです。あんたはいつだっていいつけどおりにやってきたもんねって」

「ご主人はもう少し詳しく説明しませんでしたか？」

「それしか聞いていません。ジョンの機嫌が悪くなっちゃったから。すぐに直りましたけどね。そのあとヘンリーさまに叱られた件が話題になることはなかったんで、思いだすこともありませんでしたよ。ジョンが殺されて、ヘンリーさまも殺されるまでは。こうなるともっと詳しいことがわかるといいんだけど、いまとなってはもう手遅れです。かわいそうなジョン。横から撃たれたんで、心臓がばらばらに飛び散っちゃったんですって」

「スラニング氏がご主人を撃つのは不可能だったんですよね？」

「まさか！　ヘンリーさまがジョンを撃つなんてありえません！　それならまだジョンがヘンリーさまを撃ったってほうがありえるかもしれません。ヘンリーさまは相手がなんだろうと、殺すなんて絶対におできにならない紳士でした。銃を撃ったことなんて、一度もなかったはずです。サソリを踏みつぶすのもおできにならなかったんですから。それにジョンのことを大切に思っていてくださいました。昔ジョンが病気になったとき、あたしにそういってくださったんです。これははっきりいっておきますが、ジョンは――ヘンリーさまやエイモスさまのためなら何回だって死ねる人でした。とっても忠実な人だったし、旦那さまたちのために生きてたんですから」

「なにが起こったのか、なにか思いついたことはありませんか、ディグル夫人？　たまにサトウキビ泥棒をつかまえることがあったのなら、ご主人を恨んでいる人がいたかもしれませんよね」

「そんなことありません。ひとりかふたりは刑務所に行ったでしょうけど、それがジョンのせいだって恨むなんて考えられません。だってそういう悪党にとっては、たまにつかまるなんてちっともめずらしいことじゃないんですから。ジョンは――自分の銃で撃たれました。それを思いだしてください。夫はかならず銃は自分で持ってます。銃を手もとから離したことなんて、一度もないはずです」

「だれかにそういわれて、銃を渡したというのは考えられませんか？」

「ヘンリーさまにならお渡ししたと思います。もしヘンリーさまが夜いらして、銃を貸してくれないかとおっしゃったら、夫はお渡ししたでしょうね。だけどヘンリーさまが銃を貸してくれなんておっしゃるはずありません。銃がおきらいでしたから」

「夜の警備中にスラニング氏に会ったと、ご主人から聞いたことはありませんか？」

「聞いたことありません。もしそんなめずらしいことがあったら、絶対に話してくれたはずですけど、旦那さまたちが夜プランテーションにいらっしゃるなんて、聞いたこともありませんから」

「周囲のご友人で、なにが起こったのか、なにか考えがある方はいませんか？」

「難しいことを考えるのは苦手な人ばっかりなんで。みんな悪魔がヘンリーさまに夜あそこへ行くよう命令して、今度はジョンにヘンリーさまを撃つよう命じたんだっていってます。で、そのあと悪魔がジョンを撃ったんだって。それだったら、そのあいだずっと神さまはなにをなさっていたんでしょう？　ヘンリーさまもジョンも、ふたりともちゃんとした善人でした。いまごろは天国にいて、頭に黄金《きん》色の王冠載っけて、背中に黄金《きん》色の翼をつけて、黄《き》金《ん》色の竪琴を弾いてますよ。それがイエスさまの思《おぼ》し召《め》しです。それにしても、悪い人殺しがいまもまだのうのうとしてると思うとたまりませんよ。どこのだれかは知らないけど、そいつは地獄行きに決まってますけどね」

「ソリー・ローソンがなにか関係あるとは思いませんか？」

「あたしにはわかりません。ソリーがふたりを殺したのかもしれないけど、そうだったかどうかなんて、だれにもわかりませんよね？」

「サトウキビを盗むこともあると思います？」

「ソリーならサトウキビくらい山ほど盗んでも意外でもなんでもありません。だけどヘンリーさまに逆らうことだけはしないはずです。ヘンリーさまはしょっちゅうソリーのことをかばってあげてらしたから。黒人がサトウキビを盗むのはなにも知らないからで、それが悪いことだってこともわからないんです。だけどそのことで旦那さまたちに襲いかかったりはしません。かわいそうなソリー、もしだれかがジョンやヘンリーさまに乱暴するのを見たら、助けるために飛びこんでいったはずです。それは間違いありません」

　ディグル夫人はずっと泣きながら話していた。聡明で思慮分別のある女性だった。だれもが夫人の悲歎を気の毒に思うだろう。何度も話を中断して、泣き崩れていた。夫を失ったことに対しての個人的な嘆きであり、将来の不安を思っての涙ではないのが救いだった。というのは、エイモス・スラニング氏が夫人と子供たちの生活を保障したそうだからだ。

　その数日後、調査のためにまたべつの悲しむ黒人女性に会った。殺されたといわれているソリー・ローソンの母親だった。

　崖の岩壁の海面からそう距離のないあたりに珊瑚礁の階段があり、母親はその近くに住んでいるという話だった。母親が暮らす小さな小屋へ向かって、からからに乾ききった印象の岬を進んでいくと、陽射しに晒された地面にウチワサボテンや巨大なアロエが生えていた。大きなバッタがたくさんのんびりと跳んでいる。その透きとおった薄い翅《はね》が陽を受けて光っていた。トカゲが焼けつくような烈日を浴びている。あたりは重苦しいほどの静けさに包まれ、聞こえてくるものといえば、かすれたような昆虫の翅音だけだった。黒い山羊《やぎ》が一頭ゆっくりと歩いていくと思えば、干上がった川ではカエルが一匹わびしく跳んでいる。肉厚のアロエの葉には、休日に出かけた折に人びとが彫ったイニシャルや、恋人たちが互いの名前を組みあわせて彫った文字がいまも残っていた。

メアリー・ローソン夫人が暮らす小屋は、息子が死んだ場所のすぐ近くにあった。夫人は小柄でしわの目立つ黒人だった。かつては英国人と結婚していたそうだ。亡くなった夫はアンティル諸島で沿岸貿易の船乗りをしていたが、それをやめて〈ペリカン〉プランテーションで働きだしたという話だった。ローソン夫人から聞いた話には、目新しい情報といえるものはほとんどなかったが、ほかで集めたソリーに関する情報を確認することができた。

「あの子はべつに根っからの悪党ってわけじゃないんです――ただ女の子が大好きなだけで。とってもハンサムだったから、うちの息子は。すぐにかっとなって、馬鹿なことばっかりして、ご近所の方と喧嘩してましたけど。でも性根が腐ってるわけじゃないんです。息子はいつだってあとからすごく後悔してるんですよ。元気いっぱいだったから、ちょっとやりすぎちゃうんです。なんにでも夢中になる子だったんで。一生懸命やりすぎてしょっちゅう揉めてたけど、息子が謝ればみなさん許してくれたんです。ヘンリーさまは絶対にいやな顔をなさったりしませんでした。息子の話が面白いからです。ヘンリーさまもエイモスさまも、息子といるといつも楽しそうにお笑いになってました」

「息子さんはおふたりのことが好きだったんでしょうか?」

「そりゃもう、大好きでしたよ。旦那さまたちのためならなんだってやるって――しょっちゅうあたしにそういってました。でもそれは息子だけじゃなくて、みんなが旦那さまたちのことを大好きなんです。あのおふたりを傷つけようとする人間なんているはずありませんよ。ヘンリーさまやディグルさんがだれかに襲われてるのをソリーが見たら、間違いなくかっとなって、助けようと飛びこんでくでしょうし、もう相手が死んだっておかまいなしで暴れますね」

「ジョン・ディグルさんとは親しかったのでしょうか?」

「ええ――ディグルさんとは親しくしてもらってたようです。ディグルさんはとても立派な紳士で、ほかのみなさんが息子に怒ってるときでも、息子に親切にしてくれました」

「しかし、息子さんがサトウキビ泥棒をしているのを見つけたのはディグルさんなんですよね?」

「ディグルさんに見つかって、息子は刑務所に入りました。でも神さまは息子を許してくださいます。うっかり出来心で一度か二度盗んだだけですから。刑務所を出てきたあと、ディグルさんはソリーのことを許してくれたんです。息子だって恨んだりしてません。終わったことはそれでよしなんです」

「あの晩、息子さんがサトウキビを盗んでいたというのは考えられないでしょうか?」

「それはありませんよ。もしかしたら、そうだったのかもしれないけど、あたしはそうじゃないと思います。こんな家の近くではしないですよ。また女の子のことで悪いやつらと揉めてたんじゃないですか。やつらは物陰に隠れて待ち伏せしてて、あの子が帰ってきたら大勢でいきなり襲いかかって、殺してしまったんですよ」

「相手はひとりではなかったと？」

「そうです。だってソリーはとてもすばしっこいし、喧嘩も強いからです。ナイフ一本で息子を殺して、そのあと崖の上から抛り投げるなんて、そんなことをたったひとりでできる黒人なんていません。そんなことをするには六人から七人は必要だったはずです」

夫人は息子がすさまじく喧嘩に強かったことを、嘆きながらも誇らしく感じているようだった。

「息子さんを恨んでいそうな人物の名前を教えていただけませんか？」

「恨んでいそうな人——思いつく人はいません。しばらく前から息子はずっといい子だったんで。ソリーにこんなことをしたやつを知ってるかもしれないと思って、黒人全員に話を聞いてまわったんだけど、みなさんなにも知らないって。だけど、だれかがやったわけですよね。だから船乗りたちが怪しいと思います。息子をこんな日に遭わせて、つぎの日には船でどっかへ行っちゃったんですよ」

「息子さんを好きな娘さん、あるいは揉めてた娘さん、どなたか知りませんか？」

「山ほどいますよ。でもいま仲良くしてたのはひとりだけ、ジョージタウンの女の子です。女の子がつきあってたのもソリーだけでした。息子にべた惚れでしたね」

「きちんとおつきあいをしていたんですか？」

「その子にはとっても優しくて、ちゃんとしてましたね。相手の女の子に聞いてくれれば、おなじことをいうと思いますよ」

ジョン・ディグルとソリー・ローソンの人柄や経歴についてさらに調査を進めたところ、妻や母親から聞いた話の裏づけをとることができた。利害関係のない第三者がそのとおりだと証言したうえ、その内容はエイモス・スラニング氏から聞いた話とも一致している。三人が三人とも邪悪で危険な反社会的資質とはまったく無縁というのは、偶然の一致なのだろうが実に興味深い。もっとも混血の青年だけは、かつては法を破ったこともあり、いくらか評判が芳《かんば》しくないのは事実だが、それにしても命を奪われるほどの根深い恨みを買っていたとはとても思えない。黒人たちは様々なことで簡単に人を脅すが、重大犯罪を犯すことはめったにないと聞いている。ましてやあらかじめ冷酷な計画を立て、それを実行に移した者がいて、その結果気の毒なソリーの身にああしてたくさんのことが降りかかったと考えるのはかなり無理がある解釈だろうし、ぼくのこれまでの経験もやはりその可能性は薄いと告げている。実際にそういう事件が起こったのは間違いないが、事件前にそれらしいきざしはなかったようだし、背後を探ってみても隠された事情を見つけだすことはできなかった。そのうえ、周囲から犯人ではないかと疑惑を持たれる者もひとりとして発見できないでいるのだ。ほんのわずかにでも疑わしい者がまったく見つからないときては、地元の警察が途方に暮れるばかりというのも納得だった。

ぼくが知りあった地元の警察官は申し分なく聡明で、プロフェッショナルらしく定石どおりの堅実な手法を用いて、実直な捜査を徹底的におこなっている点は疑問の余地もなかった。捜査を進めるにあたって障害となるものはなにもなかったし、捜査がどの方向へおよぼうとも、バルバドス島民はひとりの例外もなく積極的に協力した。警察は真偽のほどは定かではないものでも、手がかりという手がかりはすべて精力的に追いつづけ、大勢の素人探偵たちも謎めいた事件にわずかなりとも光明を投げかけんと東奔西走したが、すべて空振りに終わった。

ぼくが会ったほとんどの人は、スラニングとディグルが殺された事件とソリー・ローソンの事件は無関係だと考えていた。事実、ふたつの事件を結びつける要素として挙げられるのは、ヘンリー・スラニングとジョン・ディグルの死体が発見された場所の近くに転がっていた、刈りとったばかりのサトウキビの束しかないのだ。しかしこれが夜中に忍びこんだこそ泥の仕業《しわざ》で、そのこそ泥が銃声に驚いて逃げてしまったのであれば、それがソリーだったのかどうかはだれにもわからない。しかしソリー・ローソンだったとしたら、絶対に雇い主なり夜間警備員なりの命を奪うはずはないのだ。それどころか、〈ペリカン〉プランテーションにしても、ほかのプランテーションにしても、大勢の者が働いているが、そうした重大犯罪を犯すかもしれないと名前を挙げられた者はいなかった。いっぽう、黒人にとってサトウキビ泥棒でつかまるというのは、ごくごく軽い罪だと認識されているそうだった。そして白人がサトウキビ泥棒に手を染める可能性は低いという話だ。ローソン夫人が指摘していた船乗りが、大勢にしろひとりにしろ関係している可能性はある。しかしそういった意見のどれひとつとして、これという決め手に欠けているのは否めないのだった。

ヘンリー・スラニングがどうしてあんな深夜に出かけたのかという謎こそが、なによりも重大な意味を持つのではないかと思えて仕方なかった。それまでは一度としてそのような時間に出かけたことはなかったそうだ。なんとかしてその理由さえ突きとめれば、おのずとそれ以外の謎も明らかになりそうな気がした。しかし、出かけた理由を探りだすことはできなかった。この憤懣《ふんまん》やるかたないとしか表現しようのない調査を進めていくと、つねに暗礁《あんしょう》に乗りあげてしまうのだ。まるで目に見えない壁があるかのようだった。しかし、どうしても極秘にしなければいけない出来事はこの世に数多《あまた》存在するだろうが、その目的や動機はかならずあるはずなので、ぼくの調査能力が圧倒的に未熟なためにそこにたどり着けなかったという事実は認めざるを得ない。ヘンリー・スラニングはジョン・ディググルが夜まわりする場所だと承知のうえであの現場へ出かけたのは間違いない。しかし、ディググル本人に用があったのか、それとも目的はべつにあったのか、いまとなっては知ることはかなわない。だれか生きている男性あるいは女性が情報をもたらしてくれる僥倖《ぎょうこう》でもないかぎり。しかしながら、残念なことになにか知っていると名乗りでる者はいなかった。今回の事件はとにかく圧倒的に証拠が少なかった。こうした事件の場合、十中八九、最初に追うべき手がかりは見えているものなのだ。それはなんらかの出来事や観察して気づくことで、そこから調査の道が開けたり、あるいは調べる方向性が示されたりするのだ。だが、今回の事件ではそのような幸運に恵まれることはなかった。そもそもどんなものであれ、証言といえるものがほとんどないうえ、事件に関連あるものとなると実際のところ皆無に等しかったのだ。どうやらぼくが調査しているのは、大胆にもあらかじめ計画された三件の殺人事件のようで、事件は小さな島でおなじ晩に起こったのだが、その動機と考えられるものがまったく見当たらないだけでなく、わずかなりとも疑わしいといえる容疑者はひとりもいないのだ。

　調査の結果を記したものは膨大な記録となった。いうまでもないことだが、とくに重要と思われぬものも徹底的に調べ尽くしたが、すべて事件とは無関係と判明し、謎になんらかの光明を投げかけるには至らなかった。つまり、ぼくは事件の謎を解明できずじまいという実に不本意な状況下にいたのだ。大変に骨の折れる丁寧な調査を六週間にわたってやり遂げた結果がこれだった。ぼくの自尊心はいまやどん底へと転がり落ちていた。一から調査をやり直してみたが、それもまたべつの形の失敗に終わっただけだった。ぼくの調査は、比較的不首尾に終わったなどと糊塗《こと》することすらかなわなかった。完全たる徒労に終わったのだ。ぼくはどんなものであれ、仮説を組みたてることができなかった。もっとも、あとになって考えてみれば、一度はぼんやりとながら真相らしきものがちらりと見えたこともあったのだが、そのときぼくは正しい道ではなく、誤った道を歩きだしてしまったのだ。

六週間ものあいだ調査に奔走《ほんそう》していたが、バルバドス島での最後の数日はもっぱらエイモス・スラニング氏と一緒に過ごした。それまでも予想以上に個人的に便宜をはかってもらっていたのだが、いよいよ西インド諸島を発つ日が決まると、〈ペリカン〉プランテーションの客人として滞在してほしいと熱心に誘われたのだ。ぼくの調査が不首尾に終わったことにエイモス・スラニング氏は落胆の色を隠さなかったが、白状すればぼく自身が感じている落胆はその比ではなかった。私立探偵という仕事に生来の資質や勘をすべてつぎこみ、これまでそれなりの経験を積んできたし、地味な事件では何度かみごとに解決に導いたこともあるのだが、今回の事件では本当にいいところなしだった。

ぼくは失態を認めるしかなく、できれば所長は幸運に恵まれるようにと願った。そしてエイモス・スラニング氏と過ごしていると、話題にのぼるのは双子の兄のことが多かった。もっとも、ぼくとしては精一杯礼を失しない会話を心がけていて、話題をヘンリー・スラニングに集中させるつもりはなかった。というのも、いまでは様々な人から話を聞いたおかげで本当のところが見えていたからだ。しかし、エイモス氏は事実とは異なる兄の人物像を好んで話題にした。自分が実直な質《たち》であることを過小評価しているわけではないが、故人が広く尊敬され、尊重されていたことを自慢に思っているようだ。だが兄の性格が自分とはかけ離れていると自覚することはなかった様子だった。兄の知的好奇心の勝った聡明な面を目にすることがあったとしても、それをもって性格が違うと感じることは一度もなかったのだろう。

一例を挙げよう。この事件については現に殺人であると立証されているわけだが、終始一貫して自殺ではないかとの疑念が頭から離れなかったので、懲りずに再度自殺の可能性に触れたときのことだ。エイモス・スラニング氏はそれはまず考えられないと断言した。リヴォルヴァーはヘンリー・スラニングが本国で購入したものだと判明したときも、そのような目的で使うために入手したわけがないと、頑として自説を曲げなかった。しかしながら、彼以外の人たちは、ある状況下ならばヘンリー・スラニングが自殺したとしてもとくに意外ではないとの意見だった。とはいえ、この事件は自殺ではなく、殺人であることは明らかなので、様々な疑問が湧き起こったとしてもとくに異議を唱える者はいなかった。

苦労してまとめあげた調査報告書に添えるため、無理をいって故人の写真を一枚譲ってもらった。写真のヘンリー・スラニングは顔立ちこそエイモス氏そっくりだが、表情は違った。いかにも頭脳明晰《めいせき》そうでありながら憂鬱な表情を浮かべている。不安が常態となった様子で、この表情を見ればだれもがこの男性は人生の希望をくじかれたに違いないと判断するだろう。もっとも皮肉屋めいた雰囲気は漂わせておらず、口もとは弟よりも意志の強さを感じさせるが、おなじように優しそうだった。写真が撮られたのはヘンリー・スラニングが求婚を断られる前だったが、たまたま島を発つ二日前にさらに興味深いものが手に入った。兄の遺品を整理していたエイモス氏が日記を発見したのだ。もっとも、それに目を通してもとくに過去の出来事が明らかになることはなかった。そしてロマンスに関しては明らかに記述を控えていたようだ。特筆すべきは、それに加えて大量の手書き原稿を見つけたことだった。知識人のヘンリー・スラニングらしく思索の内容は多岐にわたったが、すべてまさにだれもが関心を抱くだろうテーマだった。故人の書斎にあった蔵書をすでに確認済みだったぼくは、彼がどういった分野について思考をめぐらせていたかは確信があった。またそれを裏づけるレディ・ウォレンダーの言葉もある。彼の蔵書はほとんどが哲学書で、オーストリアの哲学者ゴンペルツの翻訳書もあり、気に入って読みこんでいたのが一目瞭然だった。それ以外にもドイツ語から翻訳した本は多く、ニーチェの著作は二十冊あった。ギルバート・マレーの翻訳による古代ギリシア悲劇、プラトン、アリストテレスもまたお気に入りだったらしく、頻繁に手にとっていた様子がうかがえた。どうやらヘンリー・スラニングの関心はキリスト教以外の分野、偉大な思想家にあったようだ。

彼の手書きの原稿のなかには、ロバート・バートンの『憂鬱の解剖』を思いださせる文を書き散らしたものもあった。方々《ほうぼう》に興味深い引用が書きこんであり、全体的に精神を病んでいる傾向がうかがわれるものの、啓発に満ちていた。故人がどういったものに関心を抱いていたかを知ることで、彼の人となりが見えてくるようだった。彼が関心を抱いていたものは、愛、情熱、志、忍耐、義務、自殺、正義、自由思想、そして運命論とそれに対する自由意志説で、そうしたものに関する引用句を集めて書きつけてあった。これを書いていた時期は合理主義者を任じていて、神だろうとなんだろうと自分の行為を束縛することは認めず、そのいっぽうですさまじく強い義務感の持ち主だったようだ。さらにこれ以上ないほど公明正大に正義に関する諸問題を論じている。人類に対する義務感で押しつぶされそうになっている人物が存在することを知って、これを読む者は感じ入ることだろう。また支配や統治、人を騙す狡猾《こうかつ》さや不本意ながら日々の出来事を偽る必要性、人生の敵としての遺伝と環境、それに双子、人格を向上させる力となるものなどをつらつらと綴《つづ》っていた。

ぼくは頼みこんでその大量の手書き原稿も帰国の荷物へ加えた。あくまでも私見だが、所長がヘンリー・スラニングの死にまつわる謎を解明するにあたって、この原稿はおおいに参考になるだろうと思われたからだ。エイモス氏もそれをぼくが持ちかえることに異存はないとの意見だった。

「いずれ機会を見て、すべて公表するつもりです」エイモス氏はそう約束した。「これ以上ない追悼になるでしょう。兄は立派な人間だったことを、そして人びとが考えていたよりもはるかに偉大な思想家だったことを、改めて世間に知らしめることができます」

こうしてぼくは西インド諸島をあとにした（蒸気船〈ドン〉号の復路便、ジャマイカ発本国行きへ乗りこんだのだ）。とにかくバルバドス島の人びとは親切で、様々な配慮をしていただいたことに心から感謝している。長いつきあいができる貴重な友人もひとり、ふたりできた——彼らはいまも大切な友人だ。だが、調査が完全な失敗に終わったことに対する落胆は大きく、非常に忸怩《じくじ》たる思いだった。なにしろ有望な仮説をひとつも組みたてることができなかったのだ。謎を解明せんと、あのようなはるか彼方《かなた》まで遠征し、それはもう精力的に活動したにもかかわらず。

もっともぼくの無様な失態も、怪我の功名といえる効果があった。所長マイケル・デュヴィーンが事件にひどく興味を惹かれたようなのだ。所長はぼくがみごとなまでにしくじったことへ、驚きを隠そうともしなかった。

「もちろん、いくつも仮説は思いついたんです」ぼくは説明した。「でもどれもこれもしばらくするとそんなことは不可能だと判明してしまうんですよ。結局、すべての事実と矛盾《むじゅん》しない仮説はひとつも考えつきませんでした。すべてどころか、どれかひとつの事実と矛盾しない仮説すら思い浮かばなかったんです。それこそ寝る間も惜しんで調べた結果、三人とも実際に敵といえる存在はこの世に存在しないことがわかりました。そのうえ、彼らの死によって利益を得た人物はひとりも発見できませんでしたし、そういう噂がある人物もまたいませんでした。もちろん、エイモス・スラニングが兄の死による恩恵にあずかっていると指摘なさることと思います。しかし、実際は違うのです。というのも双子は実質的にすべてを共有していて、お互いに切り離すことはできない深い絆《きずな》で結ばれていましたので。あらゆることがはっきりしないなか、ひとつだけたしかなことがあるとしたら、それはエイモス・スラニングはなにがあろうと潔白だということです。今回の事件でなにがいちばん異様かというと、ぼく自身が入手した手がかりにも、殺人事件——ひとり、もしくは複数の未知の人物による殺人――であると充分に立証されている事実にも反するのですが、どういうわけかこんなことは絶対に不可能だという確信が深まるばかりという点なのです。何度振りはらおうとしても、気づくとその考えにとらわれています。いまもそうです。この世にヘンリー・スラニングを殺した者はおりません。もっとも彼自身の心には自殺したいと願う理由はありました。それでも自殺ではなかったのです」

所長はぼくの肩をぽんと叩いた。

「わかった。まずは報告書に目を通してみよう。その結果、失敗もむべなるかなとなるかもしれん。少なくとも、きみのおかげで好奇心はおおいに刺戟《しげき》されたよ。まあ、いまの言葉どおりきみの失態で事件解決は絶望的なのかもしれないが、じっくり検討すれば、なにかいい考えが浮かぶかもしれん。しばらくは忙しくなるな。さしつかえなければ、一週間後に夕食につきあってくれないか。その席でわたしの結論を伝えよう。場合によっては、きみにはなんの非もないと伝えることになるかもしれんぞ。それにしても、熱帯への遠征は体にはよかったみたいだな。深い自責の念に苛《さいな》まれているようだが、それでもそんな顔色のいいきみは初めて見るよ」

こうして所長への報告は終わった。夕食の約束をした晩までは、久しぶりに事件以外のことを考えられるのがありがたかった。そのあと、夕食はさらに一週間後に延期になった。その日、まずは所長室に呼ばれ、西インド諸島の事件についてひとつふたつ質問された。それに答えても、所長は口を閉じたままだった。

その後ふたりで食事を一緒にし、終わったところで所長は追加の報告書を読みあげたのだった。

「事件は解決したぞ」

「解決したんですか？」ぼくは息を呑んだ。

「わたしは解決したと考えている。きみも同意してくれるものと思うが、どうだろうか。しかし、謎を解明できなかったときみを責めることはできないな。わたしが現地に行っていたら実行したに違いない調査は、すべてきちんとやっていた。わたしが出向いたところであれ以上の調査はできないだろう。きみに欠けていたのは、すべての手がかりを集めたあとで、それを結びつけて仮説を組みたてるために必要なひらめきだ。残念だったが、ただそれだけのことだよ」

「それがなければお話になりません」

「きみの直感は正しかったんだ。きみはその線を追うべきだったのに、経験不足のせいか途中で追うのをやめてしまった」

「絶対的な事実に反しているとわかっているのに、それでも追いつづけるのは難しいですよ」

「おいおい、絶対的な事実なんて存在しないぞ」

「しかし、殺人が自殺になるわけはありません」

「殺人は自殺かもしれないし、反対に自殺は殺人かもしれない。じっくり検討もせずに断定するのは危険だぞ。まあ、これから説明するから、ゆったり葉巻でも吸いながら聞いてくれ。わたしは解決できたことに心から満足しているが、肝心の依頼主が真実の価値を評価してくれるかどうかはまたべつの問題だ。きみの話を聞くかぎりでは、エイモス・スラニング氏はまず間違いなくこの結果を評価してくれないだろう。というわけで、報酬は期待できないな」

こう前置きして、所長は謎の解明を記した報告書を読みはじめた。

Ⅲ

この事件は調査対象ヘンリー・スラニング氏の性格を緻密かつ徹底的に検証することでしか、解決にたどり着くことはできない。そこにヘンリー・スラニング氏の死体とともに、ジョン・ディグルとソリー・ローソンの死体が発見されたという事実がある。これには氏の複雑でわかりにくい性格がおおいに関係していると考えられる。さいわい、氏の性格を推しはかるための材料はふんだんにあった。これに関しては、報告書に記されていた事実のみではなく、氏自身の文章や思索も参考にした。こうして理解した氏の性格を念頭に置いたうえで、複雑に入りくんだ様々なデータを検証したところ、いったいなにが起きてヘンリー・スラニング氏が命を落とし、ほかのふたりも世を去るに至ったのか、事件の全貌を再現することに成功した。

実のところ、いちばんの難題はソリー・ローソンの死だった。なぜなら、彼の死こそが事件全体の要《かなめ》だったことが判明したからだ。ソリー・ローソンは悲劇の大詰めの場面に偶然居合わせただけだったのだが、彼がいなければ死者は三人ではなく、ひとりになっていた。そして心理学的に興味深い問題を内包している悲劇は起きたが、そこにどんなものであれ不可解な謎は存在しなかったはずだ。つまり事件の謎はあらかじめ人間が計画したものではなく、様々な偶然が重なって引き起こされたものだった。

ではまず手始めに、故人三人の性格を順番に検証していく。詳しくは後述するが、考察すべきはこの三人だけである。その存在を知られていない悪党がどこかに隠れている可能性はない。そして生きている人間でこの秘密を知る者は、筆者以外に存在しない。三人がそれぞれ死を迎えることになった責任は、この三人だけにあるといえる。より正確に表現するなら、ヘンリー・スラニング氏の言語道断の愚行がほかのふたりの死を引き起こしたのであった。

ヘンリー・スラニング氏は教養もあり、上品で洗練された紳士で、スポーツであろうとなんであろうと、暴力というものを忌《い》みきらっていた。ジェーン・ディグル夫人によると、《サソリを踏みつぶすのもおできにならなかった》という話だ。頭脳明晰で抜け目がなく、事業では成功を収めていた。莫大な財産を相続したが、その富の力を悪用するような真似はしなかった。雇い主としても模範的な人柄で、仕事に励み、その配慮は従業員全員に行き届いていた。寛大で、思慮深く、心の優しい人間だった。そして自身の成功と大勢の従業員の幸せな生活を目指すのはもちろん、それ以上の志も抱いていた。そのためにバルバドス島の行政府にも出入りし、かなりの時間を公共福祉のためのボランティア活動に費やしていた。これが外から眺めたヘンリー・スラニング氏で、双子の弟や友人知人にとってもお馴染みの人物だ。

しかし、またべつのヘンリー・スラニング氏も存在したのだ。探究心が旺盛で、興味の赴《おもむ》くままに絶えず新しい知識を追い求める、高い知性の持ち主。かなりの読書家であるだけでなく、気をそそられた事柄については優れた思想家でもあった。彼が興味を惹かれる分野は星の数ほどあったが、特別な関心を抱いているテーマもいくつかあった。そのなかでもひときわ、終始変わらず心を奪われていたテーマがある。裕福で人望もある三十五歳の健康な青年らしからぬ、病的なものを感じさせる主題といえる。だが、それが事実だったことに疑問の余地はないのだ。その点については現地へ派遣した部下が独自の調査をするなかで、いくつかの方面から耳にしたという報告があるだけでなく、ヘンリー・スラニング氏の几帳面な手書き原稿からも、つねづね彼にとっては関心のあるテーマだったことが見てとれる。そしてヘンリー・スラニング氏はこのテーマについて、我が身をもって明確な意見を表明することにしたのだ。そしてその決断に至るまで、参考にするため多神教徒であった古代ギリシア人や古代ローマ人の哲学書を手当たり次第に読みふけったようだ。それだけでなく、キリスト教史でも彼の決断が正当とされる根拠を発見していた。

この点についてはのちほど述べることとする。まずは、そもそもヘンリー・スラニング氏にとって純粋に学究的な問題であったものが、いかにして個人的問題と結びつき、ひいてはそうした行為を実行に移したいとまで考えるようになったのかを検証する必要がある。氏はそれまで、人生がもたらすものを享受《きょうじゅ》してきた。自身の志もほぼすべて達成したと考えていただろう。そんなとき、氏はこれまでにない鮮烈な経験をした。生まれて初めて恋に落ちたのだ。それまでつねに生活をともにしてきた弟エイモス・スラニング氏が、それ以前には女性に対する愛情を口にしたり、意中の女性がいるらしき態度をとったことはないと証言している。もっともこの証言を盲目的に信頼するわけにはいかない。なぜならそのエイモス・スラニング氏は、ヘンリー・スラニング氏の死後、初めて氏が恋をしていたことを知ったからである。だからして、それまでヘンリー・スラニング氏が恋をした経験がなかったかどうかについて、我々は確証を持って断言することはできないが、ミス・メイ・ウォレンダーに恋をするまで、抑えきれないほどの愛情を感じたことはないと推測するのは理にかなっているといえよう。

氏がミス・メイ・ウォレンダーを深く愛していたことは間違いないが、繊細かつ控えめな性格だったゆえに、相手の女性以外にはそのことを隠していた。紳士だった氏らしく、愛情の示し方もさりげなく上品で節度を感じさせるものだった。もっともそれまで失敗らしい失敗をしたことがなく、万事順調な人生を歩んできた氏であるから、自分の愛情は受けいれられるだろうと楽観的に考えていたと推察できる。そして一度ならず結婚を申しこんだわけだが、周知のとおり意中の女性はまだ幼く、これまでずっと氏が示す愛情はただの友情だと勘違いしていたとはっきり伝えた。愛の意味もまだよく理解していない若い娘はめずらしい存在といえるが、そんな娘だからこそ氏の求婚を断ったのだろう。さらに、本人にはまったくその自覚はないものの、かねてから彼をその気にさせようとしていると誤解されかねない振る舞いを重ねてきたに違いない。だから氏は求婚を断られるとはまったく予想もしていなかったと推測される。

求愛が受けいれられないと知ったときのヘンリー・スラニング氏の絶望の深さは、察するにあまりある。その衝撃はすさまじく、文字どおり打ちのめされたに違いない。そもそもがみずから進んで人生を謳歌《おうか》することなど一度もなかった氏であるから、そのときは一時的に人生に嫌悪感しか見いだせず、そのような人生という横暴な専制君主に仕えるのはもう耐えがたいと考えたのだろう。もっとも稀有《けう》な精神性の持ち主である氏であるからして、ときがたてばそうしたつらい経験もなんとか切りぬけ、真っ当な男性らしく深い失望から立ちなおっただろうことは想像にかたくない。しかし、氏はそれだけの猶予を自分に許さなかった。運命の痛恨の一撃を受けたあと——これまで運命はつねに氏へ対して優しかったのもあり

――かねてから関心があった哲学のあるテーマについて、もはやただ観念的な意味ではなく、実際に行動を起こしたいという考えにとりつかれてしまったのだ。

氏の脳裏にずっと存在しつづけたテーマというのは、ほかでもない自殺である。それについての記述は氏の手書き原稿にも数え切れないほど登場している。もっとも氏はそのたび、知性ある人間が考察すべき問題へと話題を変えていた。愛、希望、信仰、名誉、義務といった高潔な利他主義者にふさわしいテーマへと思考を移し、昼間の幽霊のように忍び寄ってくる自死という概念を振りはらおうとしていたのだ。しかしながら、結局は逃れることができなかった。氏にとっては何度追いはらってもまた舞い戻ってくる、それほどまでに魅惑的な考えだった。いってみれば、氏の思考にこびりついてしまっていたのだ。氏の思念という織物に紛れこんだ黒い糸だったのだ。文学作品のなかからふさわしい例を探しだして、それについて意義深い言及をするだけの日々では飽きたらない思いだったのだろう。

多神教徒ながら偉大な哲学者の《求めるものも得られず、恥辱にまみれ、苦悩のうちに生きていくのは愚かなり》との教えに、氏は我が意を得たりの思いだったようだ。古代ローマの哲学者カトー、ポンポニウス・アッティクス、古代ギリシアの哲学者エピクロスにも共感した様子だ。やはり古代ローマの哲学者セネカの“Malum est in necessitate vivere; necessitas nulla est.”も引用している。これは《満たされないまま生きていくのは惨《みじ》めだ。だが、それに甘んじなければならぬわけではない》との意味だ。また古代ローマ皇帝であり哲学者でもあったマルクス・アウレリウスの《小屋から煙が出ていたら、賢者ならば即座にその小屋をあとにする》との言にも意見をおなじくしていたようだ。古代ローマの修辞学者クインティリアヌスの "Nemo nisi sua culpa diu dolet" にも言及している。《人はおのれの失敗の結果でなければ、苦悩に耐え忍ぶ必要はない》との意味だ。もっとも氏は自殺を正当化する論拠を、多神教徒の哲学者の言葉だけに求めたわけではない。メディア王国やペルシア帝国、古代ギリシア、古代ローマが多かったものの、古代のあらゆる国の文献にあたって、キリスト教徒としては一般的に罪とされている自殺を肯定し、賞賛する言葉をかき集めたのだ。氏の研究範囲はユダヤ教の聖書にもおよんでいた。聖書外典（第二マカベア書）では、エルサレムに住む長老のひとりラジスが自死するのだが、その行為を歴史家である書き手が賞賛している事実を記している。それだけではなく、キリスト教が誇る聖人の名も挙げていた。信仰のために自死し、聖人に列せられたソフロニアとペラギアだ。女性だけではなく、男性の聖人もいた。わけてもフランスはソアソンのジャック・デュ・シャステル、たったひとりで敵陣へ突入し、信仰のために名誉に満ちた自死を遂げた司教にご執心だったようだ。また詩人ジョン・ダンの自殺を擁護《ようご》していることで有名な『ビアサナトス』からも長々と引用している。

そしてキケロの《おのれの絶頂期に人生へ別れを告げることこそ賢人にふさわしい》との言葉とともに、ユダヤの歴史家ヨセフスの《そうあるべきよりも早く死を迎える者も、長生きする者も、どちらもおなじく臆病者である》との言について考えさせられる小論をしたため、締めくくっている。

ヘンリー・スラニング氏に敬意を表してこうして細かく検証してきたが、要約すると、求愛を断られて絶望し、毎日が一気に色彩を失ったと感じた氏は、かねてから心の裡《うち》にあった希死念慮の赴くままに自殺を決意したのだ。もちろん、ゆっくり時間をかけて、哲学的な見地からそうした行為は充分理解が得られ、認められることを確認していた。それを明らかにしたところで、不幸な紳士のことはいったん棚上げして、今度は〈ペリカン〉プランテーションで起きた悲劇に関係しているほかのふたりについて考察したい。

まずは夜警のジョン・ディグルだ。彼の性格を理解するのは難しくない。裏表のない真面目な性格で、なんらかの形で邪悪なくわだてに関係している可能性はまず考えられない。良き夫であり、立派な親であり、雇い主に忠義を尽くす誠実な従業員だった。祖父と父も就いていた仕事に彼も長年従事していた。彼の目指すものはただひとつ、雇い主の満足だ。ヘンリー・スラニング氏およびエイモス・スラニング氏との関係は、普通の主従関係よりも親しいものだった。スラニング兄弟はふたりともジョン・ディグルを高く評価していた。ふたりが個人的にジョン・ディグルに好意を抱き、認めていたことは様々な事実から明らかだ。

この黒人男性の仕事はサトウキビ農園の夜間警備だった。さらにその仕事内容を調べるうち、島には昔からあまねく知られた考え方が存在することが判明した。それはいわば不文律ともいえるもので、サトウキビ泥棒は命をとられても仕方がないと考えられていたのだ。昔、そうした泥棒が命を落とすのはめずらしいことではなかった。本国で不法侵入者や忍びこみの犯人が極刑に処せられたのとおなじことだ。しかし人道主義が普及するにつれ、そうした極端に厳しい罰則は自然と支持を得られなくなっていった。その結果、百年前には不法侵入者や密猟者をとらえるため、罠やしかけ銃を使用することが認められていたが、現在ではそうした野蛮な手段は法によって一掃されている。島でも事情は同様で、いまでは奴隷がいた時代よりも前の不文律は禁止されており、当然ジョン・ディグルがサトウキビ泥棒を見つけたとしても、発砲はしないだろうと推測される。いまだかつて経験のないほどすさまじい挑発を受けたとしても、ジョン・ディグルは発砲などしないだろう。

これに関係して、ジョン・ディグルが最期を迎える数日前、彼の生活ににわかに暗雲が立ちこめたことが判明している。この出来事はとても重大な意味を持つ。なぜなら、入念に練りあげられたこの事件全体の構図がそこにかかっているからである。それゆえ、バルバドス島在住のディグル夫人の供述はじっくりと時間をかけて丁寧に検証せねばならない。必要だと考えるならば、さらに詳しくディグル夫人から話を聞いてもいいかもしれないが、筆者の見るかぎり夫人はすでに必要充分な情報を提供している。

では、その情報とはなにか？

ある日、朝食の席についたジョン・ディグルは見るからに沈んだ表情を浮かべていたそうだ。どうしたのかと尋ねたところ、最初こそなんでもないと否定したものの、明らかに様子がおかしいと夫人が詰めよったら、サトウキビ泥棒のせいだとこぼしたという。それも、夫人に見咎められるほど消沈していたのは、泥棒のせいというよりも、ヘンリー・スラニング氏にその件で叱責されたからだという話だった。ジョン・ディグルが泥棒にどう対処するかを忘れ、きちんと職務を果たしていないせいでサトウキビ泥棒が減らないのだと、厳しい言葉を投げつけられたそうだ。

こうして職務怠慢を咎められたジョン・ディグルは、悲劇が起こる直前には、自分の行為がどんな事態を招こうとも、氏のいいつけどおりに行動するとかたく決心していた。そのいいつけの内容についてはのちほど明らかにするが、ジョン・ディグルが予想もしなかった内容だったのは間違いないだろう。ジョン・ディグルがどれほど驚いたかは想像にかたくない。彼の愕然とした姿が目に浮かぶようだ。どうしてそこまでジョン・ディグルが驚いたかというと、第一に、氏がたかがサトウキビ泥棒ごときのことで頭を悩ませるなど、まず考えられないことであったからだ。氏はそのような些細《ささい》な問題を気にかけたりはしないのだ。第二に、いまではとっくに廃《すた》れているような思いきった手段をもって泥棒を阻止すると氏が口にしたのは、さらに思いがけないことだったろう。氏ならば、それこそ先頭に立って、そうした時代遅れの悪習を非難するほうがずっと自然だったからだ。以上のことから、ジョン・ディグルの悩みは彼の決意と関係があると推測できる。ジョン・ディグルはどういう結果になろうとも、氏の命令にしたがうつもりだった。それによってなにが起きようとも、文字どおりいわれたとおりに行動すると決心していた。言葉を変えれば、どういう事態になるかを危惧していたともいえるが、それでも指示されたとおりに動くと決め、職務を放棄するつもりはなかった。たとえその指示内容に驚かされたばかりか、不安で憂鬱になっていたにもかかわらず。

では、禍事《まがごと》の発端まで来たところで、ジョン・ディグルから離れて、ソリー・ローソンについて検証したい。この混血の青年の性格は、これまでに判明している情報だけで充分すぎるほど推しはかることができる。若いころは本能のままに行動する傾向にあり、ある意味手に負えない存在だったが、けっして根っからの悪人ではなかった。社会的立場は高いとはいえず、道徳的に放縦で、怠け者かつ短気ではあったものの、機知に富み、口を開けば話は面白く、なによりこれがいちばん重要なのだが、スラニング兄弟に対してはつねに盲目的な忠誠を誓っていた。もっともサトウキビを盗んでも良心の呵責《かしやく》は覚えなかったようだが、その事実とスラニング兄弟へ向ける忠誠心は彼のなかでなんの矛盾もなく共存していた。兄弟のほうもソリー・ローソンの罪には何度となく目をつむり、問題の多い彼を死ぬまで雇いつづけた。ソリー・ローソンは今日ヘンリー・スラニング氏のサトウキビを盗むかもしれないが、その翌日氏のために命を投げだすことも厭《いと》わなかったろう。黒人や混血の者はしばしばこのように犬を思わせる盲目的な忠誠心を示すが、この青年もそうしたタイプだったようだ。母親に向かって数え切れないほど、スラニング兄弟に対する敬意を語っていた。

では、ローソン夫人は息子のことをどう証言していたか。《どんなことも一生懸命やりすぎる》と評していた。ソリー・ローソンは暴走気味で、性格は激しく、衝動的に行動することが多かった。善行であれ、悪行であれ、なにをするのも一生懸命だった。そしてもうひとつ、彼の母親はさらに注目すべき発言をしている。《息子はスラニング兄弟を敬愛していて、彼らのためなら命も惜しくないと日頃から口にしていた》というのだ。彼がそう断言していた事実から様々な推論を導きだせるが、ここでひとつ重要なことを確認しておきたい。ソリー・ローソンはジョン・ディグルに対してなんら恨みなど抱いていなかったという事実だ。ジョン・ディグルにサトウキビ泥棒を見咎められて刑務所へ入る羽目になったときですら、ふたたび自由を手にできるよう、おのれのやる気をかきたてるためであっても、ジョン・ディグルを恨むようなことはなかった。ソリー・ローソンの耳には、母親が口癖のようにつぶやいていた説得力のあるひと言がつねに聞こえていたに違いない。すなわち、終わったことはそれでよし。

さて、三人の死体が発見された事件に関して、これで三人目の人物の性格もくっきりと浮かびあがってきた。これらを踏まえて、あの晩どうしてこの三人が命を落とすことになったのかについて、筆者は仮説を組みたてた。ソリー・ローソンがこういう性格でなかったら、あるいはジョン・ディグルがこういう性格でなかったら、あるいはヘンリー・スラニング氏がこういう性格でなかったら、この仮説は成りたたない。だが、仮説の土台となったものはたったひとつで、それ以外の要素はその上に載っているだけの、いわば枝葉末節である。つまり、この三人それぞれの性格という土台があって初めて成立する仮説なのだ。そして正直に白状するならば、筆者も驚いたことに、この仮説でそもそもの調査の目的も充分達成することができた。筆者は人の性格のみに基づいて組みたてた仮説は、どのようなものだろうと、細部については修正したり、折り合いをつけることが必要だろうと考えていた。蓋然性に頼る必要もあれば、出来事を整理し、もつれた糸を解きほぐしてきれいに巻きとるのに、かなり自由な発想が必要だろうとも予想していた。それ以前に、しばらくはそれぞれの性格について判明している要素を組みあわせようとしても途方に暮れるばかりで、正直なところ矛盾なく状況を説明できる説を思いつくのは不可能かもしれないと危惧していた。ところが喜ばしいことに、それは杞憂《きゆう》に終わった。三人それぞれの性格が原因となり、その結果として幾《いく》多《た》の事実が起きたのは火を見るよりも明らかだ。そして雲の後ろから太陽が顔を出すように、ついに動機が姿を現した。一連の出来事は、論理的には必然の結果といえよう。なるべくしてなったのであり、それ以外の結果に終わる可能性はなかったのだ。

一連の出来事の責《せめ》を負うべき人物はヘンリー・スラニング氏だ。氏はあることを実行したいと考え、その実現を確実にするべく入念に計画を立て、あらかじめ布石を打っておいた。氏の希望は計画どおりに実現したが、それを前奏曲として、まるで思いがけない偶然が意志をもったかのように、氏の計画にない出来事がそのあとに続けて起こってしまったのだ。それにより、この事件の第二、第三の登場人物が命を落とすことになった。

ではこれから、事件の謎を解きあかしていこう。

屋敷内が眠りにつくと、ヘンリー・スラニング氏はベッドから起きあがり、プランテーションへと向かった。ジョン・ディグルが銃を担いで巡回している区域だ。氏は死ぬ覚悟だった。もっとも覚悟といっても、みずから手を下すつもりはなかった。これは氏の性格によるもので、世を去りたいと希望していたが、自分の手でみずからに危害を加えることはできなかったのだ。だが、それでも死出の旅へ赴く決意はかたかった。氏はすでに人生に終止符を打つための第一段階には着手していた。ロンドンはニュー・ボンド・ストリートのフォレスト商会にリヴォルヴァーを注文したのがそれだ。氏の死体の傍《そば》で発見されたリヴォルヴァーだ。二度目の求婚を断られて深い絶望を味わった一週間後に注文の手紙を送り、首尾よく百個入りの弾薬の箱とともに入手したものだ。だが、自分で使うことはできなかった。断られた直後で失意の底にあったときは、つかの間、自力で実行することを夢見たのだろう。しかしそうした銃器をとりよせるだけでも、氏の性格を鑑《かんが》みれば異例の事態であった。注文したリヴォルヴァーが手もとへ届いたころには、氏は本来の冷静さをとりもどしており、自力での実行など不可能だったに違いない。

それなのに、どうして弾の入っていないリヴォルヴァーをプランテーションへ持っていったのだろうか。それはジョン・ディグルに確実に行動を起こさせるためだった。氏はパジャマの上に薄手のアルパカの上着を羽織り、黒人がよくかぶっているような大きな麦わら帽子をかぶっていた。そんな時間にそのような格好でそんな場所にいれば、当然よくいるサトウキビ泥棒と間違われるだろう。そしてジョン・ディグルには、サトウキビ泥棒を見つけたら即座に発砲するようにと指示しておいたので、ジョン・ディグルがそのとおりに行動するのはまず間違いないと確信していた。それでもふと思いついてリヴォルヴァーを持参したのだろう。万が一ジョン・ディグルの心にいくらかためらいがあったとしても、リヴォルヴァーを見れば躊躇《ちゅうちょ》することなく、すぐさま行動を起こすだろうとの目論見だった。ジョン・ディグルは誰何し、相手が返事もせず、従順にしたがうそぶりも見せなければ、おそらく発砲するだろう。そのうえ、相手が攻撃しようとしているとなれば、おのずと厳しく照準を定めることになるのは間違いない！

三人のうちふたりはサトウキビ農園の開けた場所で死亡し、近くで刈りとったばかりのサトウキビの束が発見された。そして地図を見ればわかるが、その場所を通って崖まで続く細い道がある。ヘンリー・スラニング氏は開けた場所へ行き、収穫に使うありふれた小さな手斧でサトウキビを刈りはじめた。静まりかえった夜中であれば、そのうちその音がジョン・ディグルの耳へ届くだろうとの目論見だったが、そのとおりのことが起こった。警備中のジョン・ディグルは音のする場所へ駆けつけた。そしてこれは偶然だったが、帰宅途中のソリー・ローソンが近道をしようとサトウキビ農園のなかを突っ切り、その直後に開けた場所を通りかかったのだ。

ソリー・ローソンがなにを目撃したのか、目に映ったままをご説明しよう。

ジョン・ディグルが誰何しながら銃を向けると、サトウキビ泥棒は慌てて立ちあがった。泥棒はうつむいたまま、夜警へ近づいていく。夜警がおとなしく投降しろと命令すると、泥棒はリヴォルヴァーをとりだし、まっすぐ夜警へと向けた。月の光を浴びてリヴォルヴァーがきらりと光る。当然、夜警は泥棒に先んじようと考えただろう。急いで発砲し、泥棒は倒れた。夜警はその場に銃を落とし、撃った相手のもとへ駆けよった。しかしソリー・ローソンにはもう少しよく見えていた。撃たれて倒れたのはヘンリー・スラニング氏だった。帽子が吹き飛んだので、後ろにひっくり返る氏の顔が月明かりではっきりと見えたのだ。氏の計画はまさに完璧で、ことは氏の思惑どおりに進行していた。ソリー・ローソンが目撃したのは氏の計画どおりの出来事だったのだ。だが若いソリー・ローソンがその場に居合わせたことは、彼にとっても、ジョン・ディグルにとっても、文字どおり命とりになった。

ソリー・ローソンは敬愛する大切な旦那さまが目の前で殺されるのを目撃した。あまりにも衝撃的な光景を目にして頭に血がのぼり、その場で復讐を心に誓う。ちょっと冷静になって考えることができていれば、彼とジョン・ディグルはいまも生きていただろうが、ソリー・ローソンはちょっと冷静になって考えるということが大の苦手だった。旦那さまを殺した男が倒れた旦那さまに駆けよるのを見て、大切な人間を目の前で殺された憤怒の命じるまま、ソリー・ローソンはいささかの躊躇もなく、衝動的に男が落とした銃をとり、おそらくはなにか罵声を浴びせながら、二十ヤードほど離れた死体の横にひざまずく男を撃った。そして銃をその場に落とし、男に駆けよって初めて、いまこの手で殺したのはジョン・ディグルだと知ったのだ。ソリー・ローソンは急を知らせようと慌てて駆けだした。いっぽうのジョン・ディグルはことされて、ヘンリー・スラニング氏の上に覆いかぶさるように倒れ、ふたりの血は混じりあって地面に流れた。

ソリー・ローソンの走る速度は徐々に落ち、それとともに激情も収まっていった。怒りで沸騰していた頭も冷えてきて、ここに至ってようやく自分がしでかしたことを理解することができた。冷静になってみると、いまの状況はまさに悪夢そのものだった。旦那さまとジョン・ディグルが死体となってサトウキビ農園に横たわっていて、殺した犯人はほかならぬ彼自身なのだから、とても現実に起こった出来事とは思えなかったろう。そして徐々に自分の置かれた立場も正しく認識できるようになった。ジョン・ディグルがヘンリー・スラニング氏を殺したなどと、いったいだれが信じてくれるだろう？　そのような出来事が起こったと証明することは、どう考えたところでどだい不可能だ。信用のないソリー・ローソンがどう説明したところで、だれひとり納得させることはできないだろう。

そのときソリー・ローソンが置かれた苦境について、精神分析学の観点から考察するには数ページが必要となるだろう。生来の機転が徐々に力を失い、絶望へ陥る過程を示すこともできるかもしれない。しかし、彼が感じた身の破滅の恐怖を描きだすのは、私立探偵よりも芸術家のほうが適任だろう。一度帰宅して、母親に相談でもしていれば、なんらかの策を思いついたかもしれない。しかし、ソリー・ローソンはその道を選ばなかった。彼の思考はどんどん救いのない陰鬱な方向へ進み、未来になにひとつ明るいきざしを感じられなくなっていた。

もう少し目端の利く人間や犯罪者であれば、さだめし口を噤《つぐ》んでその場を立ち去ったことだろう。自分の行為についてだれにも明かさなければ、事件との関わりを疑う者などいるはずない。しかし、ソリー・ローソンは愚かなうえに衝動的に行動してしまうが、かといって犯罪を犯して平気でいられるタイプでもなかった。おそらく彼の知性はその状況に耐えられなかったのだろう。恐怖に駆られてあれこれ思い悩むうち、遅かれ早かれふたりの殺人で有罪になるに違いないと思いこむようになったと推察できる。前科も不利に働くだろうし、彼の言葉を信じてとりなしてくれる者などいるはずがないと考えたろう。夜明け前にブリッジタウンから歩いて自宅へ戻るところだったソリー・ローソンは偶然通りかかっただけだった。彼にできることといえば、ジョン・ディグルがヘンリー・スラニング氏を撃つのを目撃したので、この手で復讐を果たしたという説明だけだった。そんなだれひとり信じるはずがないことを申し出るのは、良心が咎めたに違いない。

そのように思い悩んでいたソリー・ローソンの考えが最終的にはどこへ帰着したのか、筆者はほぼ正確に予測することができる。気力体力がいちばん低下する明け方になり、絶望的な未来しか見えていなかったソリー・ローソンは、生きているよりも死を選ぶほうがいいと考えた。そう決心すると無意識のうちに自宅のほうへ向かい、吸いよせられるように崖へ出た。海を見下ろしながら、この苦悩もまもなく終わるとみずからを慰めたろう。大勢の見物人の罵声を浴びながら絞首刑になるよりは、こうして死を選ぶほうがまだましだと考えたに違いない。

ここでもまたソリー・ローソンは衝動的に決心した。希望のかけらめいたものすらひとつも見当たらないのだから、とにかく一刻も早くこの生き地獄を終わりにしたいと願ったのだ。いまでは心身ともに限界まで衰弱し切っており、みずからの最期へと猛然と突きすすんだ。この地上から永遠に姿を消すのはもちろんのこと、サトウキビ農園の死体との関連を疑われるおそれも残すわけにはいかない。海に身を投げれば、死体が見つかることはないだろうから、この世から姿を消すことができると考えたのだろう。これは自殺者によく見られる傾向だが、ソリー・ローソンも最期を迎えるときに、確実に死ねる方法を選択した。そのような選択をする人間はめずらしくない。心理学的には名状しがたい心の動きだが、二重に死を試みることで自殺者はどこかで安心するのだろう。服毒したのちに銃で頭を吹き飛ばすケースもある。本件の誠に不運な青年の場合は、自分で喉を掻き切ってから、残された力を振りしぼって崖から飛び降りたのだ。

これがソリー・ローソンのとった行動だ。海に身を投げたあと、彼の目論見どおり、死体が海底深くに沈んで発見されなかったとしたら、事件を解明することはだれにもかなわなかったろう。ところが崖の途中に突きでた岩棚に引っかかった。こうして死体は発見されることになり、彼の秘密も明らかにすることができたと筆者は確信している。調査対象の事件において、彼は欠かすことのできない重要な役割を果たしていたのだ。

以上が、あの晩なにが起きたかについての筆者の意見である。なお、この結論を俎上《そじょう》に載せるとしても、これを支持するような実際の証拠はひとつも存在しないことは認めよう。筆者が提示したのはただの仮説にすぎない。しかし、現実的にそれ以外の可能性は考えられない。繰り返すが、この仮説は各人の性格を検証したうえで組みたてた仮説である。現実の行動を理解するために、性格以上にたしかな手がかりはない。三人が三人ともあたえられた状況に対して予想どおりの反応を見せている以上、三人の死についてこれ以外に論理的に解釈することは難しいし、筆者にいわせれば不可能ですらある。

M・デュヴィーン

この解釈を受けいれ、納得した者は大勢いたが、意見が異なる者もいて、所長の予想どおり依頼主エイモス・スラニング氏は後者であったことをここに記しておこう。彼は報告書の内容はでたらめにもほどがあるとの意見だったが、西インド諸島在住のヘンリー・スラニング氏の知人友人の大多数はこの解釈のとおりに違いないと納得していると、そうはっきり記した手紙が幾人もの現地在住の者から届いた。最初こそ懐疑的であったが、当初の驚きが薄れてくるとそうに違いないと信じるようになったという話だった。事実、この解釈のとおりである可能性は減じるどころか増していた。

所長としては自分の解釈に絶対の自信があったものの、依頼人がこの解釈に納得していないという理由で、多額の報酬は辞退した。それでも純粋に性格を分析しただけで解決した案件の話になると、つねにこの事件を例として挙げていた。

そういうとき、所長はこういっていた。

「関係者全員が死亡したために、それ以外の手がかりにたどり着くことが不可能となり、調査の進展が困難をきわめたときでも、性格を丹念に検証して動機が明らかになることがたまにあるが、この事件などその好例といえるだろう。わたしは、一目瞭然に思える状況証拠があったとしても、その人物の性格という根本的なものと矛盾しているときは、総じてまず疑ってみることにしている。傍目《はため》には犯罪の萌芽《ほうが》めいたものは感じられない性格の持ち主だとしても、なにかが原因で突発的にそれが生じ、結果として犯罪につながることは多々ある。そうした衝動は武装した屈強な男のように、様々な抵抗など悠々とすり抜けてしまうものだからだ。もっとも、原則としては調査対象がどういう人物であったかをよく理解し、いつもはどういった要因が行動を起こさせ、あるいは制御してきたかを承知している場合は、判断に迷うことはまずないだろう。当人の膨大な過去の行動記録と明らかに矛盾していると見えたとしても、ひるむことはない。そうした行動も丁寧に検証すれば、実は矛盾してはいないとわかる場合もあるからだ」

鉄のパイナップル

The Iron Pineapple

こうして記録として残すのは、わたしが心の安らぎを得るためである。最初は妻に話してみたのだが、本当に起きたことだと信じないうえ、精神病院へ行くことを勧めてくる始末なので、安らぎを得るどころではなかったのだ。

科学に詳しい人ならば、わたしの身に起こった現象をうまく説明することができるのかもしれない。そうした状態には様々な名前がつけられているのだろうし、似たような状況に陥って、わたし同様に想像を絶する行動をとることになった人もひとりではないのかもしれない。とはいえ、わたしのように平々凡々な職に就く者に、自分の異様な心理状態を研究し、その治療法を考察するほどの時間の余裕はないので、わたしとしてはすべての事情を包み隠さず書き残しておきたいと思う。神が人間などには想像もつかぬ深遠な目的を達成せんと、畏《おそ》れ多くもわたしという存在を選んで、唯一無二の機会を利用なさったのだとかたく信じている。

では、これからわたしの身になにが起こったのかをご説明しよう。そもそも、わたしが神の大いなる意志を行使する道具となるなど、いたって正気ではあるものの小さな雑貨店の主であるわたしは想像すらしたことがなかった。未知の力にあのような突拍子もない方法で我が身を翻弄《ほんろう》され、わたしの苦悩がいかばかりだったかを察することのできる者はいないし、まさに気が違うか違わないかの瀬戸際まで追いこまれたときの、すさまじいまでの苦痛と恐怖を理解できる者もいないし、あのときだけわたしとそれ以外の人間すべてのあいだに生じた、言葉で表現することが困難な深淵をのぞきこんだことのある者もいない。

あのとき、わたしだけ、わたし以外の人間すべてから分断されていた。わたしはたったひとりで恐怖の時間を過ごしていた。人間の目では見通すことができぬ、暗闇のなかにある超自然的な砦《とりで》をさまよい、歩むべき道を見失った。助けとなるような声はひとつも聞こえてこず、共感なり理解なりを得られたと感じたこともなければ、想像を絶する苦難を乗りこえろと励まされた憶えもなかった。

おそらくわたし自身の失態であると考える人もいるだろう。わたしに敬意を払ってくれる人は少なからずいて、わたしを助けるためにいいと思われることはすべて実行してくれた。その筆頭といえるのが妻だ。あれ以上のことはだれにもできないだろう。妻はなにが起ころうとも、臆することなく受けとめてくれた。神経がまいってしまって激情に襲われたときも、常軌を逸するほど感情が高揚したときも、妻はつねに穏やかに微笑んで、臨機応変に対処してくれた。もっともひとつだけ妻に秘密にしていたことがある。毎日どうしようもなくなにかに執着してしまうことだけは妻にも隠していた。理由はほかでもない、恥ずかしいからだ。たとえ妻相手でも、自分の強迫観念をありのままに認める勇気はなかったのだ。なにしろその強迫観念ときたら、わたしの自制心もプライドも粉々に砕け散らせるだけの破壊力があるのだ。

その強迫観念は呪いと変わりがなく、これからする話のいちばん重要な点でもある。わたしの名はジョン・ノイ、暮らしているのはコーンウォール州の港町ビュードだ。以前はデヴォン州のホルズワージーに住んでいたのだが、二十年前に町全体が好景気に沸いていたビュードへ引っ越してきた。ビュードの町は地味な集落から華やかなリゾート地へと変貌を遂げたが、わたし個人はまったくその恩恵にあずかることはできなかった。

わたしは小さな食料雑貨店を営んでいて、一緒に野菜や果物も販売している。それだけでは食べていくことができないので、乏しい収入をいくらかでも補おうと、郵便局も兼ねている。そのおかげでいくぶん収入は増えたものの、わたしが毎日こなさなくてはいけない仕事量は格段に増えた。しかしながら、国家の重要な業務の末端を担っているというのに、それで得るのはわずか月に一ポンド一シリングだった。

わたしは近くのフレックスベリーのような町へ引っ越すべきだったのだ。あの町では新しい家がそれこそ雨後のキノコのようににょきにょき出現していた。もっともそうした家の耐久性ときたら、大抵はキノコとたいして変わりがないのだが。そういう町で郵便局をやっていれば、自然と人が集まることにつながるから、わたしのささやかな食料雑貨店も地域で重要な存在となり、人気も上昇していたことだろう。しかし、残念ながらこの町ではそのような展開になることはなかった。郵便局を兼ねたことで起きた変化といえば、ときおり便箋や封蠟を買い求める客ができたくらいで、店の売り上げが急上昇するような喜ばしい変化はなかった。いっぽう、いちばんの繁忙期である夏の休暇の時期ともなると、その仕事量はとてもひとりの人間の頭脳とたった二本の手では処理しかねることが判明したうえ、いまもなお仕事量は増えつづけている。やむなく聡明な妻に手伝ってもらうことにしたが、それでも仕事量に見合う収入を得ているとはとてもいえない。

いうまでもなく、わたしがメイベル・ポルグラズと結婚し、最初に店を構えたころを思うと、ビュードは様変わりしている。いまでは毎年夏になると膨大な数の人びとが町にやって来る。ゴルフ場には男女を問わず大勢が押し寄せ、夜明けから日暮れまでゴルフに興じている。海岸の広い砂浜に色とりどりの鮮やかな水着に身を包んだ子供たちが散らばる様は、潮《しお》が引いたあとの砂浜に、風に乗ってやって来たピンク、青色、黄色、白色の花びらが点々としているかのようだ。

わたしたち夫婦に子供はいない。そのことは妻にとっては深い嘆きの種となっているが、わたしは内心安堵《あんど》を覚えていた。といっても、子供がきらいというわけではない。そうではなく、結婚したあとで、突然ものに対する盲目的な情熱に開眼したせいだった。わたしはすぐに、そうした謎めいた強迫観念を裡《うち》に抱きつづけることは、謹厳実直な人びとならばだれもが罪深い行為だとみなすに違いないと気づいた。

つまり、一点の翳《かげ》りもなく澄みわたったわたしの意識の水平線に、ゆっくりと時間をかけて雲が湧き起こったのだった。そうなっても、それが罪深い性質を持つとみなしていたわけではなかった。それどころか、初めて現れたころは誇りに思っていたくらいだった。そして妻もまた、婚約していたころから、わたしがそうした気質であることに讃辞を惜しまなかった。そうした気質は大抵はこの世でのこれ以上ない成功と幸せを約束してくれるものだったからだ。

「ノイ」妻にこういわれたことがある。「細かいことまですぐに気づくのは本当にすごいわね。しかも、なにかをやりだしたら、骨を見つけた犬みたいに絶対に途中で投げださないし。オイル・サーディンにしても、ドライ・フルーツにしても、春野菜にしても、新しく入荷した紅茶にしても、どんなものでもあなたはあっという間に頭に刻みこむことができるから、いつも驚いちゃうわ。そうなると、それ以外のことはすべて目に入らなくなっちゃって、そのひとつのことだけに集中して、頭のなかはそれだけになるのよね。食事じゃないけど、そのことを養分としてるみたい。食料雑貨店主としては、まさに理想的な資質だわ。そんな感じで新商品にぴったりの売り文句を思いついて、それがいい宣伝になったこと、何度もあったものね。でも、こうして見てて不思議なのは、とるにたらない、いってみればどうでもいい商品、たとえばネズミとりや害虫駆除剤の新商品のような、そんなに興味を惹かれたところでたいした売り上げにはならないものばっかり、それこそ身も心も奪われたようになることよね。これからもペンふきや瓶洗いみたいに売値が六ペンスもしないものに夢中になるんでしょうけど、そうじゃなくて新しい飲料や食料品、それどころかなにかもっと高価な商品に熱中してくれれば、本当にいうことなしじゃないかしら」

妻はわたしの性格の本質をとらえていた。まさにそのとおりで、わたしはひとつのものに夢中になってしまうのだ。いってみれば自分の巣にカッコウの卵を託されたヨーロッパカヤクグリだった。必死に卵の世話をして、卵がかえったあとは、文字どおりそれ以外のことなど目に入らなくなり、しばらくはそのことしか考えられない状態になる。頭を占めていることが重要な問題ならば、そう特異ではないといえるかもしれない。たとえばビュードの町にとってとても大きな意味を持つ計画や、わたし自身に関することでも重大なものならば、わたしがその問題に集中するのを咎《とが》められたり、なんらかの精神疾患が原因なのではないかと心配されたりはしないだろう。しかし、妻が指摘したとおり、わたしはつまらぬどうでもいい問題にばかり、ありあまるほどの気力を注ぎこむ傾向にあった。

ひとつ例を挙げよう。以前、我が家の小さな庭でバッタを一匹つかまえたことがある。それから二年のあいだ、わたしはバッタ以外のことを考えることができなくなった。そんな経済的な余裕などまったくないのに、昆虫学関係の書籍を買いあさり、バッタを採集し、長い時間をかけてバッタの外観や習性を研究した。わたしにとても懐《なつ》いたバッタも一匹いた。その結果、最終的にはバッタに関する知識なら、古今東西ここまで精通した人物はおそらくだれひとりとして存在しないだろうという域に達したのだ。

妻にも協力してもらって、わたしはこの厄介な習性を克服しようと努力してきた。しかし、こんなことはさらなる困難の序章にすぎなかったのだ。そのうち妻が冷静さを失い、誤解の余地がないほど明確に幼稚としかいいようのない意見を口にするようになったので、わたしは怖くなってきて、ついには妻に対しても自分の本心を隠すようになった。すると、これまで妻に対しては腹蔵なくなんでもうちあけてきたおかげで、知らず知らずのうちにわたしは心の平静を保ち、そうした厄介な性分から自分自身を守ることができていたのだと気づいた。

地獄へ墜ちるのは実にあっけないことだった。わたしの常軌を逸した性格と妻の常識とが相容れなくなると、わたしの厄介な習性は一気に深刻度を増した。具体的に説明すると、病的に執着する対象が変わったのだ。それまでわたしが興味を惹かれ、全精力を傾けたのは、自分の店に置いてある食料品やちょっとした小物で、もっと価値があるものへ目移りすることはなかった。だからいま思えば、バッタに夢中になったのは、いってみれば早い段階でその症状が現れたとも考えられる。それでも長年のあいだ、謎めいた執着心の虜《とりこ》になるまいと必死で抵抗してきたおかげで、似たような状態になることは避けられていた。しかし、妻に向けて本心を押し隠し、そのような習性は克服したかのように振る舞うようになったせいで、わたしの状態は一気に悪化した。なにしろ自分の店に対する興味をすっかり失ってしまったのだ。そして、あてもなく町を歩きまわり、わたし自身の生活にはまったく無関係のことや品物を探すようになった。そして発見したものを、わたしの心の秘密の場所に隠しておき、愛《め》でて楽しんだ。そうした対象は想像を絶するほどどうでもいいものばかりだったので、ぞっとする思いは増すばかりだった。

たとえば、教会付属の墓地にあった記念碑がふと目にとまり、それこそ魂を奪われたようになったときのことはよく憶えている。丘の上にある緑で彩られた墓地には、海で命を落とした大勢の身元不明の死者が永遠の眠りについていた。大昔に港口で起きた海難事故で溺死した船員たちが眠る地の上には、座礁《ざしょう》した船の船首像を模した碑が建っている。かつて船員たちが生きていたころに、船首に鎮座して総員を率い、海原《うなばら》を見下ろし、幾多《いくた》の波を乗りこえてきたように、いまはそこに眠る死者たちを守りつづけているように見えた。死者を偲《しの》ぶ墓石が並ぶなか、そびえたつ白い記念碑はひときわ目を惹いた。その記念碑が建てられてから五十年近くたつが、今後も長きにわたってそこであたりを睥睨《へいげい》しつづけるだろうと予想された。きちんと手入れされ、破壊されないよう保護されているからだ。

不幸に見舞われた〈ベンクーラン〉号の船首像を模したこの木の記念碑こそ、なにいも増して、恐怖を覚えるほどに魅了されたのだった。いまとなっては、どれほど頻繁に記念碑のもとを訪れ、実際に碑に触れ、わたしごときのとるにたらないものではあるが、このうえなく熱い思いを捧げてきたのか、正確なところはわからない。しかし、そのアジア風の首領像を模した記念碑は、わたしにとっては夢に現れる悪魔同然で、そのうっとりさせられる魅力にはどうしたところで抗うことができなかった時期があった。そのため、なんとかして英国国教会と距離を置こうと、ただそれだけの目的で原始メソジスト派の礼拝に通うようになったほどだった。そうしてわたしは英国国教会の教会にも、海で命を落とした者たちの墓にも、近寄ることのないよう用心しつづけた。記念碑が発する尋常ではない魅力に、必死で抵抗を試みたのだ。夜に目を覚ましたときも、あの墓石の上に君臨するかのような記念碑のもとへ駆けつけないよう、汗をかきながら死にものぐるいで寝床にしがみつき、ベッドの枠組に腕を絡みつけたものだった。

原始メソジスト派の教会は店から歩いて十分もかからない場所にあって、まだ新しかった。メソジスト派の有名な慈善活動家で、人類の友を称していた銀行家のボルソーヴァー・バーベリオンを招いて定礎式をおこなったのは、ほんの二年前のことだった。それ以来、史上最低といえるほど品性のかけらも感じられない建物が、フレックスベリーの町にそびえたっている。おそらく平凡な才能の持ち主が設計したのだろうが、みっともない石材と禍々《まがまが》しさを感じさせる煉瓦《れんが》の塊が、哀れを催さずにはいられない新築の住宅がずらりと並んだ町を見下ろしているのだ。そうはいっても、この教会のおかげでわたしは〈ベンクーラン〉号の船首像の魅力から逃れることができた。しばらく原始メソジスト派の教会の礼拝で精神が癒され、いままでとは違う教えで心の平穏を得ることができたのだ。だから原始メソジスト派には心から感謝していて、わたしが感じている恩義をこうして記録として残すことができて満足している。

それ以降もぞっとするような出来事が何度も起きたことを説明しようかと考えたが、やはり悲劇のクライマックスと、それに先だってなにが起きたのかを早く語るべきだと思いなおした。そのころわたしたち夫婦がどういう関係だったかというと、互いのことをよく理解しあい、愛情を感じてはいるものの、いろいろなことがあったせいで心情的に疎遠になっていたのは間違いなく、わたしは仕事に専念するよう妻からうるさくいわれていた。妻が辛辣《しんらつ》といえる言葉を使うのも当然といえば当然なのだが、それでもやはりわたしとしては大きな驚きを感じずにはいられなかった。そして、妻はいまもなお、このような手記が世に出ていることなど想像すらしたことがないのだ。

「我が家がどうやって暮らしていくかというとても大事な問題に、どうすれば関心を向けるようになってくれるのかしら?」妻はわたしを責めたてた。「店の売り上げはこれ以上悪くなりようがないくらいだし、もう一回でもまたなにかミスをやらかしたら、夏を迎える前に郵便局の仕事もとりあげられるのは目に見えてるわよね。そのうえ、この世界で起きてることといったら、もうあまりにも馬鹿馬鹿しくて泣けてくるくらいだわ。昨日の新聞を読んでごらんなさいな——慈善団体はどこもやわな体質だったみたいで、揃って経営破綻だそうよ。ほら、ご立派なお方だと信じてた——ボルソーヴァー・バーベリオンさんのことよ——実はとんだ悪魔の手先だったみたい。あなたのお姉さんだって身の破滅だし、この国の端から端まで、救貧院《ワークハウス》はどこも未亡人や孤児でいっぱいになるでしょうね！　そのうえ、あの悪党ときたら、ギデオンにお願いされて神がお乾かしになった羊の毛の露《つゆ》みたいに、ぱっと姿を消しちゃったそうよ。まあ、そうするしかなかったんでしょうけど。それに、また炭鉱ストがあって、どうやら聞いたこともない規模だったみたい。プリマスでは人が殺されたらしいし、ドイツと戦争になるかもしれないって噂もあるし、それ以外にもなにが起こってるのか、わかったもんじゃないわ！

それなのにあなたときたら——牛や羊とたいして変わらないわよね。恥ずかしくて口にすることもできないような、本当につまらないものにこっそり全精力を注ぎこんでるところは。そう、あいかわらずなのはわかってるのよ。長いつきあいだもの。あたし以外はだれも気づいてないでしょうけど。夜になると、嵐の海で翻弄される船みたいに寝返りを打ってるのも知ってるのよ。だけど、なんに悩んでるにしても、最近はなにも相談してくれないじゃない。これじゃそれこそ地獄にいるのとおんなじで、こんな惨《みじ》めな日々にいつまで耐えられるか、自分でもわからないわ！　あなたがなにを考えてるのか、さっぱりわからないんだもの。あなたの力になってあげたいけど、なにも話してくれないままじゃ、どうすればいいのかまったく見当もつかないわよ。いまもなにかに夢中になってるから、あんなしょっちゅうふらふら出かけてるってことはわかってるの――いっつも崖の近くを行ったり来たりして、まるで歩哨か沿岸警備隊みたい。そのうちうっかり崖から落ちても、なんの不思議もないわよね。そんなことになったら、とんでもない大騒ぎになるのは確実よ。火のないところに煙は立たないっていうじゃない？　あたしが口うるさいから家にいたたまれなくて、とうとう崖から転がり落ちたって噂されるに決まってる」

こんな調子で妻はとうとうとまくしたてた。わたしはその延々と続く不平不満に黙って耳を傾け、敢えて言葉を挟んだりはしなかった。わたしがそのころ心を奪われていた対象はというと、これまでとはまったく違うものだった。なんと、人間だったのだ。といっても女性ではない。不幸にもそれが女性だったなら、我が家が崩壊の危機を迎えたのは間違いないだろう。どの観点から考えても、妻は恋愛の問題について寛大なタイプとはいえないからだ。しかし、ここ三ヵ月、自分でもどうしようもないほど興味を惹かれた対象は男性だった――あごひげをたくわえた体格のいい健康そうな絵描きで、我が町の崖の景観がお気に召したらしく、ビュード海岸の砂浜にイーゼルを立てて絵を描いていた。

その絵描きと口をきいたことはなかった。それどころか、わたしにずっと観察されていることにすら気づいていなかったはずだ。だがクリケット競技場近くの崖が低くなっている場所で初めて絵描きの帽子のてっぺんを目にしたときから、わたしは理性を失ったように絵描きのことが頭から離れなくなってしまったのだ。彼は他を圧する存在感でわたしの心に居座り、その姿をまだ目にしていない日はなんとも落ち着かない気分になるほどだった。絵描きの名前や宿を詮索する気はなかったものの、どういう人物なのか、彼が描く絵の芸術性、心の動き、志、抱負、心配ごとについてはじっくりと時間をかけて考えた。絵描きは興味深い顔立ちをしていて、よく通る声で話し、砂浜で遊ぶ子供たちの様子をいかにも楽しげに眺めていた。もっとも絵の才能には恵まれなかったようだ——少なくとも、わたしはそう感じた。

どうやら印象派を信奉しているらしいが、絵画たりうるそもそもの原則を満たしていない印象派などわたしは嫌悪感しか覚えなかった。ある日、絵描きが立ちあがり、しばらく海岸沿いの岩場を散策したときがあった。崖の上から観察していたわたしは砂浜へ降りていき、絵をじっくりと見た。なにかに突き動かされるように小型の折りたたみ椅子に腰を下ろしたとたん、絵描きが振りかえり、わたしに気づくとこちらへ向かって歩きだした。しかし潮が引いていたので、絵描きがイーゼルのところへ戻るためには四分の一マイル近く歩く必要があった。わたしは慌ててその場を離れ、物陰に身を隠した。そして戻ってきた絵描きがかなり驚くことを期待してじっと見ていた。あにはからんや、なにかいたずらをされていないかと、自分の絵をじっくり隅々まで確認しただけだった。

その日を境にわたしは絵描きに対して激しい反感を抱くようになった。時間がたっても嫌悪感はどんどん強くなるいっぽうで、しまいには殺したいという衝動を覚えるほどの強烈な憎悪を感じるに至った。この人のよさそうな絵描きに対して、どうしてそこまで激しい感情を覚えるようになったのか、いくら考えても理由はわからなかった。

わたしはそれまで、この世の生きとし生けるものすべて、なんであろうと憎んだ経験は一度もなかった。しかし、見るからに温厚そうな相手になぜなのかと自分でも不思議で仕方ないのだが、どうあがいても振りはらうことができないほど圧倒的で強烈な敵意がいまこの胸中に芽生えたのである。なにかに病的なほど執着するのは初めてではなかったものの、この危険な感情に対してはかつてないほどの抵抗を試みた。同胞に対してなんらかの暴力行為におよぶくらいなら、我が身を傷つけるほうを選べと自分にいいきかせた。何度も何度も崖の上から、こうして観察されていることなど知るよしもない絵描きの様子をこっそりとうかがっては、ここで一歩踏みだして、それこそ妻が予想したとおりに崖から転がり落ちろと念じた。鬼畜のごとき衝動に身を任せるくらいならば、みずから死を選んで心の平穏を手に入れるべきだとの思いは日に日に強くなるばかりだった。だが、それを実行に移す勇気がわたしにはなかった。どうしても自死はできなかったのだ。それよりは、どれほどつらかろうと精神的な苦痛に耐えるほうがまだましだった。

たまに絵描きとすれ違うこともあった。いかにも親切で思いやりのありそうな顔立ち、立派な茶色のあごひげ、楽しげな茶色の瞳を目にし、よく通る穏やかな声を耳にすれば、心のなかに巣くっている、人として許されない悪魔のような欲求も弱くなるのではと期待したが、案に相違して悪感情は増すばかりだった。可能なかぎり自分で分析してみたが、そこまで強い憎悪を感じる理由はなにひとつ思い浮かばなかった——いきいきと楽しげな様子の同胞を打ち据えてぶちこわしたいと、ただただ強烈な破壊衝動を感じる自分に心底ぞっとした。

これは医者に相談したほうがいいと心を決めたが、閉鎖病棟への入院が必要だとの診断がおりるかもしれないと思うと怖くて、二の足を踏んでいた。わたしは正気を失っているわけではない——ただ一時的になにかへ夢中になるという特性があるだけだ。これまでのところは、すべていっときの熱狂にすぎなかった。わたしはひざまずき、涙を流しながら、この筆舌に尽くしがたい試練もこれまでとおなじようにわたしの裡を通りすぎてくれるよう、ひと晩じゅう神に祈りを捧げた。同胞の身に恐ろしい災難が降りかかれと期待するのではなく、もっと害のない平穏な想像を頭に浮かべられるよう乞い願った。

わたしの祈りに応えるかのように、なんの前触れもなく急にその問題は解決した。執着する対象が変化したのだ。しばらくは絵描きが存在していることすら忘れていたくらいだった。希望も欲求も、むしろ気力そのものが、口にするのもはばかられる、まさにとるにたりないつまらないものへ集中的に向けられた。そこまでどうでもいいものに夢中になるのは初めてのことだった。

店からもそう遠くない高台に新しく何軒もの住宅が建設されていて、そのなかの一軒はわたしのお気に入りだった。なにしろ周囲には荒涼たる砂漠のごとく平々凡々な家が建ち並ぶなか、まさにオアシスのような存在だったのだ。その家はイタリア風の外観で、ひときわ目立つ優美な佇《たたず》まいをしており、ビュードの町並みのなかで異国の雰囲気を漂わせ、かの地の建築物の気迫を伝えていた。その家は外壁に囲まれており、壁の上部には金属製の繊細《せんさい》な装飾が施《ほどこ》されていた。

ある日見にいくと、なんたることか、十フィートほどの間隔を置いて金属の支柱が立てられていて、あいだにはよく見かけるような鎖を渡してあり、支柱のてっぺんには鉄のパイナップルが鎮座していた。なぜあのような洒落《しゃれ》た屋敷にそんな必要とも思えない悪趣味なものを置くのか、到底理解できなかった。しかし、そのことをあれこれあて推量するのはすぐにやめた。突然、まさに青空に稲妻が走るかのごとく、降って湧いたようにまたしてもあるものに熱狂することになったからだ。なにかに打たれたように、そのずらりと並んだ鉄の不格好な物体のひとつに狂おしいほど夢中になったのだ！　わたしの魂はその金属製のパイナップルへと注がれた。つまらないものに対する漠然とした渇望も、ほかのものへの欲求も一切感じなかったが、気づくとわたしの生命エネルギーはすべて、屋敷の北側に位置する三本目の支柱に載ったパイナップルそれだけに向けられていた。それ以外のパイナップルに対してはなんの興味もなかった。それどころか、嫌悪感を覚えるくらいだった。だが屋敷北側の三番目のパイナップルだけは、圧倒的な支配力でわたしの心に君臨していた。

そんな馬鹿馬鹿しい状況を見て、どこかで聞いたようなジョークを口にする人もいるかもしれないが、わたしはこの実に不格好な代物《しろもの》を手に入れないことには心の平安はないと感じていた。問題の屋敷の周囲を通る道路は舗装されておらず、そうした道路の先には牧草地しかなかった。やがて舗装されたものの、どこへ行き着くわけでもないため、大抵人通りはまばらだった。そのおかげで、わたしは鉄のパイナップルに文字どおりつきまとうことができた。特段に人目を惹くおそれもなく、撫でまわしたり、内心ほくそ笑みながら飽きずに眺めたりと、ある種異常ともいえる欲望を満足させることができたのだ。実際、ある日突然正気とは思えない欲求が頭に浮かぶ経験を何度となく重ねるうち、わたしはより巧妙に立ちまわるようになっていたので、妻メイベルをべつにしたら、だれひとりわたしがなんらかの精神疾患を患っているのではないかと疑う者はいなかった。

またたく間にわたしの心はそのパイナップルで占められるようになった。わたしとしては精一杯の抵抗を試みたのだが、なんの効果もなかった。そして自分の所有物にしたいという欲求があったことが、今回さらに問題を難しくした。というのも、これまでは夢中になった対象にただ魅了されただけだったが、鉄のパイナップルの場合はパイナップルを我がものにしたいという思いで胸が張り裂けそうだったのだ。わたしはあのようなつまらない代物を、感覚のある生物だととらえているようだった。感情を持ち、悲しみも感じ、いろいろなことを理解できる生物だと過大に評価していたとしか思えないのだ。雨降りの夜は鉄のパイナップルが寒くて震えているのではないかと心配になり、暑い日は真夏の陽射しに焼かれてつらい思いをしているのではないかと気が気ではなかった！　安全かつ快適そのものであるわたしのベッドで、吹きさらしの暗闇のなか、支柱の上でぽつんと孤独に耐えるパイナップルの姿を思い浮かべては、その身を案じていた。雷雨が吹き荒れる夜などは、雷に打たれてパイナップルが粉々に砕け散ってしまうのではないかと不安で仕方なかった。

そのうち、なにがなんでもパイナップルの安全を確保しなければと、かたく決意するに至った。そして、夜闇に紛れてパイナップルを盗みだしたのだった。高台のまだどこも入居していない家々や未舗装の道路を三日月が銀色に照らすなか、わたしは夜中の一時に行動を起こした。こっそりイタリア風の屋敷へ忍びこみ、やすりを手に半時間ほど格闘した結果、一般的にはなんの価値もないが、わたしにとってはまさにお宝を手に入れたのだ。作業をしているあいだ、一度警官がパトロールにまわってきたものの、ポーチに隠れて難を逃れた。さもなければ、郵便局長兼食料雑貨店主ジョン・ノイは、夜中の二時をとっくに過ぎた時間に、こんなところでなにをしているのかと訝《いぶか》られたこと間違いなしだ。

わたしは眠っている妻のもとへ戻り、パイナップルは日曜の礼拝用の服をしまってある引き出しに隠しておいた。

鉄の塊は二ポンドの重さがあり、今後どこに隠しておくのが最善かと、わたしは一週間必死で考えた。まずは庭に埋めてみた。おつぎは店のなかに隠してみた。そのつぎは包んで鞄のなかに入れ、持ち歩いてみた。

その他人の目にはゴミとしか見えない代物のことがつねに頭から離れなかった。そのうえ、パイナップルを盗んだ犯人発見につながる情報には、一ギニーの謝礼が支払われることになった。イタリア風の屋敷を建てた本人みずから、その旨印刷したチラシを手に店へやって来たのだ。青い封緘紙《ふうかんし》を二枚使ってそのチラシを店のショーウインドウに貼りつけ、わたしは屋敷の主を慰めた。彼はとにかく困惑の極みといった体《てい》で、このような目的も定かではない自分勝手な破壊行為におよぶ愚か者は、地域社会のために見つけだして牢屋へ抛《ほう》りこむ必要があると息巻いた。わたしは心の底からそのとおりだと賛同した！　そして、そんな会話をしているあいだ、彼の足もとにある乾燥エンドウ豆の袋を眺めていた。そのなかに鉄のパイナップルを隠してあったのだ。

そしていま、わたしの心理状態はまた変化していた。最近夢中になったふたつの対象がわたしの裡で一緒になったのだ。ひとつの鉄道路線が隣の路線と合流したようなイメージだった。わたしの常軌を逸した意識のなかで、鉄のパイナップルと絵描きはわかちがたく結びついていた。わたしはそのいっぽうを深く愛し、もういっぽうには憎悪だけを感じていた。そして実在するそのふたつが一体となり、違う形で未来を迎えると確信できないかぎり、わたしの心がどんな形であれ平穏で満たされることはないのだと自分にいいきかせていた。

つまり神の大いなる意志によって、人間の想像力などではかりしれない目的を遂行するよう、わたしの脳は定められていたのだ。とはいえ、そのときは自然界の理を超えた意図があることなど理解できていなかったので、自分の心の闇をのぞきこみ、身の毛のよだつ妄想が存在することに身のすくむ思いだった。すでにその妄想は心の闇から這いでて、わたし自身に巣くいだしているのが感じられた。いまでは、間違いなく自分が正気を失っているとの確信があった。それでも、その状況から抜けだす力などわたしにはなかった。それどころか、湧き起こる衝動は自衛本能など相手にならぬほどはるかに強烈で、圧倒的な支配力を持つその衝動に逆らうすべなどわたしにはなかった。

崖へ行き、人気《ひとけ》ない道をそぞろ歩きながら、苦しい胸中をカモメや道ばたの花にまくしたてたこともあった。夜空に浮かぶ星たちに我が悩みをご相談申しあげたこともあった。就寝中にはっきりとした寝言をいっていたこともあったそうだ。目を覚ますと妻にずけずけとそういわれた。

我が家は寝室のランプをつけたまま眠る習慣だったが、ふと目を覚ましたら、メイベルが上体を起こしていて、ぎょっとした様子で寝ているわたしを凝視していた。顔には心配でたまらないという表情を浮かべていた。そのとき、妻の頭（髪を巻いたカーラーのピンかなにか金属製のものが髪のなかから突きだしていて、それがランプの控えめな明かりを受けて光っていた）が天井に作った大きな影のことはいまも憶えている。影の形はアフリカ大陸にそっくりだった。

「あなた！　今度はいったいなんに夢中になってるの？　子供向けのファンタジー小説みた

いなわけのわからないことを、ずっとぶつぶついってたのよ——ほら、ハッシー夫人からお借りして、あなたが面白いといってた『不思議の国のアリス』のなかのセリフみたい。まあ、あたしはなにが面白いんだか、さっぱりわからなかったけど。あなたったら、《パイナップルと絵描き、絵描きとパイナップル、山盛りの砂！》って、ずっといいつづけてたのよ。もしあたしの頭がおかしくなってるんだったら、そう教えてちょうだい。あたしがどこもおかしくないっていうんなら、四半期支払日がかならず年に四回やって来るのとおなじくらい確実に、あなたの頭はおかしくなっちゃってるわ。こんな状況が続くなんて、我慢できない。こんなことに耐えられる女性なんて、この世にいないわよ！」

妻の意識をなにかべつのことに向けさせる必要があった。そこで看板のペンキを塗りなおすつもりでいること、それとはべつに店の果物売り場を充実させるため、たまに西インド諸島産のパイナップルを仕入れてみようかと考えていることを説明した。それからふたりで姉が訪ねてくる件について相談した。姉はいまだ独身で、わたしの唯一の姉弟だったが、最近、堅実だったはずの慈善団体の経営破綻のせいで身の破滅に追いこまれたのだ。我が家に同居するか、あるいは救貧院《ワークハウス》へ行くか、姉には文字どおりそのふたつしか選択肢はなかった。そしてわたしにはそのような経済的余裕などまったくないというのに、姉を助けるのは弟であるわたしの義務であって、それ以外の道など考えられないというのがわたしの本心だった。

しかしながら、姉スーザン・ノイがビュードの町を訪ねてくる日よりも重大な問題ができてしまったのだ。それはほかでもない、愛してやまないパイナップルと憎くてたまらぬ絵描きを融合させる方法だった。それについて頭を悩ますあまり、わたしはこれまで以上に店の商売に身が入らなくなっていた。店を抛りだしてうろうろと歩きまわり、大抵は海辺近くで頭を抱えていた。干潮時には砂浜を散歩することもあれば、紫色のムール貝がびっしりと貼りついていて、まるで葡萄《ぶどう》のように見える岩場に腰を下ろして、寒々とした景色を眺めながら、どうしたものかとあれこれ考えることもあった。満潮時には重い足取りで崖をあてもなく歩きまわるか、崖に寝そべって大海原の水平線を進む船舶を眺めていた。あるいは波間の向こう、青い雲のように見えるランディ島に目を凝らすこともあった。

そうしていると、わたしは自然を形づくる様々なものと一体になったように感じ、ひどい苦悩に耐えているわたしの魂に希望の光を見せてくれるのは、いまの季節の自然界を構成する要素だけのような気がした。飛び散る波しぶき。日没近くなると海面に現れる幅広の光の道。嵐が迫りくるなか、突きだした崖の下に避難して眺める黒っぽい岩面。葡萄酒色の雲が海面に投げかける一条《ひとすじ》の影。西からの強風はさながら賛美歌のように響きわたり、断崖絶壁がシンバルとなり、岩がハープの役目を果たしている——そうしたひとつひとつがわたしの魂に安らぎをもたらしてくれた。もっとも完全に平穏な心持ちになれたわけではない。解決することは不可能としか思えない異様な問題が、まるで目の前にぶら下がっているかのように頭から離れなかったからだ。わたしはあのころ、鉄のパイナップルと崖の景観が気に入ったらしい絵描きを、なんらかの形でひとつに融合させる方法を見つけだすためにだけ生きていたといっても過言ではない。二度と分割できない形で、そのふたつをしっかりと一体化させることだけが生きる目的だった。

常軌を逸した問題を解決するのにうってつけといえば、それは正気を失った人間しかいないだろう。あの日、わたしの頭がおかしくなっていたのは、まず間違いないところだ——神のご意志で、摂理を実現するただの道具となるため、一時的な精神異常の状態に陥っていたのだ。あの恐怖に満ちた瞬間だけ、自分の理性を意図的に奪われたのだ。神はあらゆる事象をご覧になっておられ、神の正義はなされることをこの世に向けてはっきりと示すために！

八月の終わりのある日、正午過ぎに崖を歩いていたら、浜辺の大勢の海水浴客が一斉に移動を始めていた。おそらく昼時が近いせいだろう。たくさんの子供たち、母親、ベビーシッターの女性が、ぞろぞろと列をなして楽しみに満ちた砂浜をあとにしていた。午後一時になるころには、しばらくのことであろうが、崖も砂浜も人気《ひとけ》がなくなった。徒歩旅行者《ペデストリアン》も危険なくゴルフ場を突っ切ることができただろう。ゴルファーも午前中いっぱいかかった気が揉めるばかりの厄介なスポーツを終わらせていたからだ。

海水浴場の北に位置する高い崖の上をぶらぶらと歩いていると、ずっと頭を悩ませている問題の重圧が、心のなかのみならず、実際に両肩にのしかかってくるような気がした。胸ポケットがいつもよりも大きく膨れていて、前へ引っぱられるように感じるのは、鉄のパイナップルが入っているせいだった。なぜそうするのかは自分でもわからないが、最近ではパイナップルを持ち歩くのはめずらしいことではなく、人目がないところでは、見える場所に置いて眺めていた。まるで実物を研究すれば、この難題を解決する助けになるかのように。

今日は崖の際でポケットのパイナップルを引っぱりだし、八月の陽射しに焼かれ、しおれてまばらになっている芝生の上へ置いた。ちっぽけなカッコウチョロギがわたしの肘のあたりで紫色の花を咲かせている。花盛りのころはピンクのクッションのようだったアルメリアも、いまでは崖の壁面にへばりついているただの銀色の茂みだった。草の上に落ちているカラスの羽根が、風に吹かれて二ヤード向こうへ飛ばされた。黒い羽毛が陽光を受けてつやつやや光っている。その向こうの丘へ目をやると、赤みがかった羊が一、二匹青々と生い茂った牧草を食《は》んでいた。海岸を離れたあたりは低い丘になっていて、成長が止まったような木々のなかに教会の灰色の塔が高くそびえていた。

どうやらあたりにいる人間はわたしひとりのようだった。大勢いたはずの避暑客はおそらく昼食をとっているのであろう。見渡すかぎり人っ子ひとりいなかった。このときになってようやく、ビュードの町はとっくに楽しいリゾート地へと変貌を遂げていること、そしてその発展を支えているのは、ちょっとした休暇がとれると、気分転換と娯楽を求めてコーンウォール北部へやって来る避暑客であることを痛感した。そうした避暑客は、海岸からはるか離れた南にある防波堤やその先にある狭い運河と閘門《こうもん》へ注目し、そこに停泊している二本マストの小型縦帆船でも目に入らぬかぎり、砂浜でのんびりしたり、娯楽に興じる以外にも、この地で人間の営みがおこなわれていることには気づきもしないのだろう。

鉄のパイナップルはわたしの手の傍《そば》、芝生の上に置いてある。しょっちゅう触っていたせいで鉄の塊はぴかぴかに磨きあげられていた。パイナップルの表面が陽射しを跳ね返している。

かなり長いあいだ、パイナップルをじっと見つめながら、わたしにとってだけ重大な問題をどう解決したものかと頭を悩ませていた。そのとき、眼下の砂浜からうたっている声が聞こえた。甘く柔らかい歌声だった。豊かで美しい歌だった。聴いた瞬間、だれの声なのかすぐにわかった。つぎの瞬間、このような歌声を耳にしたのは生まれて初めてだと感じた。その後今日《こんにち》に至るまで、歌詞もメロディーもなんという曲のものかは不明のままだが、うたっている当人がいま心の底から幸せを感じていることだけは十二分に伝わってきた。

これほど実感をこめて朗々と歓喜の歌をうたいあげられるのは、ひとりでうたっている者がおのれの人生と可能性に満足しており、毎日が希望に満ちていて幸せだと感じているからにほかならないだろう。わたしはひとりごちた。「あの妙ちきりんな絵が思いのほかいい値で売れたか、存外気が合って、おなじものを眺めておなじように感じられる相手と知りあったに違いない。あるいは毎日に目新しい美しさや喜びを感じるようになったとか、好奇心をそそられる出来事があったとか、嬉しい約束をとりつけたというのも考えられる。そうでもないかぎり、あれほど軽快かつ思い入れたっぷりに歓喜の歌を朗唱することなどできるはずがない！」説明するまでもないだろうが、砂浜で絵を描きながら熱唱していたのは、例の大柄であごひげをたくわえた絵描きだった。

わたしは腹ばいになってじりじりと崖の際まで進み、下をのぞいた。絵描きはちょうど真下に座っていた。こうして真上から眺めると、絵描きの体が奇異な形に見えることに気づいた。目立つ灰色のつばの広い中折れ帽をかぶっているが、大きな体がやけに上下方向は縮んで、横方向は膨らんでいるように見えるのだ。そのうえ、小型の折りたたみ椅子の上にうずくまっているかのようだ。脚は大きな体に隠れて見えなかったが、腕は見えた。片手にパレットと画筆の束、もう片方の手にいま使用中の画筆を握っている。絵に色を加えるたびに、ますます声を張りあげている様子だった。

そのとき、まさに頭を殴られたかのように、探し求めていた解決策がぱっと頭に浮かんだ。いま絵描きとパイナップルは一直線上に並んでいる。両者がこれほど接近するのは初めてのことだった。なにしろ、いまや垂直方向にわずか二百フィートほど離れているだけなのだ。このふたつ――わたしの評価では、ひとつはこれ以上なく貴重なものであり、もうひとつは邪悪な存在である――はさらに接近し、運命が定めたとおり完全に融合するべきなのだ。

その瞬間、わたしの意志はわたしの肉体を抜けだし、どこかに消えてしまった。わたしではないなにかの意志に操られて、わたしは体を前へ動かした。わたしとはなんの関係もない存在が決断し、動揺や躊躇《ちゅうちょ》などおかまいなしに、強い熱意を感じさせる断固とした力でもって我が脳に影響をおよぼした。その結果としてわたしの脳は決意し、その指示どおりにこの手がさっと動いた。決定的瞬間は嵐のようにいきなりやって来た。わたしは縛りつけられ、猿ぐつわをされた傍観者のように感じていた。さりながらも、わたしの手はさらにつぎの動作へと移っていた。鉄のパイナップルをとりあげて、幸せそうにうたっている絵描きの垂直線上に掲げ、手が震えて飛び道具の向きが変わることのないよう手の位置を定め、それを頭めがけて落としたのだ。

金属の塊はまっすぐ二百フィート近くを落ちていき、眼下の灰色の帽子の真ん中を直撃した。ぶつかったときのドンという音も聞こえた――帽子がフエルト地だったため、鈍いくぐもったような音だった。しかし、その結果もたらされたものは目を覆いたくなる惨状だった。その一撃は幸せいっぱいに熱唱していた絵描きを瞬時に絶命させたわけではなかった。絵描きの両腕は前へ投げだされ、歌声は喉でせき止められたまま、手足はピクピクと痙攣《けいれん》していた。大柄な絵描きはどうと目の前のイーゼルへ向かって倒れた。イーゼルはその勢いで砂浜に転がり、その上に絵描きが折り重なるようにくずおれた。

砂利混じりの砂浜へ顔からぐしゃりと突っこみ、それ以降はぴくりとも動かなかった。いまも片手にパレット、片手に画筆を一本握っている。両脚はまるで泳いでいるような格好でかたまっていた。なおも観察していると、頭から噴きだした血が、砂浜に吸いこまれていった。鉄のパイナップルは前に転がり、絵描きから一フィートほど離れたところにある絵の真ん中に載っていた。

自分の行為の結果を見届けるため、砂浜へ向かった。そのとき感じていたのは、言葉にならないほどの安堵と満足だった。わたしは自由になった——気が違ったわけではなかった！わたしの心に影を落としていた雲は消えた。これからはまったく違う人間に生まれ変わったように暮らしていくのだという絶対的な確信があった。

わたしは急いで降りていき、人気《ひとけ》ない砂浜に倒れている絵描きへ近づいた。絵描きの耳近く、血の色に染まった砂を踏んだとき、ようやくおのれの行為の重みが理解できた。一撃を食らって死んだ不運な絵描きの姿をまのあたりにして、その悲哀が身にしみたのだ。絵描きは太っていて、かなりの年輩だった——わたしが考えていたよりも年かさだった。それでも愛の喜びの歌を朗々とうたいあげていた。〈ジュリア〉という名のご婦人の魅力をたたえる歌をうたっているとき、まさに青天の霹靂《へきれき》というべき空から降ってきた鉄のパイナップルによって、もうなにも感じることのないただの肉体と化してしまったのだ。顔がうつぶせになっているため、あごひげが妙ちきりんな角度で突きだしていた。わたしは死者に対する礼儀として、死体を動かして、もっと穏当な体勢をとらせたほうがいいと考えた。

仰向けにして、脚を伸ばすことにした。夜中、車輪に轢《ひ》かれてつぶされたカエルのように、這いつくばった格好のまま放置するのは忍びなかった。

しかし、そうすんなりと思惑どおりにはいかなかった。言語を絶する恐怖の深淵をのぞきこんだ思いで、わたしは周章狼狽《しゅうしょうろうばい》して自分が殺した死体から飛びすさった。あごひげに触れると、あごひげ全体がずるりとはずれ、わたしの手からぶら下がったのだ！　いままでそれよりも恐ろしい思いなら散々してきたとはいえ、歓喜に酔って安心しきっていたわたしの頭脳を動揺させるには充分だった。まったく予期しない出来事だったためか、激しい嫌悪を感じた。自分でも不思議だったが、わたしは死者と対峙《たいじ》してもなんら気後れなどは感じていなかったし、かすかに痙攣している遺骸にきちんと敬意を表するつもりだった。死体を発見する人間が気持ち悪いとかグロテスクだとか感じて怖気《おぞけ》が走ることのないよう、様子をととのえるつもりだったのに、いま、あごひげに触れただけで、意志を乗っとられたような想像を絶する屈辱的な感覚が不意によみがえってきたのだ。盗んだ鉄のパイナップルを落とすことで、永久に縁を切ることができたと思いこんでいた、常軌を逸した情熱の名残《なごり》めいたものが息を吹きかえしたかのようだった。わたしは身を震わせ、大声で叫んだ。声は崖にあたってこだまし、崖肌を立ちのぼり、岩にぶつかって鳴り響いたのち、砕けた波が泡立った帯のように見える波打ち際のほうへと漂っていった。叫び声を耳にしたのは上空を舞う鷹だけだった。ぎょっとしてあごひげを抛り投げ、慌てて逃げだしたわたしの醜態を目撃した者もいなかった。

立ち去るときに一度振りかえってあごひげに目をやった。まるで形を自在に変えられる奇怪な生物——地上の光は届かない深海に棲息する生物が、平らな砂の上を這いまわっているように見えた。今度は文字どおり全身から声を絞りだすような悲鳴をあげ、崖へ急いだ。やみくもに雨裂《うれつ》を登ったので、上の草地にたどり着いたころには膝や指の関節が切れ、血がしたたり落ちていた。だが、それにはかまわず、すぐ砂浜へ目をやった。ちょうどあごひげが風に吹かれ、海のほうへと飛ばされていくのが見えた。

その晩、わたしはまた心の平穏を手に入れることができ、自宅へ帰ってぐっすりと眠った。そんなふうに眠ったのは何年ぶりなのかもわからなかった。

翌日、西部地方の地方紙につぎのような記事が掲載された。

リゾート地であるビュードの町を恐怖のどん底に突き落とすような事件が起きた。純粋な楽しみに満ちた場所、子供たちの楽園、仕事で疲労困憊《ひろうこんぱい》した諸氏の休息および疲労回復を担うはずのリゾートで、常識では考えられないほど罪深い邪悪そのものの犯罪が起きたのだ。ウォルター・グラント氏は、ここ半年ほどヴィクトリア・ロード九番に滞在していた。この不運としかいいようのない画家は——それがウォルター・グラント氏の職業だった——崖の景観にたいそうご執心で、ほとんどの時間をビュード浜かその近辺で過ごしていた。そしてそのビュード浜で謎めいた非業《ひごう》の死を遂げたのだ。

その後も事件についての報道は続き、死体の傍で発見された鉄のパイナップルが凶器だと思われるとの記事が載った。また生前あごひげ姿で絵を描いているのを目撃されていたが、死体のひげがきれいに剃られていた事実も報道された。さらに故人は礼儀正しくていかにも親切そうな印象で、親交のあった人物はほとんどいないものの、数少ない知人からは慕われていたという記事もあった。捜査の結果、美術界ではまったく無名の存在であった事実と、殺された日の翌土曜日にビュードの町を離れる予定だったことも判明した。

つい最近盗まれた鉄のパイナップルが、あろうことかこのような形で発見されたとあって、各紙がこぞって人目を惹く記事を書きたてた。もっとも、そうした細かい事案など些細《ささい》なことだと感じさせる衝撃の事実が発覚し、翌日は地方紙のみならず全国紙の朝刊もその記事で埋め尽くされた。英語圏の人びとは、生活困窮者のあいだに広く悲惨としかいいようのない被害をあたえた張本人であり、その直後行方をくらました悪党ボルソーヴァー・バーベリオンが、国外逃亡の計画を実行に移す前日にとうとう発見されたという驚愕の事実を知ったのである。そのうえ、その日は悪党の人生最後の日ともなったことも。殺された自称画家のあごひげはつけひげで、髪もかつらだった。そして所持していた書類などを捜査した結果、疑問の余地なく身元が判明したのだった。

また、その事実を裏づける証言をする女性も現れた——ジュリア・ダルビーなる女性だった。問題の土曜日、ボルソーヴァー・バーベリオンはビュードの町を発ち、ジュリア・ダルビーと落ちあって、プリマス発の蒸気船で国外へ逃亡する予定だった。ボルソーヴァー・バーベリオンの潜伏先を知っている者は、世界広しといえども彼女ただひとりだったそうだ。ふたりの乗船券はグラント夫妻の名で予約してあり、船で南米へ向かう予定だった。

わたしの仕業《しわざ》ではないかと疑われそうな気配はみじんもなかった。いっぽうで、わたしの健康状態は回復の一途をたどった。意識が清明そのものの状態が続いたのだ。もっとも、さすがに良心はちくちく痛み、不安で落ち着かない気分だった。しかし、わたしからことの子細を聞かされた妻は、その不安という重荷をいくらか軽くするためだろうと、真実として認めることは断固として拒んだ。そこで事件の一週間後、わたしは教区牧師を訪ねた。事実を告解して、牧師の意見を聞き、指示を仰ぐつもりだったのだ。だが、顔を合わせてみると自分の悩みで頭がいっぱいの様子だったので、告解するのはまたの機会を待つことにした。牧師は教会の礎石を引っこ抜くしかないと決意をかためていた。なにしろ現代史に残る稀代の悪党が手ずから埋めた礎石ときては、その上に建つ教会の礼拝に参列したところで、信仰が深まるはずはないとの考えだったのだ。もっとも建築家はその案に疑義を呈し、礎石の銘を削りとれば、それで充分ではないかとの意見だそうだ。この難問について頭を悩ますうち、わたしはそもそも告解するつもりだったことを忘れた。そして一度忘れてしまうと、告解したいと思うことは二度となかった。

今日《こんにち》は正気そのもの、かつ落ち着いた心情で人びとのなかを歩きまわり、だれかに注視される懸念を感じることもなかった。わたしの毎日はいい方向へ変わった。店は繁盛しており、今後の展望がこれほど明るいのは初めてのことだった。なにより大きかったのは、自分の精神状態がかつてないほど安定していることだ。凡庸《ぼんよう》な近隣住民の困りごとをつぎつぎと解決し、的確な判断力の持ち主で信頼に足る人物だとの評判を勝ちとっていった。

わたし自身は気が進まなかったが、公明正大に事件について説明したものをこうした形で残しておくことにした。なにひとつ隠しだてすることなく事実を記した。これをどう評価するか、その判断はお任せする。ついでながら、我が国警察きっての精鋭たちも頭を悩ませていた、謎の真相を明らかにしておきたいという思いもあったことを記しておきたい。

わたしの説——恐怖しか感じなかったあの時期、わたしは神の摂理を実現するための道具だったという説が勘違いだと証明することは少なくとも不可能であるし、同胞諸氏の陪審員たちが、社会の敵である悪党を殺害するのにひと役買った罪で、わたしに有罪の判決を下すとも考えられない。それどころか、現実的な刑罰などこの事件の結末としては竜頭蛇尾《りゅうとうだび》もいいところであるし、こういうときに悪ふざけするのもいかがなものかと思う。才覚に満ちた人物がどれほど知恵を絞ろうとも、あの時期の拷問と変わらない状態にわたしをふたたび置くことは不可能だし、いまではあの経験も過ぎ去った出来事となった。恐怖そのものだった過去の日々は夢幻のようだったと、思いめぐらすことしかできないのだ。

フライング・スコッツマン号での冒険
——ロンドン&ノースウェスタン鉄道の株券をめぐる物語

My Adventure in the Flying Scotsman:
A Romance of London and North-Western Railway Shares

序文

これはおとなしく見えるが尊敬に値する小柄な男、そう、この物語の主要登場人物から直接聞いた話である。ほかでもない本人の口から不可思議かつ数奇な生涯を聞かされた。彼の記憶はいまもなお鮮明で、その考え方や表現は一風変わっていて古めかしかったのであるが、そのまま信じることができたのである。

第一章　剣呑《けんのん》な遺産

五時ごろに雨がやみました。終日十一月の鈍色《にびいろ》の雲とのせめぎ合いに敗北続きだった太陽が勢いよく顔を出し、地平線の彼方《かなた》に沈む直前、ごく短いあいだ炎のような激しさであたりを照らしています。その派手やかな黄と朱が入り混じった陽射しを浴びながら、わたしは重い足取りで歩いていました。サリー州リッチモンドから近くの小さな村ピーターシャムへと向かう途中でした。目をあげれば、葉が落ちてそぼ濡れた枝が赤く染まり、血を滴《したた》らせているように見えます。生け垣には燃え立つような紅の実がなり、近道をしようと横切った牧草地では、荷車の轍《わだち》が平行に走る二本の緋色《ひいろ》の筋となっていました。あらゆるものが禍々《まがまが》しい色彩に染まっていたのです。尋常ではない不安と懸念を抱えた身には、ゆっくりと輝きを失う太陽も、薄闇に包まれてわびしさが増す空も、西の底へと一気に呑みこまれる血の色の縞も、夜を迎えて陰鬱《いんうつ》な色に染まった分厚い雲がまたもや急速に雨の気配を漂わせているのも、すべてが凶兆のように思えました。

このわたし、ジョン・ロット、当時は北ロンドン在住、銀行で事務員をしていた中年の小男が、キルバーンの某所でまさにその瞬間もわたしを待っている、暖かい炉火、優しい妻、かわいい娘、ほっとする味のドライ・フルーツ入り甘パン《ティー・ケーキ》から遠く離れ、どうしてこんな場所を歩いているのかと不思議に思われることでしょう。その問いには、突然の衝撃的な訃報が、わたしの規則正しい日常に激震をもたらしたのだとお答えします。当然、リッチモンドからピーターシャムへ移動するならば、この短い足で田舎道を歩くよりも、四輪辻馬車のほうがはるかに迅速かつ清潔に目的を達することができるとの疑問が湧くことでしょう。そのとおりだと認めます。さはさりながら、ぬかるみ道を徒歩で向かうのが最善と考えたもっともな理由があるのです。

　今回の訃報について、わたしと同等の関心があるだろう男がひとりいます。また、ことにわたしにとってこの訃報は、とうとう容易ならざる重大な問題に直面するときを迎えたという意味も含んでいました。名誉、人としての道、わたし自身および周囲へ対して負う義務がかかっているだけではなく、それに負けず劣らず重大な問題もからんでくるのです。わたしの身の危険に関する懸念や利己心で判断を曇らせることなく、真っ当な決断を下すことが求められます。この事態は数年前から覚悟していたことでもあり、考える時間はたっぷりあったにもかかわらず、どのタイミングで迎えるにしても妙案は思いつきませんでした。そしていま、長年おそれていたときがやって来たのです。わたしの人としての器量が試されるときが。だれよりもこの件に関係があり、関心もあるだろう男と、この件についてまったく適任ではないといえるわたしが対面するのです。ピーターシャムのオーク荘まで徒歩で向かうことを選んだ理由も、あちらこちらとさまよう思考を落ち着かせ、安定した精神状態で待ち受ける難題に対処できるよう、数分の猶予を必要としたからでした。しかし二年の歳月をかけてもなしえなかったことが、二十分でできるわけはありません。それどころか怒りに燃えるような太陽に照らされ、申しあげたとおり容易ならぬ事態に直面しようとしている事情もあり、頭のなかにあった冷静な思考らしきものは一掃されてしまいました。そうこうするうち、とうとう目的地に到着しました。しかし集中力といい、意志の強さといい、わたしの心情は溺れた虫と変わりありませんでした。

この惨《みじ》めな旅の目的はなんだと思われます？　実は敬愛する女性がご親切にも一万ポンドの遺産をわたしに遺《のこ》してくれたのです。それだけならばありがたい話です。しかし故人とわたしに血のつながりはなく、故人のいちばん近い親族はここ十五年間わたしの命を奪う機会を狙っている男なのが問題なのです。彼と顔を合わせるときが迫っていました。想像するだけで身の毛もよだつ思いです。とるにたらない存在であるわたしを葬り去る機会を十五年間うかがっていたと断言するなど、途方もないほらを吹いているように聞こえるでしょうが、ことここに至った事情をすべてくまなくご説明すればご理解いただけるはずです。その昔話の合間に、オーク荘に到着してからの出来事をお聞かせしましょう。

父が亡くなったあと、まだ二十歳をいくつか過ぎただけだった母はジョージ・ビークベインと再婚しました。継父ジョージは裕福な農夫で、ノーフォーク州に広大な農場を所有していました。この農場はファミリー・ネームを冠して、ビークベイン農場と呼ばれていました。

年若い妻と死別した継父にも息子がひとりいたため、継父はふたりの幼児を養育することになったわけです。彼の態度は立派で、ふたりをわけへだてすることなく、どちらもおなじだけ慈《いつく》しみ、愛情を注いで育てました。そして大人の教育を受ける年齢になると、みずから教え導き、自分の母校で学ばせたのです。ジョシュア・ビークベインとわたしはスパルタ式に厳しくしつけられました。わたしには清教徒のようなその地味な環境が性《しょう》に合ったのですが、実子であるジョシュアは厳格なルールに反発し、悪習にふけり、問題のある仲間とつきあう傾向にありました。そして成長するにつれ、それがさらに顕著になったのです。どちらもそれぞれの言い分があるのは間違いありません。しかし人より少し厳しい継父の叱責が、後年親子ともどもに手ひどい苦痛をもたらすことになるとは、だれひとりとして予想だにしませんでした。

ジョシュアは二十一歳のとき、父親の金五百ポンドを盗んで出奔《しゅっぽん》するという愚挙におよびました。その心情はわたしには到底想像もできません。やがてジョシュアの行方が判明し、彼は逮捕され、巡回裁判で刑を宣告されました。ビークベイン一族は誇り高い正義漢揃いで知られています。老ジョージもその例に漏れず、慈悲を請う声には耳を貸しませんでした。

罪を犯したジョシュアを擁護《ようご》したのが、ともに育ったわたしひとりだけだったという事情もあります。わたしひとりの嘆願などが功を奏するはずもありません。継父は実子ジョシュアを牢屋へ送りこみ、家系図からは名を抹消し、それ以降はわたしを後継者と目するようになりました。そして継父に要求されるまま、わたしは姓をビークベインへ変更したのです。改姓に異存はありませんでした。実は絵が好きで、将来は画家となる夢をひそかに抱いていたのですが、そのような夢がジョージ・ビークベインのお気に召すはずもなく、諦めました。ジョシュアが受けた判決は十年間の懲役刑で、当時のわたしはいつの日か親子和解の仲立ちを務めたいと願っていました。また、あのころの親子関係で誇れることがあるとしたら、養父ジョージの意向に沿うことを最優先したことです。養父を心から敬愛していましたし、息子が獄中に入ってからは、ときがたつにつれあらゆる喜びが色褪《いろあ》せてしまった様子なのが、ありありとうかがえたからです。

しかし十年の刑期が終わるのはまだ遠い先というタイミングで、ジョージ・ビークベインはこの世を去り、わたしが農場を相続しました。とはいえ、いまここで、神と人類の前で真《しん》摯《し》に宣言します。ビークベイン農場主の地位を引き継いだのは、そもそもから正当なる後継者だとみなす人物のためだったと。だからジョシュアが出所したら、彼のために権利を放棄するとかたく決意していました。必要な法的手続きをとって、ジョシュアを農場主に据えるつもりだったのです。そうしていれば、万事うまくいくはずでした。あの愚行さえなければたどっていた未来と変わらず、すべてしかるべきところに収まるはずだったのです。獄中のジョシュアに地位を譲るなど不可能だったので、わたしが後継者になるしかありませんでした。わたしが継がなければ、ジョージ・ビークベインはどこかからべつの後継者を見つけだしたでしょうし、その後継者はおそらくわたしの行動規範や最終的な目標になど関心は持たなかったでしょう。

しかし、実際にはわたしの希望とは全然違う形となってしまったのです。あと一年もすれば無事ジョシュアに地位を譲ることができるというときに、不幸な事件が立てつづけに起こり、わたしの計画は完膚《かんぷ》なきまでに叩きつぶされました。もちろん、わたしの情けない無能ぶりが一因であることを否定するつもりはありません。農場主になってから、わたしは結婚しました。義兄は誠実そのものの男であるうえ、かなり裕福だと信じていたので、数ヵ月のことならばと頼まれるままにいくつかの手形に裏書きしたのです。くどいようですが、おのれの情けないまでの意志薄弱さを嘆きたいところですが、いまは事実とその結果だけをご説明しましょう。その後義兄の経済事情は悪化するいっぽうで、いよいよ進退窮《きわ》まると、義兄は頭を撃って自殺してしまいました。わたしに遺されたものは莫大な借金です。目の前の借金に対処するには、ビークベイン農場の土地をさしだすしかありませんでした。こうして農場全体を抵当に入れたものの、すべて抵当流れとなり、ビークベイン農場はこの世から姿を消しました。

そうした形で借金から解放され、わたしは妻と子をともなってロンドンへ出ました。刑期満了のひと月前に、いまや自分はなにも持たない貧乏人であり、将来の希望も計画もすべて崩壊したとジョシュアの耳に届いたら、彼が怒り狂うだろうことは目に見えています。この重大な知らせを自分で告げる勇気はなく、その役目は弁護士に託しました。弁護士の話では、ジョシュアは口から言葉を押しだすようにして、どこかで見かけたら最後、この借りはわたしの命で返してもらうと、恐ろしいことをつぶやいたそうです。一度こうと決めたら梃子《てこ》でも動かない実父の頑固さも、ほかでもない彼自身の様々な悪行のせいであることも、お互いの母親にはなんの責《せめ》もないことも、ジョシュアはすべて承知のうえで、本心からその言葉を口にしたのだと思いました。わたしは再度名前を変え、大都会に身をひそめました。絵を売って身を立てたいという願いが頭をかすめましたが、自分の才能では妻子を養うことはできないと早々に見切りをつけ、堅実な勤め先を探したところ、マクドナルズ銀行に職を得ることができたのです。それから十五年の月日が流れました。ジョシュア・ビークベインはわたしの居場所を調べるために手を尽くしたことと思います。それどころか、わたしを亡き者にするため、病的な執念でありとあらゆる手がかりを追ったに違いないと確信があります。わたしはロンドンで暮らすようになってから、つねにきれいにひげをあたり、外出する際は紺青色の眼鏡をかけるようにしました。何度かジョシュアを目にすることがありましたが、やがてもう大丈夫だろうと感じ、いくらか大胆になって私立探偵にジョシュアの現住所と仕事を調べさせました。するとジョシュアは長年競馬関係の仕事をしており、ノミ屋仲間でも悪名高いという話でした。

状況を理解するための退屈な話も、あと少しの辛抱です。つい先般亡くなったミス・サラ・ビークベイン＝ミニフィはジョシュアの近い親戚で、当然わたしとは血のつながりはありません。しかし母の再婚で親戚となったときから、ずっと変わらずにわたしを高く評価してくれていました。わたしの人生についてもつぶさに承知しており、たまたま不運に見舞われただけにすぎず、わたしの誠意も、高邁《こうまい》な理由から行動したことも信じてくれ、逆境に耐える立派な人間だと考えてくれたようです。もっともミス・サラの近親者であるジョシュアについては、顧みることはほとんどなかったようでした。そういうわけで、ミス・サラの全財産、現金、国債、株の一切をわたしが相続し、ジョシュア・ビークベインはまたもや蚊帳《かや》の外に置かれたのです。彼はなにを思い、どういう行動に出るだろうか、わたしは自問しました。いまもまだ昔の恨みを忘れておらず、今回も彼をさしおいた形で財産を手にすることになったわたしの命を奪いたいと考えるでしょうか。それとも和解を受けいれてくれる余地はあるのでしょうか。とうとうピーターシャムでジョシュアと顔を合わせることになるのでしょうか。その場合、オーク荘から死体となって運びだされる以外の未来はありうるのでしょうか。こういった状況下で、疑問の余地なくわたしの義務と思われるのはどのような行為なのでしょうか。それは容易に実行できることなのでしょうか。

そうした答えなど見つかるはずもない問いを反芻《はんすう》しながら、ぬかるみ道をとぼとぼと歩いてきたのです。そのうち、遅らせたところでさらに悲惨な未来しか思い浮かばないことに気づいたので、前述したとおり牧草地を突っ切り、できるだけ早く目的地に到着しようと足を早めました。

オーク荘でなにが起こるにしろ、生きながらえることができたら、翌日は銀行が係争中のある事案について法廷で証言をするため、スコットランドへ向かう予定になっていました。ちょうどその裁判について考えていたとき、ついにオーク荘に到着したのです。故ミス・サラに仕えていたふたりだけの召使い、マーサ・プレスコット夫妻に迎えられ、客間に案内されました。夫妻は心から嘆き悲しんでいました。客間は夏ならばつねにフランス窓を開け放ってあり、紅白の薔薇《ばら》の茂みやバイカウツギ、素朴な野花が咲き乱れる庭を眺めることができる気持ちのいい部屋なのですが、いまは庭を眺めることもかなわず、暗く沈んでいました。日除けは下ろしたままで、隙間から陽射しの最後の名残《なごり》がぼんやりと射しこむ様は、暗闇よりも陰鬱な雰囲気です。テーブルにはポートワインのデカンタとドライ・フルーツが置いてあり、暖炉の前にふたりの男性が座っていました。少なくともふたりのどちらかいっぽうは煙草を吸っていた様子です。当初、背が高くて若いほうが因縁の相手ジョシュアかと早合点しましたが、ふたりが立ちあがると、揺らめく炉火の明かりでそうではないことがわかりました。

故人の事務弁護士であるプレンダーリース氏は、オーデコロンの香りをまき散らす、でっぷりと太った尊大な人物でした。彼は場にふさわしい言葉を口にし、わたしと握手しながら、頭もまったくおなじように動かしていました。彼の話では、ジョシュア・ビークベインには電報で知らせてあるが、返答はまだないとのことでした。

「お悔やみの言葉だけでなく、祝辞も申しあげるべきでしょうな。ビークベイン＝ミニフィさんはご自分がこの世に遺していくものを、ロットさんのような方がしっかり管理してくださるとわかっていたので、心安らかに旅立つことができたに違いありません。亡き依頼人、つまりあなたの叔母さまは、十万ポンドという相当な財産を遺してくださいましたよ」

「親戚ではないのです。それよりも、かねがねビークベイン＝ミニフィさんからは、すべて合わせて一万ポンドほどだと聞かされていたのですが」

「賢明な依頼人は敢えて少なく伝えてらしたんですな。真相がわかったときに驚きと喜びが増すようにと。そして叔母さまの風変わりな好みにより、今夜ほぼ全財産をお見せすることができます。その内訳もすべて、ご覧いただくことができるんです」

「ビークベイン＝ミニフィさんは叔母ではありません」わたしは繰り返しました。しかしプレンダーリース氏はわたしの言葉など一顧《いっこ》だにせず、話を続けました。

「それとなくほのめかすだけにしても、これ以上故人の財産を話題にすることは、神が許されんでしょうな。しかし、お伝えしておかねばならないことがありまして――叔母さまは晩年、ご自分の直感に固執なさるようになりました。お歳を召した方にはめずらしいことではありませんが、それでも苦労させられましたよ。不安というよりも、猜疑心《さいぎしん》にとらわれていたと表現するほうが正確かもしれませんがね。以前は莫大な資産をわたくしがお預かりしていたのですが、あるときから様々な書類や株券などをご自分で管理することになさったのです。到底理解できません。わたくしの鉄で強化した耐火管理庫ならば、イングランド銀行に負けず劣らず安全だというのに。正直申しあげて、この人里離れたといっても過言ではない不用心な古い家に、それだけの資産が置いてあると考えると、かなりの憂惧《ゆうく》を覚えました。しかし、それももうおしまいです。注意を要する状態は過去のものとなるでしょう。当然おなじ愚を繰り返しはなさいますまい。そういう事情で現在この屋敷には大金が置いてあります。葬儀が終わるまで、この家をお離れになる気にはなれないでしょうな。あとひとつだけで、わたくしの話は終わります。わたくしに相談なく、叔母さまはご自分の判断でごく最近株をお買いになったご様子です。それが賢明なご判断だったかを論じるのはやめておきましょう。故人の徳をたたえる言葉以外は口にするべきではありませんからな。とにかく、現金はこの屋敷にあります。正確には一万三千ポンド、五十ポンド札であちらのテーブルに置いてあります。叔母さまは——」

「ご理解いただきたいのですが」わたしはいいかげん頭に来て、口を挟みました。「故人とわたしにはまったく血のつながりはありません。間違えるのはこれきりにしていただきたい」

だれもがたまに経験するでしょうが、わたしの神経はもはや限界に近く、なにごとにも過剰に反応していました。どれほど大事な話をしている最中にしても、ちょっとした勘違いなのか正しい事実を無視した物言いなのかはわかりませんが、それを繰り返されるのは我慢がならなかったのです。そのうえ財産を守るために、人里離れた故人の家でひと晩過ごす必要があるとほのめかされるなど、まさに言語道断でした。妻もしくは同程度に信頼できる人物と一緒でなければ、世界のためだろうとそのような寝ずの番など務める気にはなれませんでした。

「これは失礼いたしました」プレンダーリース氏はわたしの苦情に対し謝罪しました。「話を戻しますと、ビークベイン＝ミニフィさんの資産が増加した主な理由は、ロンドン＆ノースウェスタン鉄道の株券を購入したからです。その株券も一緒に置いてあります。これでわたくしの話は終わりです。そろそろジョシュア・ビークベインさんも到着なさるでしょうから、いらしたらおふたりで相談して葬儀の日程を決めていただき、そのあと、いうまでもありませんが、おふたりと数人の関係者が揃ったところで遺言書を読みあげます。叔母さまは安らかに旅立たれたそうです。今日の明け方四時ごろ、平穏な最期を迎えられたと。通常であれば、わたくしには今夜駆けつける義務はなかったことだけはお伝えしておきましょう。しかし善良なるプレスコット夫妻はロットさんの住所を存じあげなかったため、電報でわたくしに訃報を知らせてきたので、キリスト教徒としては一刻も早く夫妻の求めに応じるのが義務だと考えた次第です」

プレンダーリース氏は大きく息を吐いてから会釈し、ワインを一杯飲みほすと、ふたたび腰を下ろしました。そのとき、部屋に蠟燭《ろうそく》が運ばれてきました。わたしはジョシュア・ビークベインとのこれまでの関わりと、顔を合わせたらわたしの身に危険がおよぶ可能性があることを事務弁護士に説明しました。法律家であるプレンダーリース氏はわたしの話にかなり興味を惹かれたらしく、いくつもの質問を浴びせました。そしてオーク荘に滞在するのはわたしにとって苦痛以外のなにものでもないことも、これ以上は一時間たりともこの場にとどまるつもりはないこともよく理解してくれたのです。自分が過剰なほどに神経過敏になっている自覚はありました。しかし髪の色を変えられないのと同様、人はおのれの神経の弱さに対してはなす術《すべ》がないのです。

そのとき三人目の人物、プレンダーリース氏の年若い助手、口数少なくたくましい青年が口を開きました。青年はいかにも誠実そうな顔つきで、わたしは好感を覚えました。彼はわたしたちに異存がなければ、自分がひと晩この家で寝ずの番を務めると申し出たのです。プレンダーリース氏はまともにとりあう気になれないと一笑に付しましたが、わたしの意見は違いました。遺言書が読みあげられ、遺産が法的にわたしのものとなるまで、青年がこの家で番をすることをプレンダーリース氏が許可してくれるなら、これ以上の喜びはないと応じたのです。

「わたくし個人は、もちろんソレルくんのことを信頼しています」事務弁護士は迷いのない口調でいいました。「しかしロットさんは初対面ですから、わたくし同様に信頼なさるのは難しいのではないかと推察いたしますが」しかしその計画はわたしにとってこれ以上ない妙案と思われたので、心を決めました。

そうと決まると、残された問題は果たすべき義務です。正直いうと、いまの精神状態では到底耐えられる気はしませんでした。それでも長い眠りについた良き友人に最後の別れを告げるのは人として当然の礼儀だと覚悟を決め、のろのろと階段をのぼりました。しかし寝室のドアの前に立ったところで、これから死と対面することになるのかと躊躇《ちゅうちょ》を覚えたのです。そのとき室内から低い足音が聞こえ、わたしは安堵《あんど》しました。マーサ・プレスコットだと思ったのです。気が重い試練にひとりで対峙《たいじ》しなくていいと胸を撫でおろしながら、ドアを開けました。ところが室内にプレスコット夫人の姿はなかったのです。わたしがどれほど恐慌をきたしたか、ご想像いただけると思います。いま目にしたもののために、心臓は割れんばかりに激しく脈打ち、その場に立ちすくんだまま身動きもできませんでした。

その部屋は向かい側にもドアがあり、あろうことか、その向こうへ消えるジョシュア・ビークベインの大きな背中がちらりと見えたのです。ドアはすぐに閉まりました。見間違いではありません。小さく二歩進めば問題のドアに手が届くような、戸棚よりもかろうじて大きいかという狭い部屋です。大きな天蓋《てんがい》つきの寝台の中央に故人の小さな遺体がぽつんと横たえてあり、足もとに二本の蠟燭が灯《とも》してありました。室内はきれいに片づけられ、すべてがあるべきところに収まっています。死体を包んである白い蠟引き布が、顔のところだけめくれている以外は。青白い遺体は穏やかな静謐《せいひつ》さをたたえているというのに、わたしは自分が目撃したもののせいで生きた心地もしませんでした。因縁の相手が姿を消したドアに駆けより、その向こうを確認する度胸などありません。まさに総毛立っていました。全身を蟻が這いまわるようないやな感覚に襲われ、わたしは身震いしながら踵《きびす》を返して階下へ戻りました。ふたりと合流するといくらか落ち着きをとりもどしたので、いましがた目撃したことを伝えましたが、ふたりはおざなりに笑うだけでした。それでも助手のソレル青年がその部屋を徹底的に調べようと提案してくれ、プレスコット夫妻も呼んで、なにが起きたのかを確認するために二階へ急いだのです。

　故人の部屋にいたジョシュア・ビークベインが出ていくのを目撃したドアはなんの抵抗もなく開き、その向こうの小さなスペースに人の姿はありませんでした。壁には故人の衣類が吊るされ、オーク製の古い大型旅行鞄にはリネン類がしまわれており、虫除けにローズマリーとカモミールが挟んでありました。ドアの向こうで見つけたものはそれですべてです。窓には錠がかかっており、外側には木製の雨戸がついていました。ソレル青年は困惑するばかりのわたしを笑いたかったでしょうが、なんとかこらえていました。我々は火を灯してある二本の蠟燭の脇を無言で通りすぎ、プレンダーリース氏のもとへ戻りました。プレンダーリース氏はわたしの懇願に負けて、夕食をともにして、その後ロンドンまでわたしと同行する約束になっていたのです。プレンダーリース氏にクラレットよりも強いものを飲むようにと強く勧められ、そうすればいくらかでも楽になれるかもしれないと素直に応じたところ、徐々に気分が落ち着いてきました。ところが、わたしをさらに動揺させる出来事が起きたのです。プレンダーリース氏に一通の電報が届いたのでした。彼はそれを声に出して読みあげました。内容はこうでした――

ジョシュア・ビークベインは十一月三日に死去。ニューマーケット競馬場ホートン・ミーティング、ケンブリッジシャーで引いた風邪をこじらせたのが死因。引受人不明のため、教区教会墓地に埋葬

「この電報で――」プレンダーリース氏は喜ばしげに口を開きましたが、その報を聞いたわたしの反応に気づいて言葉を切りました。

「大丈夫ですか？　お顔が真っ青ですよ。今度はどうなさいました？　幽霊でもご覧になったようなご様子ですが」

「あいつは生きています、絶対に！」わたしは甲高い声で叫びました。「こんな電報でなにがわかるんです？　この目ではっきりジョシュア・ビークベインを見たんです――わたし

――わたしだって――あれが見間違いだったらどんなにいいか」

つい先ほど目撃したものへの恐怖で、わたしの脳裏からは自分の幸運がしばし吹き飛んでいました。ところがこうして、わたしの懸念も心労も一瞬できれいさっぱりと消え去ったのです。十五年間わたしの人生に影を落としていた悪夢が姿を消し、にわかに未来は一点の曇りもなく晴れ渡ったように思えました。プレンダーリース氏に告げられた重大な事実は、事態が好転する期待に満ちた喜ばしい知らせです。しかし、ただの風の噂でかまわないから、ようやく自由を手にしたことをもっと早くに知りたかったという思いは残りました。そうであったら、つい先刻目撃した、遺体の脇から逃げだした人影は、極限まで追いつめられたわたしの神経が生みだした幻なのだと、もっと早く確信することもできたでしょう。

夕食のあと、貸し馬車が迎えに来るまで半時間ほどありました。そこでその時間を利用して、プレンダーリース氏が故人の書類箱や机から集めた書類や覚書にふたりで目を通すことにしました。同席するソレル青年は、当然のことながら興味津々の様子で見守っています。

「ロットさん」ソレル青年は笑いました。「いうまでもありませんが、どれだけ用心を重ねたとしても、幽霊に太刀打ちするのは不可能です。とはいえ幽霊は実体に触れることはできませんから、この大きな鞄はもちろん、その中身も、持ち去ることはできませんけどね」

わたしたちは様々な書類をゆっくりと分類し、プレンダーリース氏が見つけてきた、こうした目的にうってつけの革製の書類入れに整理しました。

わたしがロンドン&ノースウェスタン鉄道の株券を眺めていると、またソレル青年が話しかけてきました。

「ぼくは筋金入りの唯物論者なので、どんなものだろうと、心霊現象なんて信じていません」ソレル青年はきっぱりといいました。「でもだれもが存在すると思いたいのは事実です。亡くなったジョシュア・ビークベインさんはどのような風貌だったんですか？　なにか目立つ特徴でも教えていただければ、警護の役に立つかもしれません」

そう請われて、深く考えずにジョシュアの顔をさっと描きました。馬車の到着を告げに来たプレスコット夫人は、そのスケッチを見て記憶にあるジョシュアそっくりだと請けあってくれました。わたしはさもありなんとひとりごちました。なにしろわたしにとって、ジョシュア・ビークベイン以上に記憶に深く刻まれた容貌など存在しないのですから。描き終えてから気づきましたが、わたしは先ほどまで眺めていたロンドン&ノースウェスタン鉄道の株券の裏にスケッチしていました。

プレンダーリース氏とわたしはソレル青年に挨拶をして、薄暗く陰鬱な雰囲気の故人の家をあとにしました。一歩外に出ただけで、わたしは胸のつかえが下りる思いでした。それはわたしだけではなかったようで、もったいぶった印象だったプレンダーリース氏も、リッチモンドまでの道中はやけに上機嫌だったうえ、ロンドン行きの列車を待つあいだにブランディのお湯割りの杯を重ねたところをみると、びくともしない神経の持ち主である事務弁護士もいささか動揺していた様子でした。

キルバーンに帰りつくと、妻と娘に伝えることが山のようにありました。もうすぐ朝を迎えるという時刻まで三人で夜更かしをして、思いがけず希望に満ちた未来が迎えられることを神に感謝しながら眠りにつきました。

とはいえ、わたしの財産を守るために寝ずの番をしている勇気ある若者のことはつねに心にありました。わたしは闇に沈む静かな我が家を眺めました。いまは真っ黒な広がりとしか見えぬ庭と芝生は激しい雨に打ち据えられ、夜の闇のなか木々は細い枝を揺らしています。わたしは小さな生き物たちに思いを馳《は》せていました。いま眠っている生き物よりもじっとうずくまっている生き物に——ことによると、その横には、幽霊のようなよく見えないなにかがこちらを観察しているのかもしれません。そのうち名状しがたい恐怖に襲われたので、わたしは数多《あまた》ある些細《ささい》な懸念で頭のなかを埋め尽くしました。

第二章　フライング・スコッツマン号

目を覚ますと、朝の陽射し、正確には十一月のロンドンの朝に施《ほどこ》しのようにあたえられる申し訳程度の陽射しを浴びながら、北へ向かう旅の用意をして、出発前にいくつか手紙をしたためました。退屈きわまりない事務員の生活から、ようやく抜けだすことができそうです。ロンドン——わたしも妻もどうしても馴染めなかった大都会——ともまもなくお別れです。遠からず銀行の支店長が受けとる予定の、わたしの辞職を告げる手紙の草案はすでに頭のなかにできていました。おそらくわたしが弱い人間だからでしょう。恥を忍んでうちあけますと、これから自分の立場が変わることを想像してある意味で浮かれていたのです。妻と娘は朝食のあいだずっと、新居をどこにするかを相談していました。勢い、わたしは家長にふさわしい関心を集めるようになりました。金儲けに長《た》けた巨大な組織のちっぽけな歯車にすぎなかったわたしが、突然裕福な男へと出世したわけです。わたしは母の再婚によって、二度遺産を相続することになりました。そして今回の遺産については、道義的にも、体面的にも、相続することになんら葛藤《かっとう》は感じませんでした。ジョシュア・ビークベインには家族がおらず、それ以外に姓を継ぐ者がいたとしても、わたしの耳には届いていなかったからです。職場ではことさら自分の幸運を隠さなかったため、同僚から心からの祝福と、今後も幸運が続くようわたしのおごりで乾杯しようという言葉を口々に浴びせられました。大騒ぎしていたのはわずか半時間ほどでしたが、わたしを囲んでいたなかには、かねがねわたしをきらっていると感じていた同僚が何人も含まれていたのです！

まもなくスコットランドへ向かう予定だったため、どのみち落ち着いて仕事する時間はほとんどありませんでした。そんなときプレンダーリース氏から電報が届いたのです。一刻も早く来られたしとの内容だったので、職場をあとにし、チャンセリー・レーンにある弁護士事務所へ向かいました。

とりすました尊大な事務弁護士はまさに茫然自失の体《てい》で、あのときのしおれた姿はいまだに忘れられません。まるでクラゲのように頼りなく、人間がそんなふうになるのを目にしたのは初めてのことでした。プレンダーリース氏は自分のオフィスで、自分宛の書簡を目の前に積んだまま、コートやマフラーもとらずに座っていました。足もとに電報が落ちています。どうやら電報を読んで椅子にどさりと沈みこんだまま、動けずにいた様子でした。わたしが背後のドアを閉めると、プレンダーリース氏は電報を見せました。ピーターシャムから届いたもので、つぎのような内容でした――

今朝、客間の窓が開いていた。男性も鞄も消えた

生来、意志薄弱な者は、それが露呈するのをおそれるためか、たまに意表外の決断力を示すことがあります。冷静に考える力を失っているプレンダーリース氏の姿をまのあたりにして、わたしとしてはそのことにいちばん危機感を抱きました。それに臨機応変に対応できた自分に、心底から驚くと同時に誇らしさも感じました。

「こうしてはいられない！　さあ、立ってください！　ぐずぐずしている暇はありません」

わたしは大声でせかしました。「お願いですから、急いでいただけますか。本来ならば、とっくにピーターシャムへ向かっていないといけないんです。不測の事態が起こったようです。いまこの瞬間にもソレルさんが命の危険を感じているかもしれません。まだ無事だとしたら、ですが。さあ、立ちあがってください」

プレンダーリース氏は訝《いぶか》しげな表情でこちらを見てかぶりを振り、大きな勘違いをしているといったようなことをつぶやきました。それからようやく現実を直視したようで、ピーターシャムへ向かう用意をしたのです。そしてウォータールー駅へ向かう途中で、スコットランド・ヤードの刑事に現場への急行を要請する電報を打ちました。リッチモンドからオーク荘までは馬車で一時間かかりませんでした。そのときになって初めてプレンダーリース氏が自分の懸念を口にしたんですが、わたしにとってはまさに青天の霹靂《へきれき》でした。

「危険に晒《さら》されている者を救いたいという、ロットさんの真摯な熱意には胸を揺さぶられます。しかしながら、こうして駆けつけたところで徒労に終わるでしょう。法律に携わる者としては、そう考えざるを得ません。いま追うべきなのは、わたくしの助手ウォルター・ソレルなのは間違いありませんが、ロットさんが考えておられるのとは意味が違います。彼こそが犯人なのですよ、ロットさん――それ以外に考えられません。昨夜はそんな心配など露《つゆ》ほども感じておりませんでしたし、控えめながらそう申しあげました。唯一の気がかりは、疑惑の人物がうっかり眠ってしまうことでした。しかし、そうではなかったのです。ソレルは誘惑に負けました。わたくしとしては、彼に罰が下されることを願うばかりです」

　プレンダーリース氏はいまにもひれ伏しそうな勢いで、彼の精一杯であろう償《つぐな》いの言葉を重ねましたが、わたしの財産をとりもどすことについては絶望視している様子でした。彼がそう口にするまで、わたし自身も盗まれたものを奪回するという単純な解決策は一度も頭に浮かびませんでした。実のところ、どうやら卑劣としかいいようのない事件のようで、わたしは暴力が振るわれた可能性やソレル青年の命の危険を口にするので精一杯でした。

　ピーターシャムに着いてプレスコット夫妻の話を聞くと、ますますプレンダーリース氏の解釈が正しいように思われました。ふたりの部下を引きつれた地元警察の警部補がすでに到着していましたが、客間の窓の外にある花壇を行ったり来たりしては室内に戻ることを繰り返すだけでした。

　電報ではわからなかった、マーサ・プレスコット夫人が語った詳細を簡潔にまとめると、以下のとおりでした——

　二階の快適な寝室の暖炉の火を熾《おこ》し、ソレル青年をその部屋へ案内しようとしたところ、ここで寝ずの番をするつもりだと返事をされて、驚いたそうです。「亭主はそれを聞いて心配になったようで、なにも起きないよう庭から見張るといいだしました。あたしはそんな馬鹿な真似はやめてほしかったので、なんとか説得して断念させたんです。そして自室に引きとる前に、中身を補充した石炭入れと、蒸留酒《スピリッツ》とお湯をお届けしました。そのときお客さまは書棚にあった本をお読みで、あたしがお届けしたものとパイプさえあれば充分だとおっしゃいました。おやすみと声をかけてくださいましたが、お客さまにあんなに感じよく挨拶されたのは初めてです。失礼すると、なかからドアに鍵をかける音が聞こえました。今朝は七時にお茶とトーストを用意して、お持ちしました。そうしたらドアも窓も大きく開け放ってあり、昨晩はテーブルに置いてあった鞄が消えていました。もちろん、お客さまの姿もありませんでした」

プレスコット夫人の話を聞いたあとは、ロンドンの刑事がやって来るのを待ちながら、あれこれ議論を重ねました。会話に熱が入りすぎて、つねにだれかが大声をあげていたので、そのうちプレスコット夫人から故人が静かに眠る階上を示され、「お静かに」とたしなめられるのではないかと気が気ではありませんでした。

入念に客間を調べた結果、ソレル青年はそれほど長時間寝ずの番をしていたわけではないことが判明しました。暖炉にはプレスコット夫人が辞去したあとに石炭を追加した様子はありませんし、テーブルの上に伏せてあった小説を確認すると、開いていたのは五ページでした。パイプは火をつけただけで席を離れたらしく、脇に転がっていましたし、タンブラーにはほとんど口をつけていない蒸留酒の水割りが残っていました。玄関ホールにかけてあったソレルの帽子とコート、ステッキは消えています。プレスコット夫人は玄関ホールから客間へ通じる廊下で、絹のマフラーを拾ったそうです。客間の中央に椅子がひっくり返っていた以外、なにか不穏なことが起きた形跡は発見されませんでした。ほどなくロンドンからくたびれた顔をした小柄な刑事が到着し、寡黙かつ迅速に現在判明している事実を把握しました。刑事の関心はもっぱらプレスコット夫妻と彼らがもたらす情報にありました。夫妻の供述を余すところなく聞きだしたあとは、ひとりで客間を捜査していましたが、我々が見過ごしていた些細な事実に途方もなく重きを置いているようでした。それはウォルター・ソレルが読書に使っていた蠟燭です。蠟燭は部屋が無人となってからもしばらく燃えていた様子ですが、下まで燃え尽きてはいませんでした。溶けた蠟は片側に偏《かたよ》って流れ落ちていて、その理由は簡単な実験で明らかになりました。新しい蠟燭に火をつけておなじ場所に置いたところ、ドアや窓が閉まっているときは炎が安定していますが、開け放つと風が入るため、炎がゆらゆら揺れるのです。そのうち蠟が流れ落ちはじめましたが、いつ火が消えても不思議はない状態でした。

「これでなにがわかるのですか」わたしは刑事に尋ねました。

「開け放したドアと窓、ひっくり返った椅子、燃えたままの蠟燭が示すところは明らかです。大慌てで飛びだしていったんですな。それこそ、まるでだれかに追われているかのように。しかし屋敷にはだれもいなかったという話でしたよね？」

「ご遺体だけです」プレンダーリース氏が答えました。

しかしわたしの脳裏には、いやでも昨晩目撃したものが浮かびました。夜の静寂《しじま》に忌《い》まわしいものが目撃されたまさにおなじ日に、その気味の悪い幽霊とは無関係に、雇い主に忠実だった青年がわたしの財産を奪って夜の闇に消えるなどという偶然は起こるのでしょうか。ただの偶然だとしたら、なにがソレル青年をそのような行為へと駆りたてたのでしょうか。

刑事が意見を口にしたのはそのときだけでした。あとはいくつか質問しただけで、なにを尋ねても答えは返ってきません。その後時間をかけて敷地内と隣の牧草地を捜査したもののなにも収穫はなく、手がかりを書きこんだ手帳を携えてロンドンへ戻っていきました。しばらくして、重要と思われる手がかりが発見されました。強奪事件の詳細はまたたく間に近隣へと広まったらしく、(ピーターシャムとは五百ヤードほど離れた)テムズ川で働く労働者が、盗まれたものと同一の革鞄を発見したのです。川岸のスゲの茂みに空の鞄が流れついているのを見つけたという話でした。町へ戻ってきたばかりだった労働者が暖をとるためにこれさいわいと鞄を燃やしてしまったそうなので、わたしには昨夜の潮の様子を尋ねるくらいしかできませんでした。しかしそれもなんら有力な手がかりにはつながりません。

もはやピーターシャムでできることはありませんでした。資産を強奪した犯人は、いまごろは手の届かない場所へと逃げおおせているに違いありません。少なくともプレンダーリース氏はそうだとの意見で、わたしはプレンダーリース氏と一緒にロンドンへ戻りました。いまのところ打つ手はありません。突然舞いこんできた財産は消え失せ、また貧乏な事務員に逆戻りです。とはいえ、以前とは比べものにならないほどの幸せを感じていました。「神のご慈悲で」わたしはひとりごちました。「財産の半分くらいなら戻ってくる可能性は残っている。しかし血のつながりのない凶暴な兄弟を神がよみがえらせる懸念はない――それはたしかだ」と。

当初スコットランド出張は容赦してもらうつもりでしたが、すぐにこのようなときは自分とは関係ない用事で長旅をするのがいちばんだと思いなおしました。わたしも気が紛れますし、悲報を知らされた妻と娘がショックを受けるのは必至なので、そこから立ちなおる時間も必要です。

そこで家族には、会社に戻り、シティで食事をしたのち、ユーストン駅からスコットランドへ向かうと知らせました。特急列車フライング・スコッツマン号は九時十分前に発車しました。大勢の乗客が乗りこみましたが、ラグビー駅を過ぎたあとは、一等車の乗客はわたしひとりとなりました。ただの習慣で本や新聞を持っていましたが、心は重大な問題で占められていたので、それを読む気にもなれません。頭ではもっぱら腹立たしい人物のことを考えながら、座席に腰を下ろして疾走する列車の音に耳を傾けていました。橋を渡る際にはさながら雷のような轟音《ごうおん》を鳴り響かせ、静寂に包まれた人気《ひとけ》ない駅を通りすぎる際には勝ち誇るかのように甲高い音を立てるのです。すさまじい音を響かせてアーチ道を通りすぎたあと、列車は次第に速度を落とし、やがて前方の危険を知らせる停止信号に苛立《いらだ》ったように、ブレーキ音をきしらせて急停車しました。列車の振動に合わせて頭上のランプの灯油が揺れるのを眺めていると、やけに気持ちが沈んでいくのを感じました。どうしても運命の皮肉さに思いを馳せてしまうからです！　昨日にはロンドン＆ノースウェスタン鉄道といえば、わたしの財産の半分以上を占める株券との認識でした。ところがいまでは、機関車の赤々と燃える巨大な火室に石炭をくべる火夫のほうが、わたしよりもロンドン＆ノースウェスタン鉄道に興味があるのは間違いありません！　わたしは憂鬱な物思いを頭から振りはらい、客車を照らすランプの周囲を二重になった絹のカーテンのようなもので覆いました。できることなら、すべてを忘れて眠ってしまいたかったのです。

普段夜の十時に眠りにつく習慣なのは、それが可能なばかりか、必要でもあるからなのです。案の定そのような状況にもかかわらず、やがてわたしは深い眠りへと引きずりこまれました。

はっと目を覚まして見まわすと、わたしひとりだった客車にほかの乗客がいました。列車は猛スピードで疾走しています。眠る前にランプの周囲に引いたカーテンがひとつ開けられていました。わたしのいる場所は影になっていましたが、ランプの明かりが向かい側の座席のいちばん端に座っている男の顔を照らしていました。男は仰天しているわたしを見て笑みを浮かべています。

ジョシュア・ビークベインでした。

目覚めた瞬間に感じた痛いほどの苦しさは、それまで経験がないものでした。ジョシュアが口を開くと、その声を聞いただけで、言葉で説明してこの苦しさをやわらげるつもりなどないことが察せられました。

「おれが立てた物音で起こしてしまいましたか」ジョシュアはいいました。「クルー駅で乗ってきたら、ぐっすり眠ってらしたから、起こさないよう気をつけたんですが。もっとも夕刊を拝借したうえ、少し明るくさせてもらいましたが」

ジョシュアは生きていたのです。わたしだと気づいていないようでした。

わたしはつっけんどんな口調で礼を述べ、腕時計に目をやりました。クルー駅を出たのは半時間以上前で、つぎの停車駅ウィガン駅に到着するのはおよそ二十分後です。

ジョシュア・ビークベインは上背もあり、がっしりとした体格でした。顔は幅広でのっぺりしており、口もとからは強固なる意志の力の持ち主であることはほとんどうかがえません。濃い口ひげは赤毛に近く、落ち着きなく動く目もまたどことなく赤みがかっていました。派手なツイードの上にアルスター・コートと共布の帽子を身につけています。最後に顔を見かけた五年前よりも、さらに老けていました。わたしが返事をしないので、ジョシュアは頭上の帽子掛けから旅行鞄を下ろしました。膝掛けを広げて脚に巻きつけると、鞄からブラシや肌着、衣類をとりだして並べています。

わたしは感覚がぼんやりとしびれたようで、目の前でなにが起こっているのか、よく理解できていませんでした。どうしてこの男は公式に死亡したことになっているのか。北ではどんな仕事についているのだろうか。逃亡中のソレル青年と共謀している可能性はあるだろうか。ピーターシャムの屋敷に忍びこんだジョシュアを目撃したのは、やはり現実の出来事だったのか。

そうした疑問の答えはすぐにほとんど明らかになりました——運に見放されたわたしにとっては、これ以上なく悪辣《あくらつ》で許しがたい事実でした。そのとき、因縁の相手ジョシュアがぎょっとしたように急に顔をあげました。そして驚きと不快が入り混じった表情で手に持った紙を見つめたのです。しかしわたしの視線に気づくと驚きの気配をぴたりと消し、声をあげて笑いました。

「おれの部下はどうしようもないやつで、大事な書類を吸い取り紙がわりにしたんですよ。明日叱ってやらないと」

その紙を光にかざしたジョシュアの顔につかの間、驚愕の表情が浮かびました。もっとも驚いたのはわたしも同様です。ロンドン&ノースウェスタン鉄道の株券の裏にわたしが鉛筆で描いた、見覚えのあるジョシュアのスケッチが目に入ったからです。

この状況を瞬時に理解し、うまく対処できる人もいるでしょうが、わたしには無理でした。精一杯がんばったところで所詮無能で不甲斐ないわたしですから、いま抛《ほう》りこまれている状況などとうに限界を超えていたのです。いますぐに濃いブランディの水割りを口にするためなら、乏しい我が年収の半分だってさしだしたでしょう。たったいま判明した事実でわたしは麻痺状態に陥りました。旅行鞄のなかに強奪されたわたしの株券の一部があることは明々白々です。しかし、そうとわかったところでどう対処すればいいのか、途方に暮れるばかりでした。最初に頭に浮かんだのは、気づかぬふりで狸寝入《たぬきねい》りをするという案でした。表情なり言葉なりで、鞄の中身に気づいたことをそれとなくほのめかしただけで、わたしの死刑執行は確定し、フライング・スコッツマン号での旅もここで終わりになるのは必至です。

ウィガン駅を過ぎ、ほどなくプレストン駅というときになって、わたしはあることを思いつきました。おなじ立場に置かれた者なら、間違いなく一時間前にひらめいているでしょうが。電報でこの状況を通報することができれば、ジョシュアが暴挙におよぶ前に阻止できるかもしれないと考えたのです。そこで手帳を一枚ちぎって、文《ふみ》をしたためました。震える指で書いたものですが、人の目につくよう遠くへその紙を投げることに成功すれば、わたしが実際に何者なのかまで察してもらうのは難しいとしても、変装した刑事程度には考えてもらえ、なんとかこの危機を脱することができるかもしれません。

紙にはこう書きました――

「カーライル駅で大物逮捕に備えられたし。一等車から小柄な男が手を振って合図する。フライング・スコッツマン号より」

なかなか悪くない文に思えました。紙をふたつ折りにし、あいだにソブリン金貨を挟むと、表にこう記しました。「八方手を尽くして電報を送られたし」そしてその紙をなんとかしてプレストン駅に落としてくるつもりでした。

そのときになって、改めて様々な心配が胸に去来しました。まさかとは思いますが、ジョシュアがつぎの駅で降車してしまう可能性はないでしょうか？　わたしは勇気を振りしぼって尋ねました。すると目的地はカーライル駅との返答だったので、まだしばらく時間の猶予はあると胸を撫でおろしました。

プレストン駅に着くと、列車が停まるとほぼ同時にホームに飛び降りました――運悪く、出くわしたのはぼんやりしたポーターでした。ランカシャー訛《なま》りのポーターはわたしの依頼を果たすと誓ったので、彼の手に電報文を書いた紙を握らせました。ところがこのうつけ者は――まさにその名で呼ぶにふさわしいのですが――こともあろうにわたしが客車へ戻ってから車窓に近寄ってきて、託した紙をジョシュア・ビークベインの目の前に晒し、これをどうすればいいのかと尋ねたのです。

「それはグラスゴーへ送る電報です」わたしは恐怖で膝ががくがくしていました。「かならず送らなければならないもので、挟んであるのはお礼のソブリン金貨です」

ぼんくらなポーターもようやく我が意を理解し、なかなか察しよく姿を消しました。ジョシュアはかなり興味を惹かれた様子でこのやりとりを眺めていました。わたしのしたことを知り、探るような質問を投げかけてきて、危険なまでに疑念がふくれあがっている様子です。ポーターについた嘘は、記憶にあるかぎり生涯でただ一度ついた嘘です。置かれた状況を考えれば無理はないと思われるかもしれませんが、どのみちわたしに選択の余地はありませんでした。しかし、北へ向かう理由については正直にありのまま話しました。グラスゴーで係争中の訴訟と聞いて、ジョシュアはいささか興味を惹かれた様子です。訴訟に関する書類を見せて説明するうち、徐々にわたしへの疑念は消失していったようでした。

プレストン駅からカーライル駅まではわずか二時間あまりの距離ですが、わたしには永遠に続くかと思われました。電報はまだ暗闇のなかを送られている最中かもしれないと、何度となく頭をよぎります。それでもカーライル駅に到着したのち、自分の身の安全を確保しながら、警察の捕物に助力するにはどうしたらいいかと頭を悩ませました。

カーライル駅到着が近づくと、ジョシュアは膝掛けを巻いて旅行鞄へしまい、初めて客車の鍵をとりだしてドアを解錠し、迅速に下車する準備を進めています。

下車するのはわたしの側からです。車窓からそれらしき姿を探していると、駅まではまだ距離がありますが、進行方向にあるガス灯の下に黒っぽいコートの一団がいるのがたしかに見えました。わたしは身を乗りだして、その一団に向かって必死に手を振りました。そのとたん、後ろからぐいと引っぱられたのです。

「なにをしてる?」ジョシュアが詰問します。

「友人に合図しているんだ」はっきりと答えました。その声の響きに昔の記憶が呼び覚まされて疑念が湧いたのか、ジョシュアはすぐさま車窓の外に目を転じました。そしてそこに警官の姿を発見すると、虎のような形相をこちらへ向けたのです。

「おまえだったのか！　おまえの考えることなんてお見通しだ」ジョシュアは叫びました。「とうとう覚悟を決めて行動を起こしたってわけか――思い知らせてやる」と勢いよく飛びかかってきました。大きな白い手が鉄の輪のようにわたしの首を締めつけます。彼の親指が喉を圧迫し、視界が赤い霧に包まれました。頭蓋内で出血したようです。列車はカーライル駅を通過してしまい、ジョシュアとともにふたたび他の助力を期待できない状態へ抛りこまれたのだと思いました。過去から這いだしてわたしを見つめる幾多《いくた》の顔に囲まれ、次第に意識が遠のいていき、ついに気を失いました。その後、カーライル駅の待合室で徐々に意識をとりもどしたとき、そのあとなにが起きたのかを知らされました。

客車に警官がなだれこむと、ジョシュアはわたしを突き飛ばし、追跡者たちからいちばん離れたドアから飛び降りたそうです。飛び降りると外から施錠し、暗闇のなかへ消えました。そのまま神の摂理の介入がなければ、ジョシュア自身が引き起こした遅延のため、少なくともあの晩は逃げおおせたかもしれません。ジョシュアは貨物車を始めとした停車中の鉄道車両のあいだを縫うようにして器用に走り抜け、機関庫へ飛びこもうとしました。そのまま機関庫を通りぬけ、土手を駆けおりて、追っ手から逃げるつもりだったようです。ところがジョシュアが機関庫に飛びこもうとしたちょうどそのとき、機関車が出てきたのです。ジョシュアには引き返す間もありませんでした。機関車は彼をなぎ倒し、レール上で動けなくしたうえで、ゆっくりと踏みつぶしたそうです。すべては一瞬の出来事で、駅のあちこちを甲斐なく捜索していた警官たちは、ジョシュアの悲鳴で参集しました。駆けつけた医者も、現代の医学では不運なジョシュアの命を救うことはできないとの診断でした。彼が死に瀕していたとき、わたしはちょうどふらつきながら立ちあがったところでした。隣の待合室へ移動すると、地面の急ごしらえの寝台にジョシュアが横たわっていました。ほんの数分前にわたしの命を奪わんと首に巻きついていた、白い大きな手を握っても意識をとりもどしません。しばらくのち、苦痛のうめき声を漏らしながらジョシュアは息を引きとりました。

おそらくわたし自身もきちんと手当てを受ける必要があったのでしょう。まさに命を削るすさまじい経験のため、感覚が正常に機能しはじめたのは翌日の午後になってからでした。そして故人の荷物や書類を調べたところ、強奪されたわたしの財産はすべて発見されました。ひとつの例外もなく、すべてジョシュアが所持していたのです。ソレル青年の無実が立証されたと思いました。不運な青年はいまでは故人となった悪党の犠牲者だったに違いないと。

さいわい、グラスゴーまで列車は定刻どおりに進み、出張の目的である裁判にも間に合いました。ロンドンへ戻ると、とりもどした遺産を手にプレンダーリース氏の事務所を訪ねました。プレンダーリース氏が驚いたのはいうまでもないですが、ソレル青年が発見された経緯と順調に怪我から回復している様子を知らされて、わたしも負けず劣らず驚きました。話の途中ですが、ともに育ったジョシュアが悲惨な死を遂げたというのに、わたしの態度が冷淡に見えるかもしれませんが、なにも感じていなかったわけではなく、なにかを感じる余裕などなかったというのが正直なところでした。

午前六時、すなわちジョシュア・ビークベインがこときれた一時間後、三十三時間なにも口にしていないウォルター・ソレル青年が、オーク荘からさして遠くない牧草地の粗末な鶏小屋で発見されました。猿ぐつわをはめられ、手足を小屋の壁に縛りつけられていたそうです。彼の耐えがたい苦難をご説明したら、わたしの話は終わりです。

事件が起こった夜、プレスコット夫人が引きとったあと、ソレル青年は本を読んでいたそうです。十分ほどたったころにふと顔をあげると、窓の外に男が立っていて、彼を見つめていました。わたしが彼に請われるまま描いた絵そっくりの男が。思わず跳びあがったものの、目にしているのは幽霊ではないと確信し、窓の鍵を開けて庭に飛びだしましたが、そこにはだれもいません。急いで帽子、コート、ステッキをとりにいって客間に戻りました。客間が無人となったのはごく短いあいだだったにもかかわらず、ジョシュア・ビークベインはすでに鞄とその中身を手に入れていました。ソレル青年は逃亡を阻止せんと駆けよりましたが、間に合いませんでした――ジョシュアはいち早く窓から逃げてしまったのです。ソレル青年は重いステッキを手に、あとを追いました。犯人を見失うことなく、ついに追いつき、両者もんどりうってシャクナゲの茂みに倒れこみました。ところがそこでジョシュアの共犯者が現れたのです。ふたり相手ではかなうはずもなく、ソレル青年は意識を失って囚《とら》われの身となりました。それ以降の記憶はなく、気がついたら発見された鶏小屋にいたそうです。犯人たちはふたりでソレル青年を人目につかない監禁場所まで運んだに違いありません。そのまま放置されていたら餓死していたでしょうから、無事発見されてなによりでした。

共犯者の正体はいまだ判明していません。とはいえ、ニューマーケットから電報を送り、ジョシュア・ビークベインはもはやわたしの財産を奪えないと知らせるのに、その共犯者なり、それ以外の協力者なりは必要ありません。そもそも、あんなことをしなくても、そういってくれれば財産の四分の三はジョシュアのものになっていたのですが。

わたしは予想よりも早く健康をとりもどしましたし、若いソレル青年はそれよりもずっと早く打撲傷と飢餓状態から回復しました。わたしは賞賛に値する青年に千ポンド寄贈しました。ソレル青年ならば有益に役立ててくれることでしょう。

ロンドン&ノースウェスタン鉄道の株券の裏に描いたジョシュア・ビークベインの似顔絵はいまもわたしの手もとにあり、新居の書斎の目立つところに飾ってあります。いまは遠く離れたコーンウォールの海岸沿いに暮らしています。大西洋の中心からまっすぐに大波が打ちよせる場所です。わたしが地域に受けいれてもらうまで、住民のあいだではちょっとした騒ぎがあったようでした。大都会ロンドンでの噂の余波めいた話がしばらくささやかれていたみたいですが、わたしが越してきたころには、このあたりではめずらしくもない一週間遅れの新聞のようなものになっていました。

短編作家としてのイーデン・フィルポッツ

戸川安宣

「アメリカの推理小説そのもの」と称されるエラリー・クイーンは一九四二年、リトル・ブラウン社から推理小説史上の名短編集を作者別に紹介した *The Detective Short Story: A Bibliography* を刊行した。その中で、イーデン・フィルポッツからは三冊が採り上げられている。

1 *My Adventure in The Flying Scotsman: A Romance of London and North-Western Railway Shares* (1888) James Hogg and Sons

2 *Black, White and Brindled* (1923) Grant Richards Ltd.

3 *Peacock House and other mysteries* (1926) Hutchinson & Co.

1は表題作のみを収めた小冊子で、フィルポッツの初めての刊行本である。フィルポッツの詳細な書誌を記したパーシヴァル・ヒントンの *EDEN PHILLPOTTS: a bibliography of first editions*（1931, Greville Worthington）に依《よ》ると、初版部数は不明だが、定価は一シリングだったという。

2は普通小説を含むフィルポッツの短編集。クイーンは、探偵マイケル・デュヴィーンが登場する「三人の死体」を初収録した、と注記している。ヒントン本に依ると初版は二千部、七シリング六ペンスだという。収録作品は次の十一編。

The Three Dead Men　三人の死体（本書収録。3と異なり原題には The がついている。「三死人」の邦題で宇野利泰訳が江戸川乱歩編『世界推理短編傑作集3』に収録）
The Styx
Lily's Stocking
Red Tooth
The Skipper's Bible
The Mother of the Rain
High Tide
Monsieur Pons and his Daughter

Carnival
The Monkey
Obi

3はミステリのみの短編集。これもヒントン本に依ると初版三千部、七シリング六ペンス。
収録作品は次の十五編である。
Peacock House　孔雀屋敷（本書収録）
The King of Kanga
Count Rollo
Red Dragon
Crazywell
The Iron Pineapple　鉄のパイナップル（本書収録。宇野利泰訳がG・K・チェスタトン編『探偵小説の世紀　上』に収録）
Grey Lady Drive
Three Dead Men　三人の死体（本書収録）
Madonna of the Fireflies

My First Murder　初めての殺人事件（本書収録）
The Astral Lady
Yellow Peril
The Cairn
Stepan Trofimitch　ステパン・トロフィミッチ（本書収録）
The Mother of the Violets

本書はこの三冊からミステリの秀作を選んで一冊にしたものである（フィルポッツの経歴などについては、『だれがコマドリを殺したのか？』の解説をご覧いただきたい）。

孔雀屋敷　Peacock House

一九二六年の春にロンドンのハッチンスン社から刊行された短編集 *Peacock House and other mysteries*（以下、*Peacock House* と略記する）の表題作である。その後、一九三五年には *Masters of Mystery*（『探偵作家論』）などの著者ダグラス・トムスンが編んだ *The Great Book of Thrillers* や、一九九一年に編者名なしのアンソロジー *Great Tales of Terror* に収録された。フィルポッツのミステリ短編を代表する作品といって良いだろう。

主人公の教師ジェーンが、幼い頃亡くなった父の友人で名付け親でもあるジョージ・グッドイナフ将軍をたずねてはるばるグラスゴーからダートムアにやってくるところから、物語は始まる。

見知らぬ土地で過ごすうちに偶然見つけた孔雀屋敷で、ジェーンは衝撃的な一場面に遭遇する。だが、ふたたびたずねてみると、庭にいた二羽の孔雀はいないし、そして孔雀屋敷自体も消滅していた。この不可思議な事態と、ジェーンが目撃したシーンを巡るさまざまな解釈が将軍とジェーンとの間で展開される議論の中に、フィルポッツ・ミステリの神髄が凝縮されている。フィルポッツを語る上で、逸《いっ》することのできない短編といえるだろう。

『だれがコマドリを殺したのか？』の解説でご紹介したように、フィルポッツは陸軍大尉の父ヘンリーが赴任していたインドで生まれた。父はインド赴任中に亡くなり、幼いイーデンは母アデレイドに連れられて弟たちとイギリスに戻る。この短編にはそういうフィルポッツの生い立ちが投影されている。

この作品は今から半世紀以上前、〈ヒッチコック・マガジン〉に三谷光彦氏の翻訳で掲載されたことがある。「孔雀館」という訳題だった。当時中学生だったぼくには、怖い話という印象が強いが、読み返してみると立派なミステリ短編であった。

ステパン・トロフィミッチ　Stepan Trofimitch

同じく *Peacock House* に収録されている一編。

アレクサンドル二世治下のロシアの、ツルゲーネフの生地として知られるオリョール地方の一寒村で起こった悲惨な事件が扱われている。ツルゲーネフといえば、一八五二年に上梓《じょうし》された代表作『猟人日記』がアレクサンドル二世の農奴解放に大きな影響を与えたことが想起される。まさにツルゲーネフの時代の異常な社会状況が描かれた作品で、フィルポッツは普通小説として筆を執ったのかもしれない。しかし、推理小説的に読むと、意外な凶器をテーマにした作品の、それも最も古い作例の一つといえるのではないか。いずれにしても、迫真の描写が一読忘れがたい印象を残す一編である。

フィルポッツは推理小説も含めて、ダートムアを舞台にする作家、というイメージが強く、また引っ込み思案な性格で、都会より郊外の生活を好み、ロンドンを離れてデヴォン州に移り住んでからは、トーキーやブロードクライストに居を構え、この地方に終生住み続けた。大ヒットした「農夫の妻」The Farmer's Wife をはじめたくさんの戯曲を執筆し上演されたのに、彼は自作の芝居を一度も劇場で観劇したことはない、と語っているほどである。一九一二年に上梓した *From the Angle of Seventeen* は演劇を志す少年を描いた自伝的な小説だし、一九五一年に発表した *From the Angle of 88* は、思い出に残る人々について綴ったエッセイ集である。自伝ではないか、と思って手にし、がっかりした経験がある。自伝があれば知りたかったことは色々あるが、まっ先に確かめたかったのは、物語の舞台となったイタリアのコモ湖をはじめ、ロシアやバルバドス島などに赴いたことがあったのか、ということだ。想像するにこの「ステパン・トロフィミッチ」にしても、「三人の死体」にしても、書物などから得た知識によって書かれたものではないだろうか。だが、その情景描写はみごとである。これが作家の筆力というものだろう。

初めての殺人事件　My First Murder

一九二一年六月二十五日に発表されたというが、初出誌は不明。これも *Peacock House* に収録されている。

一転して、ファースを狙った作品ではないかと思われる。鼻息荒い新米警官が手柄を焦って独断専行する話だが、江戸川乱歩編『世界推理短編傑作集1』に収められているアントン・チェーホフの「安全マッチ」を思い出した。

三人の死体　Three Dead Men

〈サンデイ・オレゴニアン〉紙の一九二一年六月十二日号に発表されたのち、フィルポッツの短編集 *Black, White and Brindled* に収録され、さらに *Peacock House* にも収められた。ヴァン・ダインやエラリー・クイーンが口を揃えてフィルポッツ短編の代表作、と太鼓判を押した作品である。

三部構成になっているが、代理としてバルバドス島に派遣された探偵の報告書の中に、事件の真相を考察するデータが綴《つづ》られている。事務所の所長デュヴィーンは安楽椅子探偵宜《よろ》しく、その報告書だけを元に推断を下すのだ。読者への挑戦こそないものの、みごとな本格推理短編になっている。

鉄のパイナップル The Iron Pineapple

これも *Peacock House* に収められた作品である。その後、ドロシー・L・セイヤーズ編の *Great Short Stories of Detection, Mystery and Horror* 第二集（一九三二）、G・K・チェスタトン編『探偵小説の世紀』、ジョン・R・クロスランド、J・M・パリッシ編 *The Mammoth Book of Thrillers, Ghosts and Mysteries*（一九三六）、R・チェトウィンド－ヘイズ編 *Cornish Tales of Terror*（一九七〇）、編者名なしの *Great Tales of the Supernatural*（一九九一）、同じく編者名なしの *Mysteries: A Classic Collection*（一九九四）にも収録され、大変な人気ぶりである。

何か一つのことに偏執的な執着を持たざるを得ない、という性癖を持った男の奇妙な物語である。『だれがコマドリを殺したのか？』の解説で、フィルポッツは悪の造形に卓越している、と書いたが、ここでもフィルポッツの人物造形の才が遺憾なく発揮されている。

フライング・スコッツマン号での冒険――ロンドン&ノースウエスタン鉄道の株券をめぐる

物語 My Adventure in the Flying Scotsman: A Romance of London and North-Western Railway Shares

ロンドンのジェイムズ・ホッグ・アンド・サンズ社から一八八八年に、表題作のみを収めた六十三ページの小冊子として刊行された。これがイーデン・フィルポッツの記念すべき初出版となったのは、前述したとおりである。その後、ウィリアム・パトリック編の *Mysterious Railway Stories*（一九八四）に収録された。

鉄道とミステリという観点から見ても、最初期の作例といえそうだが、いささか場当たり的なきらいがなくもない。

エラリー・クイーンは先の *The Detective Short Story* を発表した六年後の一九四八年に、推理小説の路標的名作短編集を一〇六冊リストアップし、それに解説を施《ほどこ》した名作ガイドを *Twentieth Century Detective Stories* というアンソロジーの中で発表した。それを独立させ、一九五一年にリトル・ブラウン社から上梓したのが *Queen's Quorum*（クイーンの定員）である。その十三番目に挙げられているのが、この My Adventure in the Flying Scotsman だ（クイーンは一二五冊に増やした改訂増補版を、一九六九年にビブロ&タネン社より上梓している）。フィルポッツより前というと始祖のポオ（*Tales*）に始まり、ウィルキー・コリンズ（*The Queen of Hearts*）やディケンズ（*Hunted Down*）、スティーヴンスン（『新アラビア夜話』）といった超古典があるばかりだ。

フィルポッツのこの小冊子が上梓されたのは、わが国で黒岩涙香が「無惨」を発表する前年のことである。いかにフィルポッツという人が息の長い作家活動をしていたかがおわかりいただけると思う。

フィルポッツにはここに収めた六編以外にも、『闇からの声』の名探偵ジョン・リングローズが登場する'Prince Charlie's Dirk'など、たくさんの推理短編がある。今回、収録作品の初出探しに、レファレンスブックやウェブ上のデータ、雑誌のインデックスなどを渉猟していて、フィルポッツがよく寄稿していた〈アイドラー〉誌を漁《あさ》っていたら、ジェローム・K・ジェロームやE・F・ベンスンなどとともに参加した連作長編を見つけたりした。フィルポッツにはまだまだ隠れた名作が遺《のこ》されているかもしれない。乞うご期待である。

本書には、今日の人権意識に照らして誤解を招くと思われる語句や表現があります。しかしながら作品の時代的背景や歴史的な意味の変遷などをかんがみ、そのまま翻訳しました。

検印
廃止

訳者紹介　成蹊大学文学部卒。英米文学翻訳家。フィルポッツ『だれがコマドリを殺したのか？』『赤毛のレドメイン家』、バークリー『パニック・パーティ』、ウェイド『議会に死体』、フリーマン『証拠は眠る』、ソボル『2分間ミステリ』など訳書多数。

孔雀屋敷
フィルポッツ傑作短編集

2023年11月30日　初版

著　者　イーデン・
　　　　フィルポッツ

訳　者　武《む》藤《とう》崇《たか》恵《え》

発行所　(株)東京創元社
　代表者　渋谷健太郎

162-0814/東京都新宿区新小川町1-5
電　話　03・3268・8231-営業部
　　　　03・3268・8204-編集部
URL　http://www.tsogen.co.jp
DTP　工友会印刷
暁印刷・本間製本

乱丁・落丁本は、ご面倒ですが小社までご送付ください。送料小社負担にてお取替えいたします。

ISBN978-4-488-11107-6　C0197